—— 想象，比知识更重要

幻象文库

The Call of Earth

地球的呼唤

Orson Scott Card

[美]
奥森·斯科特·卡德
———— 著

仇春卉
———— 译

新星出版社 NEW STAR PRESS

目录

1	引言
3	第一章 背叛
36	第二章 机会
69	第三章 庇护
111	第四章 妻子
154	第五章 丈夫
210	第六章 婚礼
262	第七章 女儿
308	尾声
310	译名注释

引 言

　　根据初始设计，和谐星球的主机是不应该直接干涉人类生活的。所以主机现在觉得非常困扰——为了拿到那个索引，它刚刚唆使年轻的纳飞杀了贾霸。可是如果没有索引的话，主机怎能返回地球呢？如果纳飞不杀贾霸的话，他又怎能拿到索引呢？实在是没有别的办法。

　　真的没有别的办法吗？主机告诉自己，我老了。已经四千万年了，人类设计我的时候就没有预计会维持那么久。我怎么能够确定自己的判断正确与否呢？有一个人因为我的决策而死了，而年轻的纳飞还在被负罪感折磨着，就是因为我逼他杀了人。所有这些都是为了把索引带回兹维达洛，让我返回地球。

　　我真希望能够直接和地球守护者联络，希望它可以告诉我怎么做，这样我才能够重拾信心，而不需要像现在这样，每迈出一步都顾虑重重，不知道我能力的衰退有没有影响自己的决策。

　　主机非常迫切需要和地球守护者沟通，可是它如果不回地球的话，就无法做到这一点。这是一个死循环：如果没有守护者的协助，主机就无法做出正确的决策；可是为了找到守护者，它必须做出正确的决策。

　　怎么办？怎么办？我需要智慧，谁能够引导我？我拥有人类望尘莫及的知识，却要依靠人类的智慧来辅助我。

人类的智慧是否就足够了呢？人类的思维混沌却不乏闪光之处，远非电脑可比。人类仅凭一些支离破碎的数据就可以做出最出乎意料的英明决策，就是因为他们的脑子能够用一些古怪而又不失真的方法把那些资讯碎片重新排列组合。如此看来，从人类那里还是很有可能获得一些真知灼见的。

当然，也很可能什么也得不到。可是，尝试一下还是值得的……值得吗？

主机通过卫星把各种影像发送给那些最容易接收它信息的人，然后这些影像进入他们的记忆当中，迫使其大脑进行相应的思维活动，把这些影像整合起来进行理解和消化，最后形成各种光怪陆离而又影响深远的故事——梦。希望在接下来的几天或者几周内，这些梦会让他们获得一些领悟，建立某种联系；然后主机可以利用这些信息制定策略，带领这些人当中最优秀的一批，离开和谐星球，返回地球故乡。

那么多年来，我一直在教导、指引、塑造和保护他们；现在，到了我寿终正寝的时候，他们是否能够反过来教导、指引、塑造和保护我呢？不太可能，不太可能，大概到了最后关头我还是需要依靠自己做决定，而我做出的决定肯定也是错的。可能我根本就不应该采取行动……不应该采取行动……不应该行动……不应该……

我必须采取行动。

等待。

等待。

继续等待……

第一章 背叛

将军的梦

慕容复将军呻吟着从梦中醒来，汗湿衣衫。他睁开眼睛，伸出手摸索着。有一只手伸过来，紧紧地握住将军的手。

这是一只男人的手，裴洛度将军的手。裴洛度是慕容复将军最信任的左右手，也是他最知心的朋友、肝胆相照的兄弟。

"慕斯，你做梦了。"慕斯是他的昵称，也只有裴洛度才敢当面这样叫他。

"对，我刚才做梦了，很可怕的梦！"慕容复——慕斯回忆起梦境，还在不由自主地发抖。

"这个梦是什么预兆吗？"

"不知道，总之很可怕。"

"告诉我好吗？我懂得解梦。"

"对啊，你懂得解梦，就像你擅长哄女人。被你哄过的女人，都任你为所欲为。"

裴洛度笑了，一边笑还在一边等。慕斯以前总是让裴洛度为自己解梦，可是这一次他不知道自己为什么不愿意把梦告诉裴洛度。

"好吧，就告诉你吧。我看到一个人站在旷野中，四周全是一些很恐怖的会飞的怪物——它们身上有皮毛,所以不是鸟,可是比蝙蝠大很多——那些怪物在他头上不断转圈,不时俯冲下来碰他一下,而那人就站在那里毫不躲闪。每只怪物都碰过他一次,然后就飞走了,最后只剩下一只栖息在他的肩膀上。"

裴洛度说:"哦。"

"我还没说完。紧接着有很多巨大的老鼠从四周的地洞里涌出来,每只都有半个人那么高,至少一米长。然后它们都去碰他一下……"

"用什么碰?用牙,还是爪?"

"据我所知,它们是用鼻子去碰他。你别打断我。"

"对不起。"

"每一只老鼠都碰过他之后就走了。"

"只留下一只。"

"对,那只老鼠站在他的脚旁,你能想象那个情形。"

"然后呢?"

慕斯又抖了一下,因为接下来的场景是最可怕的。可是当他用语言将那个情景描述出来的时候,却不明白为什么可怕。"人。"

"人,也来碰他?"

"来……亲他,亲他的手,亲他的脚,似乎把他当作神一样去崇拜。有成千上万的人,他们不仅仅亲那个人,还亲那个会飞的怪物和站在他脚边的硕鼠。"

"嗯……"裴洛度似乎有点担忧了。

"这……这梦有什么意思呢?是什么预兆吗?"

"很明显,你看到的这个人就是皇帝陛下。"有时候裴洛度的解梦听起来很有道理,可是这一次慕斯很不情愿把皇帝和梦里这个人联系在一起。

"为什么很明显呢？这个人看起来一点都不像皇帝陛下。"

"普天之下莫非王土，率土之滨莫非王臣。能得到万民敬仰和世间万物崇拜的，除了皇帝陛下还有谁？"

慕斯无奈地耸了耸肩。裴洛度这次的解梦似乎不够细致准确，须知皇帝总自诩是一个伟大的猎人，动物又怎么会热爱他呢？当然了，他总是躲在他的皇家猎苑里面搞所谓的"狩猎"活动，里面的动物都被驯服了，见了人既不怕也不躲，同行的那些臣下总是大声呐喊却并不真的动手。所以皇帝可以在这场人兽竞技秀中尽情表演，肆无忌惮地用迅捷无伦的飞镖、势大力雄的标枪和嗜血无情的宝剑进行杀戮，不必担心被猎物伤害。如果这算是一种崇拜的话，如果这算是世间万物的话，那么你的确可以说世间万物和万民都崇拜皇帝……

裴洛度当然不知道慕斯心里在盘算什么；如果一个人很不幸竟敢腹诽皇帝陛下，那么他当然不会把那么巨大的一个负担压在好朋友的肩上。

于是裴洛度继续说下去："至于这个崇拜皇帝陛下的场景，它本身倒不是什么预兆。不过这个场景让你觉得反感，把你吓得直逃……"

"他们在亲一只老鼠，老裴！还亲那只会飞的恶心东西……"

裴洛度不说话。慕容复的话音渐渐减弱，裴洛度还是不说话，只是看着他。

"让我恶心的不是人们崇拜皇帝陛下这件事情。我自己也曾经拜伏在皇座跟前，深感天威浩荡；我并不觉得可怕，而是觉得……无上荣耀。"

裴洛度说："话虽这样说，可是梦为心声，大概你需要驱除心魔了。"

"这个……说我梦见皇帝陛下的本来就是你。那个人为什么不能是别的——我不知道——或者是女皇城的元首？"

"因为那座悲惨的女皇城是被一群女人统治的。"

"那就不是女皇城好了。总之我觉得这个梦其实是关于……"

"关于什么？"

"我怎么知道？我又不懂解梦。这样吧，我还是会驱除一下心魔，以防万一。"这意味着慕斯要去监军的帐中浪费好几个小时。虽然这个仪式非常冗长乏味，却是他军政生涯中必不可少的一部分。稍有懈怠的话，关于他不敬神的流言就会传回孤威国的首都高卢。皇帝陛下龟缩在深宫里，专门收集这些流言，不时地陟罚臧否一下，必要时甚至会杀鸡儆猴。虽然慕斯很讨厌去监军的祭坛那儿，就像男孩子讨厌洗澡一样，可是算起来也是时候去一趟了。"老裴，你出去吧，我被你弄得很不爽。"

裴洛度跪倒在慕容复跟前，双手捧起他的右手。"请原谅我。"

慕斯立刻原谅了他，毕竟他们是朋友。当天上午，他们发兵攻打克兰米地区的几个村庄，杀了几个部落头人，附近所有村民马上宣誓永远效忠皇帝陛下。晚上慕容复将军去监军的圣坛驱除心魔的时候，监军看在他战功显赫的份儿上，忙不迭地宽恕了他。

女皇城，现实中

观众来自女皇城的各个角落，都是来给柔珂捧场的。在千呼万唤之下，她终于缓缓走到台上，光彩照得观众们的脸上发亮。众乐手开始轻拨琴弦，吹响管乐，用轻柔的乐声为柔珂伴奏。从观众的表情看得出他们的期待：柔珂终于要开腔了。她最喜欢看观众们这一刻的表情，其喜爱程度更甚于看男人高潮来临时的样子，因为她知道，一个男人陶醉在欲望之中的时候不会管对象是谁，可是那些观众却是专门来捧她场的。他们来就是为了听柔珂那惊世骇俗的柔美女高音在悠扬乐声中飘荡，就像缤纷落英漂浮在潺潺流水之中。

可惜这一切都是柔珂想象出来的。她带着美好的愿望走上台，发现大部分观众都是男的，正在目不转睛地上上下下打量着她的身材。柔珂又忍不住感叹：我真不该演出喜剧，我就应该坚持让观众严肃认真地对待我的表演，就像他们对我姐姐莎芙那样。莎芙的声音又低又沉，像男人似的，比青蛙叫还难听，却被人奉若神明。那些观众无论男女，只要看着莎芙，他们脸上就呈现出一副纯美学的狂喜表情，从来不会对着她上下打量一番，也不会留意她身体在衣服下面是如何扭动的。当然了，有部分原因是莎芙太胖了，满身赘肉蠕动着，快要把戏服撑爆了，看见就不开胃，难怪他们听她唱歌的时候都闭上眼睛。

骗子，我真是个大骗子，连自言自语的时候也在撒谎。

耐心，要有耐心！这只是个时间问题，年轻是我的优势——我还不到十八岁，莎芙刚出道的时候也演喜剧演了好久嘛。

柔珂还记得她姐姐刚出道时跟她说过的话——那是两年多以前了，莎芙还没到十七岁——她老在吹嘘说她的粉丝有多热情，都喜欢闯进她的更衣室里来求爱，最后她不得不雇了一个保镖去赶跑最狂热的粉丝。莎芙那时候说过："这一切都是关于上床。那些歌曲，那些戏剧，都和上床有关，那些观众做梦都在想着这事儿。不过你要小心，别成了他们的梦中情人哦。"

姐姐这番话是金玉良言？才不是呢！越多人把你当作梦中情人，你的身价就越高。如果你够幸运成了天王巨星，你演出的门票上面根本不需要写上剧名，只要有你的名字、地点、日期、时间……成千上万人自然会涌过来。音乐响起，你出现在台上，那些观众注视你的时候，并不像一个快饿死的人盯着珍馐美馔那么饥渴，却更像一个已经升华了的灵魂实现了最崇高的理想后那么喜悦。

柔珂一上台观众席就响起了掌声，她大步走到她在舞台中的位置，转身面向观众，唱出一个颤抖的高音。

和她演对手戏的演员叫古亚，扮演一个老色鬼。他说："你有毛病啊？我还没摸你呢，怎么就开始尖叫了？"

观众席只传来一阵奚落的笑声，远远不够理想，这出戏看来真的要砸了。柔珂也知道剧本从第一幕开始就有瑕疵，可还是想不到观众的笑声竟然如此零落，这下真完蛋了。看来用不了几天她又要开始排练另一出戏，背诵另外一套愚不可及的歌词，唱另外一段不堪入耳的旋律。

莎芙可以选她喜欢的曲子，好多作曲家排着队求她唱他们的作品。

莎芙不需要为了逗乐观众而糟蹋自己的声音。

柔珂唱道："我没有尖叫……"

"你这就是在尖叫了嘛。"古亚一边说一边挨近柔珂，开始上下其手。他那沙哑的男低音在这个场景里听起来特别搞笑，观众被逗得直乐，这出戏似乎又出现了一线生机。

"你怎么动手动脚啊……"柔珂唱出她的极限高音，声音飘扬在空中，好像一只美丽的大鸟展翅翱翔——可惜他们都不懂欣赏。

古亚做了一个鬼脸，把手从柔珂的胸前缩回去，她的声音瞬间降了两个八度。观众哄堂大笑，达到开幕以来的高潮，不过柔珂知道有一半观众其实是被古亚缩手转身时那个夸张的动作逗笑的。古亚其实是个很有功底的笑匠，可惜他这种小丑式的搞笑风格已经过时了。虽然他的演技随着年龄增长日臻化境，可是观众却已经改换门庭，转去给苦涩派硬喜剧捧场。这类讽刺剧来自新生代的暴力流作家，剧中总免不了打打杀杀，让观众在血腥中取乐。

演出在笑声中继续，这一幕结束时，掌声响起来，柔珂如释重负地快步离开舞台。可是她心中却有一丝失望，因为观众席中没有人叫她的名字，甚至连嘘声也没有。她还要熬多久才出头呢？

剧院老板涂曼努黑着脸说："你唱得太唯美了，那个高音本来应该唱得像是你达到性高潮一样，而不是像只小鸟在叫。"

柔珂说："知道了，知道了，对不起行了吧。"她当面总是唯唯诺诺，背后则我行我素。如果她不能够在剧中偶尔露一下峥嵘，那还演出这种烂喜剧干吗？何况她这种演绎方式不也赚来很多笑声吗？凭什么说她唱得不对？涂曼努只是在鸡蛋里挑骨头，想把柔珂治得服服帖帖罢了。柔珂偏不买她的账，服服帖帖——那是小孩、丈夫和宠物的专利。

涂曼努再一次说："别唱得像小鸟叫一样！"

"要是像达到性高潮的小鸟呢？"古亚紧跟着柔珂从舞台走出来。

柔珂哈哈大笑，涂曼努绷紧的脸上也忍不住露出一丝笑意。

涂曼努说："阿珂，有一个人在等你呢。"

那是个男人，却不是柔珂的粉丝，否则他肯定会坐在观众席上看她表演。柔珂以前见过这人——对了，妈妈的那个"长期丈夫"

韦爵来访的时候,这人不时也跟着露一下面。他应该是韦爵的大管家吧?韦爵出远门的时候,就把奇花异草的生意交给他管理。这人叫什么名字来着?

他一脸沉痛地说:"我是拉士葛。"

"哦?"

"我来是要传达一个沉痛的消息,令尊遇袭了,凶手非常残忍。"

这个消息真是……非同小可,柔珂有点糊涂了。

"他受伤了吗?"

"小姐,是致命伤。"

致命?好像……这个意思有点不妙。柔珂刨根问底道:"哦?嗯,你的意思是他……死了?"

拉士葛说:"他就在大街上遇袭,凶手简直是冷血。"

说真的,如果你仔细想想,这事情也算不上意外——爸爸最近那么嚣张,派那么多面具恶男上街,把人人都吓个半死。可他总是那么强悍刚猛,很难想象有谁能够阻拦他哪怕那么一会儿,更别说永久性地……"他还能……康复吗?"

古亚一直在旁边听着,现在插嘴道:"小姐,这是一个死亡个案。通常来说,死人的康复前景都不会很乐观。"说完他咯咯地笑出声。

拉士葛骂道:"有什么好笑的!"说着狠狠地推了古亚一下,把他推得跟跟跄跄地跌开几步。

古亚说:"都什么世道!我们才演到一半,竟然有评论家跑来后台捣乱。"

柔珂说:"古亚,你快走开。"当初真不该和这老头上床,自从那次之后,古亚就老是要黏上来,摆出一副亲密爱人的架势。

拉士葛说:"现在你最好跟我走。"

柔珂说："才不呢！为什么跟你走最好？"他当自己是谁啊？他又不是什么亲戚，柔珂这时候应该去妈妈那里才对。妈妈知道这消息了吗？"妈妈，她……"

"我当然第一时间通知你妈妈了，是她告诉我来这里找你的。现在很危险，我答应她要保护你的。"

柔珂知道他肯定在撒谎。她为什么要这个不认识的人来保护？要提防谁呢？不过贱男人都是用这种桥段：一个女人明明什么都不怕，他们却硬说她需要保护。当他们说"保护"的时候，其实是说占有。即使柔珂想被某个男人占有，她也首先考虑她的丈夫，谁要这个糟老头子来多事！

"莎芙在哪儿？"

"我还没找到她。我还是觉得你必须跟我走。"

涂曼努终于插话了："她哪儿也不能去！还有三幕没演，还包括高潮戏呢。"

拉士葛转头看着她，终于显现出一点霸气，而不像原来那么窝囊。他说："她的父亲刚刚被杀害，你竟然还要她演完这出戏？"难道这人一直都有霸气，只是她到现在才留意？

柔珂说："得有人通知莎芙。"

"我们正在四处找她。"

柔珂想：我们？谁是"我们"？不过没关系了，我知道她在哪儿，她经常瞒着她丈夫费雅思去一些秘密据点和情人约会，那些地方我都知道。莎芙和费雅思，就像柔珂与欧必忍，他们的婚姻都具有相当程度的"弹性"，只是费雅思不像欧必忍那么甘之如饴。有些男人就是很爱……占地盘。可能也因为费雅思是一个科学家，对艺术一窍不通；而欧必忍好歹算是个搞艺术的，很了解艺术家的生活，所以不会幻想柔珂会揪着那一纸婚约和他长相厮守。实际上欧必忍经常很豁达地拿自己的绿帽子开玩笑。

至于柔珂，她当然很懂分寸，从来不会在欧必忍面前提起她那些情人；至于欧必忍听到什么流言，那就无伤大雅了。每次他提起这些事情的时候，柔珂只是摇摇头，说道："小傻瓜，我只爱你一个人！"

很奇怪的是，从某种意义上来说，她并没有说谎。欧必忍其实是很讨人喜欢的，虽然他没有什么表演天分，可他总是给柔珂买礼物，还和她一起飞短流长，论尽城中八卦。难怪柔珂已经和他续约两次了——本来柔珂年纪轻轻，貌美如花，天下男子都能信手擒来，她竟然能够和第一任丈夫携手迈入婚姻的第三年，人们都惊叹她对爱情的忠贞。想当初柔珂和欧必忍结婚纯粹是为了讨好他的妈妈德琳阿姨，也就是妈妈最好的朋友。可是后来柔珂就慢慢真心喜欢上欧必忍了，他们的婚姻生活一直非常美满幸福，因为柔珂可以在外面自由自在地招蜂引蝶，不受干涉。

要是现在能撞破莎芙的好事，那可真是有趣得紧，柔珂已经好多年没有这样捉弄过姐姐了。这就去找莎芙，冲进她房间，看着她和一个汗流浃背的裸男缠在一起，然后告诉她爸爸死了。那男的听到这样的噩耗，慢慢意识到今晚的好事要被腰斩了，那脸越拉越长，可怜的家伙。

柔珂说："我去告诉莎芙得了。"

拉士葛还在纠缠："你得跟我走。"

涂曼努说："你得留下来把戏演完。"

柔珂说："其实你这出戏烂得像……像狗屎一样。"她用了她能想到的最恶毒的比喻。

涂曼努听得目瞪口呆，拉士葛也不禁脸红，而古亚则还是咯咯咯地笑道："这比喻还挺有创意的。"

柔珂拍拍涂曼努的手臂，说道："没关系的，我被炒鱿鱼了。"

涂曼努吼道："我炒你炒定了！还有，如果你敢走的话，你以后就别想在演艺圈混了！"

拉士葛冷笑道："她得到的那份遗产足够把你的小剧场连同你的老母亲也买下来。"

涂曼努很挑衅地说："噢，是吧？那她爸是谁？那么厉害呀？不会是贾霸吧？"

拉士葛很惊奇地反问："你不知道吗？"

原来涂曼努真的不知道。柔珂想了一下，意识到她从来没有和涂曼努提起过自己爸爸是谁。如此说来，柔珂并没有依靠爸爸的名声去捞好处，也就是说，她有今天的成就，完全是靠自己的实力！多棒啊！

涂曼努说："我只知道她是著名歌星莎芙的妹妹，否则我怎么会请她？可是我做梦也想不到她们俩的爸爸竟然是同一个人。"

柔珂听了顿时火冒三丈，可是她强忍着怒火，不动声色。暴跳如雷有什么好处呢？如果她不控制一下自己的脾气，都不知道会做出什么蠢事。

柔珂说："我一定要去找莎芙。"

"不行……"拉士葛一边说着一边就伸手来抓柔珂的手臂。他本来还想继续说些什么，可是柔珂突然提起膝盖狠狠地撞向他胯下，拉士葛本来就不是很高大，这下竟然被撞得飞起来，后面的话也噎回去了。其实柔珂并不是有心撞他的，更加没想那么用力。作为一个喜剧女演员，她当然受过防狼训练，专门对付那些胡搅蛮缠的狂热粉丝,所以刚才那一下其实是条件反射而已。

"我一定要去找莎芙!"柔珂想解释一下,不过拉士葛可能已经听不见了,因为他正躺在后台的木地板上面大声呻吟。

涂曼努说:"替角在哪儿?还剩三分钟不到,真够她受的。"

古亚则在问拉士葛:"很疼吗?不过,如果你仔细想想,其实疼痛是一种什么东西呢?"

柔珂走进黑暗中,直奔涂鸦区。她膝盖上方的肌肉还有点颤抖,刚才撞拉士葛的时候太用力了,可能她自己也撞瘀血了,还得穿长裙遮掩瘀痕,真麻烦。

爸爸死了,我必须亲自告诉莎芙,可千万不要让别人先找到她。谋杀,那么震撼的一件事情,人们肯定要谈论好多年的。我穿白色孝服可好看了,莎芙就不行了,这可怜的家伙,一穿白衣服就显得她的皮肤太红,像猴子屁股一样。最惨的是她不敢不穿,除非我也不穿——嗯,我为亡父戴孝,可能一戴数载也说不定。

柔珂一边走一边忍不住大笑起来。

然后她突然意识到自己根本不是在笑,而是在哭。她觉得很奇怪,为什么我会哭呢?肯定是因为爸爸死了,没错,我现在脑子一团乱,一定就是因为这事儿。爸爸,可怜的爸爸……我一定很爱他,因为我情不自禁就哭了,而且不是哭给别人看的……谁能猜到我原来是爱他的呢?

有人在耳边低声催促道:"快起床!华纱阿姨叫我们呢,快起来!"

绿儿不明白为什么如诗这样说,她嘟囔道:"起什么床?我还没睡着呢。"

姐姐说:"得了吧你,都在打鼾了,还说没睡着。"

绿儿坐起来,说:"我打鼾像鹅叫,是吧?"

如诗说:"其实是像猴儿叫,不过我们姊妹情深,所以我听起来就像音乐那么动听。"

绿儿说:"对啊,所以我才打鼾嘛,就是为了让你每晚都听音乐。"她伸手拿起一件便服,套过头穿上。

如诗催道:"快跟我来,华纱阿姨叫我们呢。"说完她就往外走,长袍飘动,脚步轻盈,好像跳舞一样优雅。如诗穿鞋子走路时总是显得很笨重,可是光脚的时候却像练就了凌波微步,有如柳絮随风飘。

绿儿一边扣着便服的扣子,一边跟着姐姐走出大堂。华纱要和她们姊妹谈些什么呢?在这个多事之秋,绿儿只能做最坏打算了。是不是华纱的小儿子纳飞始终还是逃不掉呢?就在昨天,绿儿按照上灵的吩咐,给纳飞带路,穿越禁林和圣湖。纳飞亲眼看到了圣湖,还学女人那样——学绿儿那样——浮在湖中。因为这是上灵的旨意,所以她们没有以亵渎罪处死纳飞。然后绿儿带着纳飞出了私密门,再穿越无相林。她以为这样子纳飞就安全了,可是他其实一点都不安全,因为纳飞并不会空手逃回沙漠他爸爸的营地那里,毕竟他还没有完成他爸爸交代的任务。

华纱阿姨在自己的房间等着,同时还有另外一个人。那是一个士兵——并不是贾霸雇用那些假扮帕华部族民兵的恶棍,而是女皇城的城门守兵。

可是绿儿只认出这个士兵的军徽,除此以外,她并没怎么留意这人,因为华纱阿姨看起来很……不,并不是恐惧。绿儿以前从来没见过华纱阿姨这样子的,她的双眼圆睁,泛着泪光,面容憔悴,疲倦不堪,似乎心中有什么负担,面部表情也无法表达出来。

华纱说："贾霸死了。"

难怪。贾霸无疑是个恶棍，他这几个月来雇很多摧花党上街扰民，然后他以保护民众的名义，派他那些蒙面雇佣兵公然在街道上巡逻，把大家害得更惨。不过即使贾霸有万般不是，他毕竟是华纱的前夫，也是她两个女儿——莎芙和柔珂——的父亲。一日夫妻百日恩，尤其像华纱这么用情至深的女人，感情很难说断就断。绿儿虽然不能像如诗那样分析人际关系，可也看得出华纱虽然很鄙视贾霸的所作所为，但还是对他有感情的。

绿儿说："我为他的遗孀感到悲伤，可是却替女皇城高兴。"

可是如诗却注视着那个士兵问道："我看这人不是来传递这个消息的吧？"

华纱说："没错，是拉士葛来告诉我的。而且，他好像被封为新的韦爵了。"

绿儿知道这对于华纱来说是个致命打击。因为这意味着华纱的丈夫佛意漫失去了韦爵的封号，也失去了财产、权力以及在帕华部族中的显赫地位。而拉士葛曾是佛意漫最信任的大管家，现在却取代了他的地位。真是世风日下，道德沦丧。"拉士葛什么时候上位的？"

"就在贾霸死前——是老贾封拉士葛做韦爵的，他肯定是公报私仇。而现在贾霸死了，老葛也就顺理成章接任帕华部族的首领，他真的是一步登天。对了，今晚罗达也死了。"

如诗低声说了一句："不会吧……"

罗达是挺孤威国那一派的首领，这派人不想让女皇城卷入孤威国和剖头国的战争。罗达一死，和平就没戏了。

华纱说："对啊，贾霸和罗达今晚都死了，现在敌对双方都群龙无首。最惨的是有流言说两个人都是纳飞杀的。"

绿儿说:"这不可能。"

华纱说:"我也觉得不可能,可是我弄醒你并不是为了这点流言。"

这时候绿儿完全明白了为什么华纱阿姨的脸色这么差:纳飞是个很聪明的好孩子,华纱阿姨一直都以他为骄傲,而且纳飞也得到上灵特别的眷顾,所以他的遭遇不仅仅影响关心他的人,而且也关系到女皇城甚至全世界的命运。"那么说,是不是这位士兵带来了纳飞的口信?"

那个士兵一直保持沉默,华纱对他点一点头。

他站起来,对各人说:"我的名字是司马洛。我在城门值班的时候,有两个人走过来,其中一人把拇指按在扫描屏上,女皇城的电脑系统认出他叫司徒博,是贾霸府的司库。"

如诗问:"另一个呢?"

"那个人戴着面具,穿着贾霸的衣服,司徒博也称他为贾霸,还企图说服我别让他扫描指纹。可是我必须让他扫描,因为罗达被谋杀了,我们必须防止凶手逃跑。上面传下命令说华纱女士的小儿子纳飞就是凶手,是贾霸报的案。"

绿儿说:"那你最后有没有让贾霸扫描指纹?"

"他凑近了在我耳边说道,'如果是贼喊抓贼,那又如何?'我们有些弟兄也是这样想的,其实是贾霸害死了罗达,然后拿纳飞做替罪羊。然后这个被司徒博称为贾霸的雇佣兵把拇指放在扫描屏上面,电脑显示正是纳飞本人。"

绿儿问道:"那你怎么做?"

"我违背了就职誓言,也违抗了军令,我立刻把他的名字删掉,然后放他出城了,因为我相信他……是无辜的,他没有杀罗达。可是女皇城的电脑系统还是留下了他的出城记录,也记录了我明知他的身份还放他走这件事情。我也没管那么多,因为本来就是贾霸报的案,而且当时他的司库也在场,所以我想着既然他的手下也在场,那么贾霸也怨不了别人。大不了我就被开除呗。"

如诗说:"即使贾霸的手下不在场,你一样会放他。"

司马洛看着如诗,过了好一会儿,他脸上露出一丝笑意。"我是拥护罗达的。韦爵的儿子杀害罗达?这简直是个天大的笑话。"

绿儿说:"纳飞才十四岁,无论说他杀谁都是天大的笑话。"

司马洛说:"这可不一定,因为有传言说贾霸被人割头,身上的衣服也不见了。那这怎么解释呢?只能是纳飞从贾霸的尸体上面剥下衣服,这样一来,纳飞和司徒博的嫌疑就最大了。纳飞虽然只有十四岁,可是已经长得像成年人那么高大,他绝对有能力杀贾霸。至于司徒博,他怎么看都不像能杀人。"司马洛苦笑了一下。"事到如今,开除倒是小事情,最怕是他们见我放走了纳飞,以为我是帮凶,判我绞刑。所以我才来这里求助。"

绿儿问:"来找死者的遗孀求助?"

如诗纠正绿儿说:"是来找嫌疑犯的母亲求助。这个人对女皇城是一片赤诚。"

这个卫兵说:"没错!我的忠心人神共鉴。这一次我是为了正义而违背了职守。"

华纱看着绿儿和如诗,说道:"我需要你们给些意见。这位司马义士来找我寻求庇护,因为他救了我的儿子。可问题是我的儿子是个杀人嫌疑犯,现在连我也觉得他可能真的犯事了。我既不是先知,也不懂解构,我已经不知道什么才是正义,什么才是正确。上灵到底想怎样？你们一定要告诉我，为我指点迷津。"

绿儿说："上灵什么也没跟我说，我所知的都是今晚从你这儿听来的。"

如诗说："至于解构，我只看到这个人热爱女皇城，而你则被困在一张网中。这张网是你自己用爱织成的——对不同人的爱，导致你陷入左右为难的困境。你两个女儿的爸爸死了，你很爱她们，你甚至还爱着贾霸。同时你更爱纳飞，可你也相信你的儿子杀了贾霸。至于这个卫兵，你很尊敬他，也觉得欠了他人情。而最重要的是你也爱女皇城，却不知道怎么做才能够拯救她。"

"小诗，我也知道自己所处的困境，我只是不知道如何才能走出困境。"

司马洛说："看来我必须逃走了。我本来以为你可以保护我，因为我只想到你是纳飞的母亲，却忘记了你也是贾霸的遗孀。"

华纱说："我不是他的遗孀。好多年前我就终止了婚约，此后如无意外他已经结过好几次婚。而我的丈夫是韦爵，或者说是前任韦爵。只是现在他已经一无所有，流亡在外，连儿子也成了杀人犯。"说着她也苦笑了。"对于这一切我也无计可施，可是我有能力也愿意保护你。"

如诗说："你保护不了他，华纱阿姨，因为你自己就身处所有这些事端的中心。虽然女皇城议会总是很重视你的意见，可是她们绝不会单凭你的话就放过这个违抗命令的卫兵。你要是替他求情的话，只会更加显得你们互相勾结狼狈为奸。"

华纱问："这是解构者说的话吗？"

如诗说："这是你学生说的话。如果你不是方寸大乱的话，我说这些你本来都能想到的。"

华纱流出一滴眼泪，顺着脸颊向下滑。"接下来会发生什么呢？我的城市会走向何方呢？"

绿儿从来没见过华纱如此心慌意乱，举棋不定。在绿儿心中，华纱阿姨是一个德高望重的智者师尊。能够成为她的得意门生，还住在她家中，对于女皇城一个年轻女子来说，是至高无上的荣耀——至少绿儿是这样认为的，她从来不曾想过华纱阿姨也有恐惧和彷徨的时候。

"韦爵——我的佛意漫——他说上灵指引着他。"华纱说道，一字一句都流露出心中的苦涩，"这是什么指引？是上灵叫他让我的儿子回城送死吗？是上灵把我的儿子变成潜逃在外的杀人犯吗？上灵到底在干什么？可能这根本不是上灵的意思，贾霸说得不错，我的最爱佛意漫，他不但自己发疯了，还害我们的儿子陷入万劫不复的境地。"

绿儿忍无可忍说道："你太不像话了。"

如诗大声喝止绿儿："绿儿你别说了！"

绿儿却继续说道："华纱阿姨，你太不像话了。我知道最近的变故让你很害怕很彷徨，可这并不意味着上灵也像你一样不明就里。我很清楚上灵一直在指引着韦爵和纳飞，而他们所做的一切最终会为女皇城带来福祉。"

华纱说："这正是你大错特错的地方。上灵对女皇城并没有特别关照，她要护荫的是全世界。如果女皇城遭毁灭或者我儿子被杀能够造福全世界，那又如何？对于上灵来说，几座小城市或者几个蚁民的命运实在不算什么，她在下一盘很大的棋。"

绿儿说："如果是这样的话，我们也必须遵从她的旨意。"

华纱说："你要遵从谁的旨意是你的事。可是如果上灵要毁我家园，还陷我儿子于不义，我绝不会向她低头。她真这样做的话，那她就是我的敌人，你明白了吗？"

如诗说："华纱阿姨，请您小声点好吗？别吵醒了孩子们。"

华纱沉默了一会儿，喃喃说道："该说的我都说了。"

绿儿说："华纱阿姨，你不是上灵的敌人。请给我一点时间，我会尽力找出上灵的意图——这本来也是你叫我来的原因吧？"

华纱说："是的。"

绿儿说："虽然我不能对上灵发号施令，可我可以问她。请你在这儿等着，我会……"

华纱说："不行，等你去圣湖的话时间就来不及了。"

绿儿说："我不是去圣湖，而是回房间睡觉，希望在梦中可以得到上灵的指引。"

华纱说："那就赶快吧，我们只能再等一个小时左右，再晚一点就会陆续有人上门，到时候我就必须采取行动了。"

绿儿重申道："我不能对上灵发号施令。"

"上灵也有她自己的计划，她更加不会等你。"

柔珂去了莎芙最喜欢的"行宫"。她以前经常瞒着费雅思在这里寻欢作乐，如今却不见人影。莎芙的朋友伊莉花说："她再也不来这里了，而且她在涂鸦区还有几个窝，她也不去了。可能莎芙要立牌坊了吧！"说完伊莉花大笑着和柔珂道晚安。

看来柔珂这次没法撞破莎芙的好事了，真失望。

为什么莎芙要挪窝呢？难道她的丈夫费雅思去捉奸吗？不会的，费雅思那么要面子，肯定不会这样做。然而事实摆在面前，尽管伊莉花等一众朋友都乐意收留莎芙，可她还是丢弃了那些旧窝。

看来只有一种可能性：莎芙和这个新情人并不是逢场作戏，而是动真格了。而且这人肯定在女皇城中举足轻重，如果他们不躲起来搞地下情，这奸情一旦曝光，绝对是天大的丑闻，必然会传到费雅思那儿。柔珂想：这就爽呆了。她又开始猜这人到底是谁。是哪个大人物赢得了莎芙的芳心呢？有一点可以肯定：这人是有妇之夫——一个男人如果没有和女皇城中某个女人成婚，他是不能在城里过夜的。所以当柔珂最终揭穿莎芙的秘密之后，这个丑闻肯定极具爆炸性，那个泪流满面、心在滴血的妻子更让莎芙显得淫荡下贱。

柔珂想道：我一定要踢爆莎芙的奸情！她竟然瞒着我找姘头，我才没义务替她保守秘密呢。既然她不信任我，那么我为什么要对她以诚相待？

当然了，柔珂不会四处向人乱讲。她认识开放剧场的很多讽刺剧作家，他们肯定不会错过这个千载难逢的好机会，成为披露明星莎芙奸情的第一人。柔珂也不会漫天要价，她只有一个条件：让她去扮演莎芙。这样一来涂曼努杯葛柔珂的计划就全盘破产了。

柔珂想，到时候我就模仿莎芙的歌声，适当加点料去丑化她。没有人比我更能模仿莎芙，也没有人比我更清楚她声音中的种种缺陷。莎芙最后肯定会后悔，不该瞒着我去偷情。不过我得戴着面具去演她，过后什么都不承认，就算妈妈逼我对着上灵发誓，我也矢口否认。哼，这世上可不止莎芙一个人懂得保守秘密。

现在已经很晚，再过几个小时就天亮了。不过那些喜剧应该还有一个多小时才结束，如果她赶回剧场的话，估计还能上台把最后一幕演完。不过这样的话柔珂必须先过了涂曼努这一关——她要涕泪交流地求涂曼努宽恕，还发誓以后再也不会中途罢演。柔珂不愿意这样低声下气地求人，她好歹是贾霸的女儿，怎么能够向一个剧场老板摇尾乞怜呢!

可是贾霸已经死了,我是不是他的女儿又有什么要紧呢?柔珂一想到这就沮丧万分。可是她又想起那个老葛说的话,爸爸可能留下一大笔遗产,让她一夜之间暴富,甚至还能买下一个剧场。这样看来倒也不错,所有问题都迎刃而解了。只是莎芙也会有一大笔钱,很可能也会买个剧场——因为莎芙总想把柔珂比下去,把柔珂的风头抢走。当然了,柔珂比姐姐更善于经营,最终肯定把莎芙那个模仿抄袭的四不像剧场挤垮。莎芙破产之后变得一贫如洗,而柔珂则成为女皇城的演艺圈大鳄。总有一天莎芙会来找她,乞求在她的剧场表演。到时候柔珂会深情地拥抱着姐姐,流着眼泪说:"我亲爱的姐姐啊,我也很想让你来我这儿上台表演,可是我必须对入场的观众负责,我不能让他们的钱都浪费在一个过气女歌手身上啊。"

这真是一个甜蜜的美梦。虽然莎芙只比柔珂年长一岁,可是在柔珂心目中,这区区一岁就是天渊之别了。莎芙虽然目前还占上风,可是总有一天年轻会成为优势,到时候就是柔珂的天下了。柔珂总是比莎芙年轻,也比她漂亮,论天赋也毫不逊色。

柔珂回到位于山城区的家中。这个小宅是她和欧必忍租的,不算豪华,却布置高雅,品位独特。家居装潢宁愿小而精,切忌大而不当,这是德琳阿姨——也就是欧必忍的妈妈——教给柔珂的为数不多的东西之一。德琳阿姨经常说:"女人一定要展现自己最美好的一面,就像一朵绽放的鲜花。"柔珂却另有高见,写在她十五岁那年出版的一本格言集里面,那时候她还没跟欧必忍成婚,还住在妈妈的家里。

  一个含苞欲放的蓓蕾,远胜于一朵完全盛开的花儿
  欲放的蓓蕾色彩清丽素雅,香气若隐若现

盛开的花儿过分炫耀，招蜂引蝶，奈何春光乍泄，一览无遗，再无撩人之处

　　柔珂特别自豪的是，她用简短精练的句子描写蓓蕾，衬托出"盛开的花朵"那一段的冗长和尴尬。可惜没有一个成名的作曲家为她这段词谱写一首咏叹调，有些新出道的作曲人倒是跃跃欲试，可惜他们都是南郭先生，全无天赋，根本不懂得谱写一段适合柔珂声线的旋律。柔珂甚至不屑与他们上床……除了一个。那小伙儿样子还挺英俊的，也很害羞，可是灯一熄他就突然变得如狼似虎。柔珂和他快活了三天，可是他孜孜不倦地要把自己创作的旋律唱给她听，到最后柔珂实在不耐烦就把他扫地出门了。

　　他叫什么名字来着？

　　柔珂几乎要想起那人的名字了，可是就在这时她刚好走进家中，听见一声很古怪的呻吟从里面的房间传出来，听起来有点像小圣湖对面那群狒狒的叫声。

　　可这声音是从二楼卧室传出来的，不可能真的是狒狒在叫吧？月光透过天窗照亮了旋转楼梯，柔珂蹑手蹑脚地向上跑，没有发出一点声响，因为她要捉奸在床。欧必忍这不要脸的浑蛋，竟然在柔珂的床上偷腥，是可忍孰不可忍！他一点都不顾及她的感受吗？至少柔珂没有带情人回家吧？她也从来不会让他们的一身臭汗都抹在欧必忍的床单上面吧？你不仁我不义，柔珂打算上演一幕悲情复仇大片：把那个小贱人赤条条地赶出门外，让她一丝不挂地走回家；然后柔珂会冷眼看着欧必忍丑态百出地恸哭道歉，还信誓旦旦说要抚平她的创伤。不过他说什么都没用了，柔珂无论如何也不会续婚约，到时候欧必忍就会知道，背叛柔珂的后果很严重。

　　不出柔珂所料，欧必忍果然在干那事儿。在月色下，虽然柔珂

看不到他的脸,也看不到他正在"亲密接触"的那个女人的脸,可是瞎子也知道这两人在干什么了。

柔珂说道:"太恶心了。"

这句话达到了柔珂预期的效果:这两人显然没有听到她上楼,所以话音一出,欧必忍整个人都僵住了,还保持着那个姿势。过了好一会儿他才转过头来,一脸蠢相地看着柔珂,伤感地说道:"阿珂,你回来早了。"

"我早该料到的。"床上那个女人说道。虽然她的脸还被欧必忍遮着,可是柔珂立刻就认出了她的声音。"你那出戏太烂,演到中途就被取消了。"

柔珂对莎芙的讽刺置若罔闻,也没留意到她的语气中连一丝窘迫也没有。柔珂心里只在想:难怪莎芙要换窝,不是因为她的新相好多有名,而是因为她要瞒着我。

柔珂低声说:"每天晚上都有几百个粉丝排着队等你召唤,可是你偏要勾引我的丈夫。"

"得了吧,我又不是针对你。"莎芙说着,用两只手肘支撑着身体坐起来,乳房分别向两边下垂。这本来是柔珂最爱看的一幕,莎芙才十九岁,就已经人老珠黄,比柔珂差远了。可是欧必忍这个贱人,已经见识过也享受过柔珂这么完美的身体了,现在居然垂涎于这样一副又老又胖的躯壳。他怎么还能兴奋起来?

莎芙说:"这么好的小帅哥,你居然没有物尽其用。如果你肯满足他多一点,他也不会来找我的。"

欧必忍喃喃道:"对不起,我不是故意的。"

这句话实在太无耻,柔珂觉得心中的狂怒快要爆炸了。可是她努力地保持镇定,硬是把愤怒压下去,如同把龙卷风禁锢在一个瓶子里。柔珂低声说:"不是故意?这是个意外吗?你不小心绊倒,衣服也扯掉了,还刚好摔在我姐姐身上?"

"我不是这意思……其实这几个月来我一直想结束这段……"

柔珂低声道:"几个月……"

莎芙说:"你就别再解释了,小狗狗,你只会越抹越黑。"

柔珂问道:"你叫他'小狗狗'?"她们姊妹情窦初开的时候,老是有很多十几岁的小男孩缠着她们献殷勤,这个昵称就是用来形容那些小男孩的。

"他实在太热情似火了。"莎芙一边说一边从欧必忍下面滑出来。"我忍不住叫他'小狗狗',他也喜欢这名字嘛。"

欧必忍转过身来可怜巴巴地坐在床上,也懒得遮掩一下,柔珂一眼就看到他已经不再兴致勃勃了。

莎芙站在床边,弯腰从地板上捡起衣服,说道:"欧必忍,别担心,她还会和你续婚约的。她可不想这事情传出去,所以啊,只要你愿意保守秘密,你要续多久她都会答应的。"

柔珂看着莎芙肚子上的赘肉,看着她弯腰的时候两个乳房直晃荡。可是就凭这些,她还是抢走了柔珂的丈夫。莎芙一辈子都骑在柔珂头上,甚至连她的丈夫也要抢,实在是忍无可忍。

柔珂还是低声说:"你给我唱。"

"什么?"莎芙转头看着柔珂,她手上还抱着衣服。

"贱人,你声音不是很好听吗?快给我唱一首歌。"

莎芙盯着柔珂的双眼,觉得消遣她够了,开始厌烦了。莎芙说:"你这个小丫头,我才不给你唱呢。"

柔珂说:"不是给我唱,是给爸爸唱。"

"关爸爸什么事?"莎芙的脸突然扭曲起来装出很同情的样子。

"啊，是不是小阿珂要去爸爸面前告状呢？"然后莎芙冷笑一声。"他只会笑一笑，然后拉上欧必忍去喝杯小酒。"

柔珂说："给爸爸唱的挽歌。"

"挽歌？"现在莎芙显得有些困惑和担忧了。

"你在这里勾引妹夫的时候，有人把我们的爸爸杀了。如果你这样都不在意，还算是人吗？即使是狒狒也懂得悼亡伤逝啊。"

莎芙说："我又不知道，我怎么可能知道？"

柔珂说："我想当面跟你说，可我走遍了我所知道的地方都找不到你。为了找你，我中途离开舞台，连工作也丢了。可你呢？你却在这里干这些龌龊事。"

莎芙说："你这个骗人精，我为什么要相信你？"

柔珂说："费雅思苦苦哀求我也没理他。"

莎芙说："他怎么会求你？我才不信你胡说八道呢。"

"费雅思告诉我，他多么渴望得到一个真正年轻美丽的女人，哪怕一次也好。可是我拒绝了，因为你是我姐姐。"

"你骗人，他从来没求过你。"

"爱信不信，可他就是求了。"

莎芙说："没有！"

"费雅思，他大腿内侧还有块胎记呢。我拒绝了他，就因为你是我姐姐。"

"你还拿爸爸来骗我。"

"爸爸在大街上被人杀害，倒在自己的血泊里。家门不幸啊，爸爸死了，我被人算计，而你……"

"快让开！"

柔珂说："你给他唱一首歌。"

"如果你没说谎，我在葬礼上自然会唱。"

柔珂说："现在就唱！"

"你以为你是谁啊？丑小鸭，我才不会听你的命令唱歌呢。"

莎芙不肯唱，却叫柔珂丑小鸭，这是姊妹间的玩笑话，向来都是这样，也没什么。可是莎芙语调中的轻蔑和厌恶深深刺痛了柔珂。她受够了，终于到了忍无可忍的地步，她再也不能克制心中那股强烈的冲动。

柔珂高声吼道："好！那你就听我的命令，永远也别唱了！"说完她猛一挥手，好像一只猫出爪那么迅猛，不过她用的是拳头。莎芙伸手护着脸，可是柔珂本来就不是想打脸，她恨的不是莎芙的脸。柔珂的拳头正中目标，重重打在莎芙的咽喉那儿——莎芙的声带就在这里，她的甜美的声音也是从这儿发出来的。

这下重击把莎芙打得仰面倒下。她双手紧抓着喉咙，却发不出一点点声响，只能在地板上挣扎着，一边喘气一边咳嗽。欧必忍大叫一声扑倒在莎芙身边："莎芙！莎芙！你没事吧？"

可是莎芙说不出话，喉咙咯咯作响，突然口吐鲜血，呛得狂咳不止。竟然吐血了……柔珂看到莎芙的手上全是血；欧必忍跪在她身边，把莎芙的头枕在他的膝盖上，所以鲜血也蹭了他一腿。月色下莎芙的血闪着黑色的光芒，这是从她喉咙流出来的血。莎芙，你自己的血尝在嘴里是什么味道？欧必忍，她的血蹭在你身上又是什么感觉？莎芙的血，就像是处女送出的礼物，就当是我送给你们俩的礼物吧。

莎芙发出一声怪叫，好像快断气似的。欧必忍叫道："水！快拿杯水，阿珂，我得把她嘴巴里面的血冲干净。你看不到她都流血了吗？瞧你做的好事！"

柔珂走到洗手盆那儿——她自己的洗手盆,拿一个杯子——她自己的杯子,装了一杯水递给欧必忍。欧必忍接过杯子,想喂给莎芙。可是莎芙又呛着了,一下子把水都喷出来,大口喘着气,似乎快要被自己喉咙里面的血呛死了。

欧必忍大叫道:"医生!快叫医生!隔壁的布斯蒂娅是个医生,她可以来救人。"

"救命啊,快来救命啊。"柔珂喃喃自语,小声得连自己也几乎听不清。

欧必忍从地板上站起来,愤怒地看着柔珂:"我去找医生,你别碰她。"说完就勇猛地向外走去。这时候欧必忍居然显示出一点男子气概,只见他全身赤裸,有点像神话里面的那些神,也有点像孤威国的皇帝——他在画像中也是没穿衣服,雄风尽显。这时候欧必忍已经冲入夜色之中,为了寻找医生救他的女人。柔珂再低头看着莎芙,只见她的指甲在地板上用力地刮着,另一只手则拼命地撕扯着喉咙的皮肤,好像想划开一道口子好喘气;她的眼珠子也凸出来了,鲜血不断地从嘴巴流到地板上。

柔珂说:"你已经什么都有了,什么都得到了,现在竟然连他也要抢走!"

莎芙喉咙那里发出咯咯的声音,双眼盯住柔珂,眼神充满了痛苦和恐惧。

柔珂说:"你不会死的,我不是杀人犯,我也不会背叛你。"

可是这时柔珂才意识到,莎芙可能真的快没命了。她的喉咙里充了那么多血,说不定真会窒息而死,然后柔珂就成了十恶不赦的坏人了。柔珂说:"他们可不能怨我。爸爸今晚死了,我回到家却发现你和我丈夫通奸,而且你还很刻薄地嘲弄我——他们不会怨我。

我只有十八岁，我还是个小女孩儿。而且这反正也只是个意外，我本来想抓你眼珠，只是没打中而已。"

莎芙突然作呕，吐了一地，顿时恶臭熏天。这下真是一团糟，什么东西都弄脏了，而且那股臭味永远永远也散不掉。如果莎芙死了，他们还会怨在柔珂头上。原来这就是莎芙的复仇方式：在柔珂这里留下永远洗不掉的污迹。莎芙用自己的死让柔珂一辈子都扣着杀人凶手的帽子，这样大家就算扯平了。

柔珂想，你想得美，哼，我可不会让你死！我要亲手救活你。

当欧必忍带着医生回到家中的时候，他们看到柔珂跪在莎芙身边给她做人工呼吸。欧必忍把柔珂拉到一旁，给医生让位。布斯蒂娅把一根管子插入莎芙的咽喉，她是有苦不能言，龇牙咧嘴的一脸怪相。这时候欧必忍才嗅到血和呕吐物混杂在一起的怪味，又发现柔珂的脸上衣服上全是这些恶心东西。欧必忍把柔珂拥入怀中，低声说道："你还是爱你姐姐的。你不忍心看着她死。"

柔珂紧紧地抱着他，不停地抽泣。

绿儿很凄惨地说："我睡不着。可是我睡不着的话，又怎能做梦呢？"

华纱说："没关系的，我知道该怎么做了，我不需要上灵的指挥。司马洛必须离开女皇城，因为如诗说得对，我现在没办法保护他。"

司马洛说："我不会逃走的，这是我的家园。所以我决定留下来承担后果。"

华纱说："你还爱女皇城吗？那就请你不要给贾霸的余党提供一个打击对象，别让他们把你推上被告席。否则他们就会趁这个机会弄垮女皇城的卫戍部队，好让那些面具军团独大。"

司马洛看着华纱，过了一会才点头道："我明白了。为了女皇城好，我愿意逃亡。"

如诗问："逃去哪儿呢？你要让他去哪儿？"

华纱说："当然是去北面的孤威国了。我会给你足够的钱粮去那儿，还有一封信。在信里我会解释你怎么救了一个杀死贾霸的人，他们肯定会明白的——他们肯定有间谍潜伏在这里，把老贾想和剖头国勾结的消息传回去。甚至罗达可能也和他们有联络。"

司马洛大声说："不可能！罗达绝不是叛徒！"

华纱安慰他说："没错，他当然不是叛徒。关键是，贾霸是孤威国的敌人，这就意味着你算是他们的盟友了，那他们收留你也只是举手之劳而已。"

司马洛问道："我需要流亡多久呢？我的爱人还在这里，还有我的儿子。"

华纱说："不会太久的。老贾死了，目前的混乱局面很快就会平息——这些混乱本来就是他造成的，他一死我们就有安稳日子了。希望上灵原谅我接下来的这句话，如果真是纳飞杀了老贾，说不定他还真的做了件好事，至少对女皇城来说是件好事。"

这时候传来一阵很响的敲门声。

华纱说："已经来了！"

司马洛说："他们不可能知道我藏在这儿。"

"小诗，带他去厨房拿补给，我去前门尽量拖延时间。绿儿，你去帮你姐姐。"

敲门的不是帕华部族的民兵，也不是女皇城守兵或者其他什么权威机构的人，而是莎芙的丈夫费雅思。

"真对不起，在这个时候打扰你。"

华纱说："你打扰的除了我还有这个房子的所有人。我已经收到莎芙爸爸的死讯了，不过我也知道你来这里是一片好心……"

费雅思说："他死了？贾霸死了？难怪……不对不对，这也解释不了。"

费雅思看起来又惊又怒，华纱从来没见过他这样子。

华纱问："到底发生什么事情了？如果你不知道老贾死了，那你来是为了什么呢？"

"柔珂的一个邻居过来找我，说莎芙出事了，她喉咙受到重创，几乎没命。你要不要和我去一趟？"

"你扔下她不管来找我？"

费雅思说："我本来就没有和她在一起，她是在柔珂家中。"

"为什么阿芙会在那儿呢？"一个用人帮华纱披上外出穿的长袍？"柔珂今晚不是有一部新戏上演吗？"

"阿芙和欧必忍在一起，"费雅思说着就在前面带路，和华纱走出门廊，用人在他们身后关上了大门，"所以阿珂才打她。"

"阿珂打她的喉……是阿珂做的？"

"她发现了两人的奸情，反正那个邻居是这么说的。欧必忍光着身子就跑出去找医生，他们回到家时阿芙也没穿衣服，阿珂正在给她做人工呼吸。后来他们把一根管子插进阿芙的喉咙，她才能呼吸，所以也没有生命危险了。这都是那邻居告诉我的。"

华纱很苦涩地说："莎芙没死，也没穿衣服。"

费雅思说："可是柔珂伤了她的喉咙，如果莎芙因此而失声的话，这比要她的命还惨。"

华纱说道："可怜的阿芙。"街上有帕华部族的雇佣兵在巡逻，华纱根本没有留意他们；大概是因为费雅思和华纱神情严峻，行色匆匆，所以那些面具兵也没拦住他们。"一个晚上之内又丧父又失声。"

费雅思悲痛地说："今天晚上我们每个人都失去了一些东西，是吧？"

华纱说："其实莎芙并不是针对你，我想她还是爱你的，只是她的爱有点特别。"

"我也知道她们姊妹俩互相憎恨，都不惜代价要伤害对方，只是我原来以为情况会有所改善。"

华纱说："可能现在情况会开始好转吧，反正是不可能变更坏了。"

费雅思说："其实阿珂也想对我下手的，两次都被我拒绝了。为什么欧必忍就那么没脑，不懂得拒绝莎芙呢？"

华纱说："他不是没脑，只是没有坚强的意志。"

柔珂的家中正在上演温馨的一幕。有人已经打扫过了，莎芙躺在床上，穿着柔珂最端庄朴实的一件睡袍；床单也铺得很平整，不像之前那样皱皱巴巴的。欧必忍不知道什么时候已穿上衣服，正跪在角落里，安慰着还在抽泣的柔珂。医生走到房门口迎接华纱。

医生说："我已经把肺里面的积血都排清了，她再没有生命危险了，不过这条呼吸管暂时还不能拆，一个喉科医生马上就要到了。伤口愈合之后未必会留疤痕，她的歌唱事业可能还有救。"

华纱坐在床的边缘，紧挨着莎芙，握住女儿的手。虽然地板已经用水擦过，可是呕吐物的味道还是散不掉。华纱低声说："阿芙，唉，这一局你是输了还是赢了呢？"

莎芙的眼皮之间挤出一滴泪水。

在房间的另一边，费雅思站在欧必忍和柔珂面前，低头看着他们。他满脸通红，是因为生气，还是因为一路走过来累的？

费雅思说："欧必忍，你这条杂种可怜虫，只有笨蛋才会吃窝边草。"

欧必忍抬起头，脸拉得老长。他看了费雅思几眼，然后又低头看着柔珂，柔珂则趁势哭得更厉害了。华纱太了解柔珂了，她的抽泣确实是发自内心的，可同时也是为了尽量博取同情。可惜华纱一点也不同情柔珂，因为她知道柔珂自己也不专一。如果一个女人本身就对丈夫不忠，当她发现丈夫有外遇时，却觉得自己是受害者，这种女人根本就不值得同情。

现在真正承受痛苦的是莎芙，而不是柔珂。虽然现在莎芙有苦说不出，可华纱还是关注着她，而没有被柔珂拼命发出的各种噪声分散了注意力。

华纱说："我亲爱的女儿，妈妈在这儿陪着你。这毕竟不是世界末日，你还好好地活着。你的丈夫也深爱着你，在你不能开口唱歌的日子里，他的爱就是你的音乐。"

莎芙紧紧地握着华纱的手，轻轻地喘着气。

华纱转头问医生："她已经知道了她爸爸的事情吗？"

欧必忍说："她知道了，阿珂告诉我们了。"

华纱说："感谢上灵，我们只需要出席一个葬礼。"

欧必忍说："刚才是阿珂救了她姐姐，莎芙的命是她给的。"

华纱想道：你错了，莎芙的命是我给的。唉，我给了她生命，却不能给她良知和理性，我甚至不能阻止她上妹妹的床勾引妹夫。可是我的确给了她生命，希望这次惨痛的教训可以给她一点怜悯之心，或者至少一点点自制力。希望这次惨剧能够产生一些好的效果，让莎芙真正成为我的女儿，而不像她俩现在这样，只是贾霸的女儿。

　　华纱默默地祈祷：希望这一切都会好起来。可是她马上就想到，我这是向谁祈祷呢？向上灵吗？正是由于她好管闲事才惹出那么多麻烦，我决不向她求助！我现在必须凭一己之力带领我的家庭和我的城市走出绝境。问题是我手上没有任何权力，只有爱和智慧能够给予我力量。爱，我有；智慧，我有吗？

第二章 机 会

圣湖先知的梦

绿儿从来没尝试过"紧急入梦",所以她想不到原来睡觉做梦不是想做就能做的。而且事与愿违,她越着急睡觉就越睡不着,更别说做梦了。绿儿很抓狂,也觉得很惭愧,因为在卫兵司马洛的问题上,她不能及时得到上灵的神谕,导致华纱阿姨不得不仓促地做出决定。更惨的是,即使没有上灵的指引,绿儿自己也确信,把司马洛送去孤威国是个错误的决策。事情没么简单,敌人的敌人不一定就是朋友,他们未必会给司马洛提供庇护。

绿儿很想大声告诉她:"华纱阿姨,孤威国未必就是我们的朋友啊。"可绿儿还没机会说,华纱就和费雅思匆匆出去了。绿儿只能眼睁睁地看着司马洛在用人的帮助下收拾好食物装备,然后从后门溜走了。

为什么华纱不能三思而后行呢?让司马洛逃进沙漠投靠韦爵岂不更好?当然,他已经不再是韦爵了,他现在只是佛意漫而已,因为贾霸已经剥夺了他的韦爵封号——什么时候的事情呢,好像就是昨天而已吧。"只是佛意漫而已"……可是绿儿知道,在女皇城中有名望的男人里,唯独佛意漫有幸成为上灵计划的一部分。

目前所有的问题都始于上灵给了佛意漫一个火烧女皇城的幻象。上灵警告他，和剖头国结盟是自取灭亡；可是她并没有担保孤威国就一定是值得信任的盟友。孤威国的人被称作油头族，因为他们习惯用油浸泡头发。据绿儿对油头族的了解，叫司马洛去找他们寻求庇护实在不智，因为这样一来就给孤威国传达了一个错误信息，让他们以为在女皇城中的盟友身处险境。本来人们就怕孤威国打过来，现在绿儿只能希望这件事情不会诱使他们真的发兵攻打女皇城。

送司马洛过去真的是一个错误。不过这个结论是绿儿自己分析出来的，并非"圣湖先知"从上灵那儿得到的指示，所以没有人会听她的。没有上灵附体的时候，她只是个小孩子而已，也就是说，只有当她不是她自己的时候才会得到别人的尊重。绿儿很生气，可是又能怎么办呢？她现在只能希望自己对司马洛和孤威国这些事情的分析是错误的，同时迫不及待地盼望着长大成人。

让绿儿更加担忧的是，华纱居然做出这样一个错误的决定，似乎是在惊恐之中不假思索就仓促行动。如果连华纱的判断力都打了折扣，那绿儿还能依靠谁呢？

绿儿想，我得和什么人说一下才行。和如诗讨论是不行的——姐姐很聪明、很善良，也乐意听绿儿倾诉，但如诗对女皇城以外的事情概不关心，作为一个解构者就是这点不好。如诗对身边人们的关系网和联系模式都了如指掌，每天她看着人们分分合合，见证着各种群体的成型壮大和分崩离析，这种网式的第六感很自然地成为她生命中最重要的东西。而在她心底最深处则是她对女皇城这张大网的感知。如诗太热爱也太了解这座城市了，她的精力都灌注在女皇城内部，所以对女皇城与外部世界的关系一无所知；与具体每个个体的关系网相比，这种城际关系太宏观了。绿儿尝试过和她讨论这话题，可是如诗几乎马上就睡着了。也不能怪她，毕竟当时已经将近凌晨，她们半夜时醒了就一直没睡，绿儿自己也需要休息。

要是我能和纳飞或者羿羲聊一下就好了，尤其是纳飞——他在醒着的时候也能够和上灵沟通。虽然他未必能像我这样接收幻象，他看事情的深入和清晰程度也未必及得上圣湖先知，可是他不用睡着都可以获得答案，简单实用的答案。如果他在这儿就好了，可是上灵却把他们父子兄弟全部打发到沙漠深处。本来司马洛应该去投靠纳飞的，可惜没人知道他们到底躲在哪里。

终于，绿儿脑中紊乱的思绪搅和成一片混沌，她也慢慢睡着了。在断断续续的睡眠中，绿儿做了一个醒后也不会忘记的梦，因为这个梦来自外界，其中包含的意义远比她脑中零落散乱的无意识片段更清晰。

如诗说："醒醒。"

绿儿说："我醒着呢。"

"这话你已经说过两次了，好妹妹，可其实你每次都没醒。现在已经天亮了，形势比我们预计的还恶劣啊。"

绿儿说："我每次醒来你都这样唠叨，难怪我又睡回去。"

"你睡得够多了。"然后如诗把昨晚柔珂家变的故事告诉了绿儿。

绿儿无法理解，这样的事情竟然会发生在华纱家里人的身上，可惜这并不是谣言。她说："费雅思把华纱阿姨带走就是为了这个？"

"你在早晨的时候真聪明。"

绿儿的脑子还没有完全睡醒，所以她过了好一会儿才意识到如诗在讽刺她。绿儿解释道："我做梦了。"

可是如诗对她的梦并不感兴趣："你已经梦醒了,可怜华纱阿姨,她一觉睡醒,噩梦才刚刚开始呢。"

绿儿想显得乐观一点："不过她至少可以想,把柔珂和莎芙送到德琳阿姨那里上学,所以不会拖累她学校的名声。"

"不拖累?妹妹,她们是她的女儿啊!而且她们小时候,总是德琳阿姨来这边给她们上课——这和她们受到怎样的教育没有关系,而是因为她们是贾霸的女儿。这事情真是一个美丽的讽刺,贾霸死掉的同一个晚上,他的一个女儿把另一个女儿的喉咙给打哑了。"

"姐姐,你说的每一个字都洋溢着动人的善意。"

如诗瞪了绿儿一眼说："你别谴责我,你自己又何尝喜欢过华纱阿姨的两个女儿?"

实际上,绿儿对华纱的女儿一点兴趣都没有。她们住在华纱家中的时候,绿儿还小,对她们没什么印象。如诗就不同了,她比绿儿年长,对莎芙姊妹在学校的情景记忆犹新。那时候柔珂还在上课,而且两姊妹身边追求者众,如诗嘲笑说她们附近的荷尔蒙指数可以和妓院媲美了。她讨厌柔珂和莎芙,并不是因为她们招蜂引蝶,而是因为这两姊妹妒忌心特别强。哪个女生如果得到华纱额外的疼爱和尊重,都会招来两姊妹的怨恨——就像如诗,与世无争的一个人,却整天被她俩无情地攻击。只要老师不在场,她们就会抓紧每一分每一秒嘲讽和奚落如诗,最后害得如诗变成华纱府中的一个幽灵:整天都躲起来,上课前一秒才进教室,一下课就跑掉,也不和大家一起吃饭玩耍。这种惨况直到两姊妹早早地嫁人离开学校之后才算结束。她们结婚的时候还很年轻:柔珂十四岁,莎芙十五岁。那时候莎芙已经是个著名歌星,她和柔珂练声的时候,整个学校都充满了歌声。可惜她们两人并没有给华纱的学校带来真正的天籁之声,反而是她们走了之后,和谐的音乐才在校内重新奏响。不过自此之后,如诗在众人面前始终显得很安静很害羞,只有与绿儿独处时才散发出活力。因为有这样的交恶史,如诗自然对莎芙和柔珂的那一幕人寰惨剧特别关注;而绿儿虽然也关注,却是因为这事情让华纱阿姨伤透了心。

"姐姐,先别说那些花边新闻了。有没有人说起那个士兵?还有,贾霸的死有没有引起轩然大波?"

如诗低着头,她知道绿儿其实在暗讽她本末倒置,老在讲那些琐碎的东西,却忽略了真正重要的事情。如诗知道绿儿其实是对的,所以她没有反驳。"他们说司马洛从头到尾是纳飞的同谋,拉士葛要求议会彻查是谁帮助司马洛逃出女皇城的。他也不想想其实司马洛当时也没有被通缉。老葛其实是想让帕华部族控制女皇城守兵,用心何等险恶。"

绿儿说:"如果华纱阿姨被当作司马洛的同谋抓起来,那该怎么办呢?"

"同谋?谋什么呢?"如诗说着说着,又变回在女皇城中举足轻重的解构者,而不再是那个整天被往事折磨的女孩小诗。绿儿知道姐姐故意用那么惊奇的语气,其实是在暗讽她缺心眼儿,不过绿儿还是觉得很欣慰。"你以为别人都是傻子?拉士葛想指手画脚,可他不是贾霸,他没有领袖的气质。华纱阿姨在议会里面单枪匹马就可以对付他一帮人。"

绿儿说:"话虽这么说,可是贾霸有那么多雇佣兵,现在都成了拉士葛的手下……"

如诗说:"老葛人脉不行。之前人们喜欢他,尊重他,是因为他的管家身份——尤其是韦爵的大管家——所以现在他们也不会把他当成真正的韦爵,更别说帕华部族首领了。他以为自己能呼风唤雨,其实只能掀起些小水花,不过这也够讨人厌了。"

绿儿终于全醒了。她爬下床的时候想起有件事情必须告诉如诗,绿儿说:"我做了一个梦。"

"你说过了。"然后如诗才想起绿儿的任务。"啊,你这个梦做晚了一点点,对吧?"

"我这个梦和司马洛没关系,是关于一些很奇怪的东西,可是我有个感觉,这些东西非常重要,甚至比我们身边发生的事情更重要。"

如诗问:"这梦真的是上灵发过来的吗?"

"虽然我从来都不敢确定,可是我猜应该是吧,这梦我记得很清楚,所以只能是上灵发过来的。"

"我们得去吃早餐了,边走边说吧,现在快中午了,不过华纱阿姨看在我们忙了半晚的份儿上特意让厨师给我们开了小灶。"

绿儿套上长袍,脚踏凉鞋,跟着如诗下楼梯,向厨房走去。"我梦见一些天使在飞来飞去。"

"天使!那是什么意思?莫非你睡着的时候很迷信?"

"你以为是儿童书上画的那些天使啊?不是的,他们更像是一些很优雅的大鸟。不对,其实更像蝙蝠,因为他们是毛茸茸的。不过他们的脸表情丰富,一看就知道是有智慧的生物,而且在梦里我不知怎的就知道他们是天使。"

"上灵又不需要天使,她反正能直接进我们女人的脑子里面说话。"

"其实上灵也对男人说话的,只是他们基本上都不去听,就好像你现在根本都没在听我说话。阿诗,我真不该和你说这梦,反正上灵讲什么你都不感兴趣，我只管吃我的蜂蜜奶油面包就好了。"

"绿儿你别给我话儿听。对别人来说你是了不起的圣湖先知，可在姐姐我面前你不过是个爱使性子的笨丫头罢了。"

厨师瞪着她们说："我那么费劲把这厨房打扫得窗明几净，就是为了保持一个和谐的气氛。"

两人很尴尬地从厨师手中接过热面包，坐在饭桌前，桌上已经摆着一碗奶油和一罐蜂蜜。像往常那样，如诗把面包掰成小块放进一个碗里，再浇上奶油和蜂蜜；而绿儿却把厚厚的一层蜂蜜抹在面包上面吃，奶油则另外喝。她俩都装作很讨厌对方的吃法。如诗小声嘀咕道："干巴巴的。"绿儿则反驳说："黏糊糊的。"然后两人一同哈哈大笑。

厨师说："这就对啦，你们也知道不应该吵架吧。"

如诗嘴里塞满面包，说道："你那个梦……"

绿儿说："天使。"

"会飞嘛，我知道。还很多毛，像胖蝙蝠，你已经说过了。"

"它们不胖呀。"

"反正像蝙蝠。"

绿儿说："它们在天上翱翔，其实是很优雅的。然后我变成他们中的一员，也在空中飞啊飞啊，眼前一片祥和美景。然后我看到一条河，于是俯冲下去，在河边用黏土造出一个雕像。"

"天使玩泥沙？"

绿儿回嘴说："有什么奇怪的，蝙蝠还能雕塑呢。还有啊，看你吃的，牛奶漏了一下巴。"

"哼，你鼻子上不也沾了面包屑。"

"哼，你的头部正面怎么长了那么恶心的——糟了，不会吧，那是你的——"

"是我的脸，知道了知道了，快把你的梦讲完吧。"

"我把黏土放进嘴里弄软，所以当我——其实当时我是一个天使，你明白吧——当我塑出这个雕像的时候，它里面有我的一部分，这点非常重要。"

"嗯，这很有象征意义，没错。"如诗的语气很嘻哈，可绿儿知道她其实很认真在听。

"而且那些雕像既不是人也不是天使，甚至什么都不是。有时候会有张脸在上面，却又不是人物雕像，我也不知道这到底是什么。总之就是随心所欲的形状，却没有哪两个是相同的。我只知道在这一个瞬间，我雕出的塑像就只能是这个样子。你说，这有意义吗？"

"这只是个梦，也不一定有意义嘛。"

"不过如果这是上灵传过来的梦，那它就非有意义不可了。"

"那反正你最后总会找到意义的。"如诗说完，把一汤匙湿漉漉的奶油面包送进嘴里。

绿儿继续说："我们完工之后，就把那些雕像拿到一些很高的石头上晒干。然后我们就四处盘旋，互相看着彼此的作品。最后那些天使都飞走了，只留下我一个。而我也不再是它们中的一员，我只是一个旁观者，在那里看着那些放雕像的石头。等到太阳下山，四周一片黑暗……"

"在黑暗里你还能看得见啊？"

绿儿说："随便吧，反正在梦里我看得见。到了晚上来了很多巨大的老鼠，每一只都带走一个雕像。地面上有很多洞，它们钻进去，沿着迷宫一样的地道走到很深的洞穴里面。每一只偷了雕像的老鼠都会把它交给另外一只，然后两只老鼠一起对着雕像又啃又咬，用口水把它变软，还在身上蹭来蹭去弄得浑身都是黏土。如诗，我多生气啊！这些老鼠把那么漂亮的艺术品都毁了，将雕像变回泥土，抹得全身上下都是，连它们的私处也不放过。"

如诗说："狂热的艺术发烧友嘛。"

"我是认真的。当时我在梦里真的很难过。"

如诗问："那这梦是什么意思呢？天使代表什么，老鼠又代表什么呢？"

"我不知道。上灵发过来的梦通常有很明确的意思。"

"那或者这就是一个普通的梦而已。"

"不是的，这个梦很不一样，梦境太清晰了，我好像是被强迫着记住其中的内容。阿诗，我甚至觉得这有可能是我做过的最重要的梦。"

"那真的很不幸了，竟然没人能解释其中的意义。有很多预言只有在尘埃落定无法挽回的时候人们才恍然大悟，可能你这个梦就是这种。"

"可能华纱阿姨可以解释一下。"

如诗一脸怀疑地说："她目前状态似乎不太好。"

绿儿暗地里松了一口气，原来不止她一个发觉华纱的决策错误。"那我就不告诉她算了。"

如诗脸上突然现出一种沾沾自喜的微笑，她说："我有个很大胆的猜想，你要听听吗？"

绿儿点点头，拿起那片遗忘已久的面包咬了一大口。

如诗说："天使代表女皇城的女人，几百万年来我们用自己的心血把这个城市塑造成一片精巧极致的人间乐土，就像你梦里的蝙蝠用自己的唾液塑造出那些雕像。现在我们的作品已经成型，到了晒干的阶段；而我们的敌人则隐藏在黑暗中窥伺着，找机会出来偷走我们的心血之作。可是它们太蠢了，那些雕像在它们眼里只是一坨一坨干泥巴而已。所以它们把雕像弄湿重新变回黏土，然后在这些泥巴里面打滚，还扬扬自得，以为得到了女皇城的精髓，实际上它们什么也没得到。"

绿儿敬仰万分："你说得挺好嘛。"

如诗说："英雄所见略同。"

"那么，我们的敌人是谁呢？"

如诗说："这还不简单，就是男人呗。"

绿儿说："那也太简单了吧……不对，虽然女皇城是女人之城，可是城中的男人做出的贡献一点不比女人少。虽然他们不能在城内置业，如果没结婚的话甚至不能住在城中，可他们其实也是这个大家庭的一部分。"

"我敢肯定你说大老鼠的时候心里想的正是男人。"

厨师正在给今天的晚餐做炖肉，听到如诗的话，忍不住咯咯咯地笑出声来。

绿儿坚持说："应该是指别的，比如说剖头国的人。"

如诗说："或者就是指贾霸那一伙，那些摧花党，还有戴恐怖面具的雇佣兵。"

"也可能是一些还没发生的事情。"绿儿说着，显得很沮丧。"也可能和女皇城没什么关系。谁知道呢？这只是我的梦啊。"

"这个梦也没有确确实实告诉我们应该把司马洛送去哪里。"

绿儿耸肩道："或者上灵以为我们多少有点脑子，可以自己想出对策呢。"

如诗问："那上灵猜对了吗？"

绿儿说:"很难说——把司马洛送到孤威国那里去,这一步就走错了。"

如诗说:"难说啊,不过有一点可以肯定,你这样干啃面包就错了。"

绿儿说:"我们这样吃没错,因为我们牙好,不用把面包泡软了才嚼得动。"

两人又开始唇枪舌剑,越说越大声,最后厨师忍无可忍,把她们轰出了厨房。不过也无所谓,反正早餐也吃完了。这样像小孩子似的打闹,哪怕几分钟也是快活的,因为她们知道这样的时光很快将一去不复返。巨变在即,山雨欲来,如诗和绿儿姊妹二人天赋异禀,在城中的地位举足轻重,自是责无旁贷,当尽力效劳,难以置身事外。

绿儿前往女皇城议会履责,汇报她做的这个梦。议会将梦的内容详细记录,并交给智囊团研读其意义和征兆。绿儿也详细汇报了如诗的解释,可是议会只是礼节性地道谢一下,然后告诉绿儿,梦谁都可以做,可只有专家才有资格释梦。

克兰,现实中

这一场干热的风暴来自西北方,穿过茫茫大沙漠,风中没有夹杂一丝水汽,全是飞沙走石。传说无数的人畜被卷进风暴里,他们的尸骨血肉都被激荡成碎末粉尘,随风飘过数千里;这些冤魂被永远禁锢在风暴之中,上天无路入地无门,仔细听的话,你还能在风声中听出它们凄厉的惨叫声。虽然群山挡住了最暴烈的风头,可是慕斯兵营中的帐篷还是被吹得摇摇欲坠，啪啪作响。无数军旗在疯狂舞动，不时有旗杆被连根拔起，沿着帐篷之间的泥路翻滚前进，总有些士兵可怜巴巴地跟在后面追赶。

虽然有皇帝陛下的保佑，慕斯的中军帐在狂风里依然颤抖不已。当然，皇上的庇佑总是很灵验的，可慕斯搭帐篷的时候还是确保木桩打得特别结实特别深。此刻他坐在书桌前，在烛光中审视着面前铺开的一幅地图，眼神充满了渴望。地图展示了世俗海西岸的广袤土地，其中北部红色那一片是孤威国，也是属于皇帝陛下的土地——就像人们整天没完没了地叽叽歪歪，说什么皇帝陛下乃真神下凡，奉天承运，普天之下莫非王土——慕斯没空唠叨那个，他在想着那些早已灭亡的古国和它们已经消失的国界。这些古国都有着悠久深远的历史，很多比孤威国更古老。时至今日它们都不复存在，甚至已经被从人们的记忆中抹掉。谁哪怕提起这些国家的名字都犯了叛国罪；至于在地图上寻觅那些湮灭已久的古老国界——那绝对是杀无赦的死罪。

可是慕斯根本不需要寻觅那些国界，因为他早已对宝华国了如指掌——宝华是他的故国，也是他们苏斯亚人的家园。早在孤威国入侵的一千年前，苏斯亚人就已经穿过北方的大沙漠，南下来到这里。本来苏斯亚人和孤威人渊源很深，他们有共同的祖先，说一样的语言。可是自从来到斯格山脉河谷地区之后，苏斯亚人厌倦了漂泊流浪和连年征战，决定留在这片富饶肥沃的土地上安居乐业，建立一个自由幸福的国度。邻近有很多不同的民族，良莠不齐。比如普叔度人、克兰米人和伊斯曼人，这些全是山野匹夫，没有文化，唯好勇斗狠，求一宿三餐，很让人看不起。苏斯亚人更多地从来自远方的商队那里学习先进文化，比如西夕都人、乌尔热人和来自平原诸城的商队。而佼佼者当数女皇城来的商队：他们带来奇花异草的种子、烧在玻璃里面的画、各种巧夺天工的工具、会变颜色的神奇织物；他们唱着充满异域风情的歌曲，还吟诗赋词，叙事抒情。正是女皇城的商队给予了苏斯亚人梦想和智慧，用言传身教让他们学会了高尚优雅的生活方式。

在宝华国的鼎盛时期，苏斯亚人从女皇城商队那里学会了议会制，学会了由民选议员代表大众在议会中投票。可是那些商队的人还说，女皇城是由女人统治的，男人甚至不能在城中拥有土地。即使是这样，那些男的居然还甘心被那些百无一用的女人骑在头上，从来没想过翻身做主；而女皇城竟然还一直屹立不倒，欣欣向荣。最不可思议的是女人不但有投票权，而且在每年岁末竟然有权休夫另嫁。

苏斯亚的男儿本来都是彪悍的勇士，长年累月被这种文化洗脑，逐渐变成了懦弱无能的"娘货"。到了慕斯曾祖父那一代，他们终于让女人也拥有投票权，甚至选她们上台执政。于是孤威国乘虚而入——他们知道，苏斯亚男人内心深处其实已经彻底变成女人，因此再也不配享有自由了。其时孤威大军集结在边境，议会那帮女人——虽然号称男女各半，其实一个真正的男人也没有——竟然投票决定不抵抗，接受孤威国的统治，条件是除了军事以外所有事务都保持自治状态。这其实是变相的投降，是将苏斯亚的男人彻底去势，让他们在全世界面前丢人露丑。而慕斯的曾祖父正是制定和签署这个城下之盟的罪魁祸首。

此后的五十年中，苏斯亚人似乎真的享有"自治权"，但孤威国的军方不过是在实行温水煮青蛙的策略罢了。他们逐步将越来越多的内政事项划入"军务"的范畴，以致最后把宝华议会那帮老头老太变成一群惊弓之鸟，连上厕所也要先向孤威皇帝申请。到了这份儿上苏斯亚族人才猛然想起自己失落已久的男子气概。他们解散女权议会，宣布了苏斯亚这个大漠游牧民族的重生，誓要和孤威国血拼到最后一口气。

　　三天，只用了三天，孤威国就把有勇无谋的起义军击溃。然后再用一年时间把逃进山里的散兵游勇杀戮殆尽。此后孤威国再无顾忌，也不需要假装给苏斯亚人什么自治权了。他们禁止人们使用苏斯亚语，小孩犯禁则连累父母割切舌，每犯一次切掉一厘米。此举成效甚大，最后只有极少数苏斯亚人还记得自己的母语，其中大部分都是老人，很多还没有舌头。

　　慕斯就懂苏斯亚语，他把母语深藏在心底，虽然他是孤威皇帝座下最骁勇善战、军功显赫的大将，可是他始终没有忘记，苏斯亚语才是自己的母语。那么多年来他一直为皇帝南征北战，先后将海岸边的两个大国鱼丝路和乌尔热吞并，甚至不费一兵一卒就迫使普叔度和克兰米这些山中蛮国俯首称臣。没有人能想到，慕斯在为皇帝陛下卖命的同时，其实心里对他恨之入骨。

　　皇帝确实是真神下凡，天下再没别人比慕斯更清楚这一点了，因为他亲身感受到神的威力。第一次体会到这种感觉的时候，慕斯还很年轻，才参军不久。在他刻苦训练的时候，并没有受到神的干扰，所以能练就强壮身躯和高强武艺，能用战斧一下把敌人劈成左右两半。可是当慕斯憧憬着成为元帅带兵上阵的时候，他突然觉得自己的想法愚不可及，恨不得马上忘记这些白日梦。过后慕斯明白了，这其实是因为神知道了他心底对皇帝的刻骨仇恨，所以要阻挠他的晋升，好让他永远困在最底层，没有真正的兵权，只能做别人手上的斧子。

慕斯不愿意就此屈服，每次他感觉到神在逼迫他忘记某个想法的时候，他就越加努力牢记——将这个想法写下来，或者用苏斯亚语作一首诗背诵，确保不会忘记。就这样，一步一步地，他在脑子里创建了一整套军事理论和兵法。在某种意义上，慕斯的成长可以说是来自神的"逆指引"，因为他总是故意朝着神禁止的方向前进。正是这种逆天而行的做法让慕斯在里维斯战役中脱颖而出，一战成名。当时他们只有一个团，被数倍于己的海盗围攻，形势岌岌可危。几个指挥官都已经阵亡，而慕斯只是一个上尉。他冷静分析战况，觉得敌军当时已经被胜利冲昏头脑，开始松懈，如果把自己附近的士兵集结起来突击敌军的侧翼，攻其不备，可能会扭转局势。就在慕斯考虑着挺身而出，带领众人冲锋的时候，他突然感到脑子一片空白——又是神在阻挠了。慕斯在心中大声呐喊，硬是把神的旨意吼得烟消云散。然后他鼓舞士气，破釜沉舟，率领手下向着敌军侧翼发动了一次自杀式的亡命冲锋。那些海盗被杀个措手不及，顿时溃不成军。孤威国军团顿时士气大振，在慕斯的率领下穷追猛打，最后把敌人全歼在岸边，连海盗船也烧个干干净净。

慕斯班师回朝，在众将士的簇拥下回到首都高卢城。皇帝陛下亲自为他的头发抹上骆驼奶做的黄油，封为孤威国第一勇士。可是慕斯心知肚明，这一切都不是神的安排——神本来肯定是打算把这份荣耀赐予一个真正忠于孤威国的军人，却硬被他抢走了。哼哼，皇帝陛下这一次悲剧大了，还自称受命于天、真神下凡，竟然不知道他亲手封赏之人正是他的死敌。

就这样，慕斯一路晋升，走到今天已经是手握重兵的一代名将。此刻他大部分兵力都集结在乌尔热地区，因为皇帝下令必须再等一个月，待天气转好了才开始进攻纳卡瓦国，这样才能发挥战车的最大作用。在克兰这里慕斯只有一个军团，不过这也足够了。他可以率领这个军团把海岸平原的城邦逐个击破然后再回过头来和剖头国的大军正面交锋。

然后呢？下一步又该如何呢？有时候慕斯想亲手策划一场最彻底最惨烈的大败仗，他想将孤威国的大军都集中在一个战场，设法让他们被敌军全歼——为了报仇，即使自己赔上一条性命也在所不惜。孤威国惨败之后，剖头国的势力就可以覆盖整个海岸平原，苏斯亚也能乘机揭竿而起，重获自由。

而有时候慕斯则会想象着率领孤威军队击败剖头国，这样一来，世俗海西岸就全是孤威国的天下了，而他也将再次站在皇帝面前受封。当皇帝伸手往他头上抹骆驼黄油的时候，慕斯只需一把折叠小刀就能让他人头落地。然后慕斯戴上皇冠，昭告天下，这个帝国是一个苏斯亚人打下来的，当然也将被苏斯亚族统治。慕斯就是新的皇帝，不过他并非真神下凡；正相反，他终生与神为敌，占尽上风。天下人也会知道，苏斯亚族其实都是人中龙凤，绝不再是什么女流之辈。

所有这些念头在慕斯脑中闪过。他继续看着地图，帐外狂风掀起沙子敲打着帐篷，似乎要把帐篷撕个粉碎。

突然，帐外的声响有所改变，慕斯马上警觉。除了风沙敲打的声音之外，还有人声。这样的鬼天气，谁会在外面走动呢？慕斯突然感到一阵钻心的恐惧——难道是皇帝派来的刺客？莫非他已经识破了自己的图谋？毕竟慕斯心中所想，神是知道得一清二楚的。

慕斯解开绳子，掀起帐幕，一股热风夹杂着沙子刮进帐篷。原来是老裴，他的得力副手，也是他的好朋友。另外还有一个人，身穿戎装，可是慕斯却认不出是哪支军队的。

老裴把帐幕绑好——这当然是手下应尽的本分。趁着这点工夫，慕斯仔细打量着来人。这人其实不是真正的士兵——他的护胸甲很结实，刀刃磨得很锋利，身上的军装很得体，整个人看起来也威风凛凛——可是他的皮肤太好了，他的肌肉也不够结实，不像曾经在战场上砍杀过。他充其量是个守兵，在宫门站岗，或者守着关哨路卡；平常只懂欺压平民百姓，不用抵御迎面冲杀过来的敌军，也不用跟在马车后面砍杀那些避开车毂刀刃的漏网之鱼。

慕斯问道："你是守哪个关口的？"

那人吃了一惊，转头看着老裴。

老裴笑道："小子，没有人预先通风报信。这是慕容复将军，你以为有什么可以瞒得过他吗？"

这个士兵弱弱地说道："我叫司马洛，我是来递交女皇城华纱女士的信的。"

他说"华纱女士"的口气，好像慕斯理应知道这人似的。城邦的人都这样，以为在他们城里出名就等于闻名天下了。

慕斯伸手接过信一看，上面的文字当然不是孤威国的方块形字母——其实他们的方块字也是几百年前从苏斯亚人那儿偷来的——而是女皇城的花体直行草书。慕斯是个饱学之士，自然难他不倒。

慕斯看完后说道："老裴，看来这位仁兄是友非敌。他在女皇城待不下去是因为他帮助一个刺客逃跑。这个刺客也是我们的盟友，因为他刺杀的那人叫贾霸。贾霸一直在鼓吹投靠剖头国，率领平原城邦与我们为敌。"

老裴说："哦。"

慕斯说："真想不到我们在女皇城中有那么多温柔体贴的好朋友。"

老裴很适时地大笑。

司马洛则显得惴惴不安。

慕斯说:"请坐吧,朋友。你在这里安全了。老裴,能不能给他倒点浓啤酒?他虽然只是个送信的普通士兵,可是写信的这位女士在女皇城中德高望重,而且对我们的皇帝陛下敬爱有加。"

老裴从柱子上拿下一把酒壶放到司马洛手里,司马洛看着酒壶,一脸茫然。

慕斯哈哈大笑,从司马洛手中拿过酒壶,示范如何把酒壶搁在手臂上倾侧,让一股酒水直接倒进嘴里。"朋友,军中无酒杯,你现在可不是在女皇城的女人堆里啊。"

司马洛说:"我知道我不是在女皇城中。"

慕斯说:"朋友,这封信太简短了,请你详细说一下事情经过吧。"

"恐怕我也说不清楚。"司马洛说着,喝了一大口酒。这种浓啤酒比一般啤酒更甜,看样子他喝不惯。不过也没有关系了,酒里下了药,只要司马洛喝够分量,就自然会畅所欲言了。"我走的时候,局势还是很不明朗。"很明显他在撒谎,肯定是华纱女士吩咐他一句话也不要多说。

药效很快就发作,司马洛滔滔不绝地说出很多出乎慕斯意料之外的东西。不过慕斯很小心地假装早就知道了,这样的话,日后司马洛回想今天的情形,才不会觉得自己泄露了什么机密。

很明显,女皇城现在是一片混乱,可是最关键最要害的章节,慕斯已经了然于胸。女皇城被划分成两大阵营,一方希望与剖头国结盟,另一方则反对,双方争权夺利斗个你死我活。如今双方的首领都在同一晚被人干掉,关于凶手身份的传言满天飞,有人觉得杀手是同一个人，司马洛则不以为然。现在一个比较弱势的人成为首领，可是他手下的那些雇佣兵处于失控状态，在城内横行霸道，无人监管。而女皇城的守兵也得不到大众的信任，因为这个司马洛放走了杀人疑犯。

司马洛终于讲完了。慕斯说道："难怪难怪。须知女人都是这样，看到拳头就方寸大乱。而你们这个由女人做主的城市，遇上这样的暴力事件，能不混乱吗？"

司马洛很警惕地看着慕斯。老裴的药妙处就在这里，中了毒的人分明已经尽吐心中言，却还自以为神机妙算滴水不漏。慕斯自己早就对这种毒药免疫了，随时喝个痛快也毫无顾忌。而老裴并不知情，有好几次还对慕斯偷偷下药，慕斯于是顺水推舟，装作很轻率地泄露几个无伤大雅的小秘密，都是对别的军官的看法而已。这样一来，他既不会落下把柄在老裴手中，也让老裴以为这药对慕斯也是有效的。

慕斯接着说："其实我这话不是冒犯女性。天生柔弱并不是她们的错，是吧？女人就是这样，真的动起手来，她们肯定要找男人庇护，否则就不知所措了。你说呢？"

司马洛很虚弱地笑道："那只能说明你不了解女皇城的女人。"

慕斯说："恰恰相反，我对她们了解得很。我加上老裴，没有女人能逃过我们俩的法眼。是吧，老裴？"

老裴笑道："呵呵，就是。"

司马洛脸色一沉，不说话了。

"女皇城中的女人现在都很害怕，是吧？人在害怕的时候最容易鲁莽行事了。她们不想看到那些雇佣兵满大街走，因为害怕他们不受约束会失控；可是如果出现一个强人能够控制这些雇佣兵，她们同样会害怕。她们不知道暴力冲突一旦爆发之后，局势会如何发展。现在女皇城内已经发生流血惨案了，按照高卢城的说法，有人'断头开颈各饮尘'。毫无疑问，女皇城中每一个女人心里都已经充满了恐惧。你也是聪明人，怎么会看不出来呢？"

司马洛耸肩道："她们当然害怕了——这些事情，谁不怕？"

慕斯说："男人就不怕！男子汉大丈夫能够从险境中看到机遇。他会告诉自己，当众人都害怕的时候，只要你有勇气站出来大声疾呼，你就有机会上位。只要你当机立断，果敢出手，你就可以成为领袖。当人们都走投无路的时候，你就是他们的希望；当人们无力抗争的时候，你就是他们的力量；当人们灰心丧气的时候，你就是他们的苦海明灯。真正的男子汉是该出手时就出手！"

司马洛跟着说："出手……"

老裴也说："大胆出手！"

慕斯笑了，耸肩道："可是，你却拿着一封女人的求救信来找我们……"

司马洛马上辩解道："难道我应该留在那儿受审啊？我放人是因为我知道他是无辜的！"

"你当然不应该坐以待毙。等等，你说受审……是接受女流之辈的审判？"慕斯转头看了老裴一眼，开始哈哈大笑。老裴察言观色，马上接口说："你救了一个无辜的人，义薄云天，有勇有谋，正是男子汉大丈夫所为，当然不应该受审。"

司马洛说："所以我才来这里。"

"你来这里是寻求庇护——没错你是安全了，可是你的城市还陷在恐惧当中，你就不管了是吧？"

司马洛猛地站起来："我来这里不是被你们侮辱的。"

寒光一闪,老裴的刀尖已经架在司马洛的喉咙上:"将军奉皇命出征,他就座的时候,谁也不得擅自离座,否则当刺客处置。"

司马洛小心翼翼地坐回去。

慕斯说:"老裴就是这样,你不要见怪。我知道你没有歹心,毕竟你投奔我们是要寻求庇护,而不是为了挑起战争。"慕斯说完哈哈大笑,目光却一直逼视着司马洛的双眼,迫使他不得不附和着笑起来。

被人嘲弄还要强颜欢笑,司马洛脸色非常难看。

慕斯接着说:"不过,可能我误解你了。你来投奔我们,可能并非像信上所说的只是为了自己安全。我猜你心中其实已经有一个计划,可以拯救女皇城于水火之中。"

司马洛老实道:"我没有什么计划。"

慕斯显得很难过:"唉,说到底你还是不信任我们,不肯推心置腹。算了,我也明白,女皇城是你的家,你为了她丢掉性命也在所不惜;而我们只是一些陌生人而已,你当然不愿意轻易就把宝押在我们身上。不过,即使你不说,我也知道你要我们做什么——可是作为一个普通士兵,你如果对孤威国的将军提出这样的要求,的确是有点僭越。这样吧,我也不逼你。老裴会给你安排个帐篷,你先喝点酒,睡一觉,待风暴停了再洗个澡,吃顿饭。大概要等酒足饭饱、神清气爽,你才有信心把拯救女皇城的计划告诉我们。"

慕斯说完,很隐蔽地打了个手势,然后将胳膊支在椅子扶手上,一脸难过的样子,好像还在怨司马洛不信任他。老裴心领神会,马上就带着司马洛离开中军帐,隐没在狂风中。

他们刚出去,慕斯就纵身而起,站定在书桌前面,弯着腰仔细研究地图。女皇城在南面很远的地方,地处群山之巅,背向茫茫大漠。理论上他可以从这里出发，取道山林，直达女皇城。如果他只率领几百精兵急行军，两天内就可到达。没错，只需要两天工夫，女皇城就唾手可得——这是西海岸诸城邦中最有影响力的一个。女皇城的商队足迹遍布各地，从剖头国到孤威国，无一不及；女皇城的语言也成了处处通用的商用语言。虽然慕斯只能带领一支小部队行动，可是平原城邦和剖头国并不知情。他们会以为大名鼎鼎的慕容复将军用奇谋突袭，一举占领了神秘莫测的女皇城，导致西夕都这个纵深一百五十公里的屏障瞬间消失；从此孤威国大兵压境，可以从女皇城的塔楼监视平原各国的一举一动。

这可真是一个致命打击。如果剖头国的舰队敢开过来，他们的部署和动向都暴露无遗。慕容复将军有充足时间排兵布阵，趁他们刚刚登陆阵脚未稳的时候迎头痛击，剖头国必败无疑，试问他们哪敢发兵？至于海岸平原的各个城邦，没有剖头国撑腰，它们自然会排着队投降。最后只剩下西夕都腹背受敌，剖头国的救兵也等不到，他们只能主动求和，什么条件都会答应。这一着好棋，兵不血刃就大获全胜，全靠女皇城突然陷入混乱，而刚好又有个守兵逃出来通风报信，把这千载难逢的好机会献给慕容复——真是鬼使神差，天意使然。

这时候帐篷打开，老裴回来了。"风暴变小了。"

慕斯说："很好。"

老裴说："刚才怎么回事？"

"什么？"

"你对那个女皇城守兵说的那些话。"

慕斯不明白老裴在说什么。女皇城的守兵？他这辈子从没见过什么女皇城的守兵。

可是这时候老裴的目光正盯着一张空椅子，慕斯突然隐约记得刚才有人还坐在那张椅子上面。那人……是女皇城的守兵？这么重要的事情，他怎么可能忘记呢？

慕斯明白了：我没有忘记，是神在作弄，想让我变蠢。哼，休想，我什么时候屈服过？

他问道："那你怎么看这局面？"他当然不能让老裴看出端倪。

老裴说："女皇城太远了，对我们没什么用。至于这个人，我们可以收留他，也可以把他杀了，要不把他赶回去也行。"

慕斯想，你这个蠢材，这就是为什么你永远只配做我的副手——我知道你很想上位，可你就不是那块料。慕斯深知女皇城的底细，这个女人做主的城市害人不浅，慕斯的祖辈就是受其影响，失去了男子汉的强悍，落得个国破家亡的耻辱下场。而女皇城的战略价值在于它居高临下俯瞰平原诸城，一旦占领，慕斯就可以不战而屈人之兵了。莫非这个就是神想让他忘记的计划吗？

慕斯说："我说你写。"

老裴打开电脑，开始输入了。

"女皇城在手，平原诸城尽在掌握中。"

"慕斯，平原的城邦从来也没有向女皇城臣服过。"

慕斯说："这是因为目前是一群女流之辈在把持着女皇城。如果在台上的是一个男子汉大丈夫，而且手握重兵，那岂可同日而语。"

老裴说："可是西夕都拦在中间，我们不可能占领女皇城的。"

慕斯看着地图，刚才他设想的那个计划又有一角浮现出来了："沙漠行军。"

老裴失声叫道："什么？现在是风暴季节啊，没有人会服从这个军令的。"

"在山里有很多避风的地方，而且有好多山路可以选择。"

老裴说："可是哪够地方容纳那么多士兵？"

"我们不带大部队。"慕斯一边现想一边说。

老裴说："你能带去的人手即使占领了女皇城，也抵挡不住剖头国的大军啊。"

慕斯盯着地图想了一会："可是如果我们占领了女皇城，剖头国的军队就不敢来了。因为他们不清楚我们的虚实，只知道我们在女皇城可以看到整个海岸线，无论他们在哪里登陆，我们都会严阵以待，以逸待劳。这种形势下，他们敢出兵吗？"

老裴输入完了，也开始研究地图："嗯，这步棋的确很妙。"

慕斯心道，这步棋妙是妙，可是我却不知道自己在下一盘什么样的棋。刚才显然有个女皇城的守兵来过，可是他说过什么了？

"女皇城现在一片混乱，趁机把它占领也并非难事。"

女皇城混乱？太好了，看来我猜对了，那个守兵带来了一个机会。

老裴说："是了，我们还可以名正言顺地进城。须知我们不是侵略者，而是女皇城的救星，来为城中居民肃清那些作乱的雇佣兵。"

雇佣兵？这有点莫名其妙——为什么女皇城内会有雇佣兵作乱呢？难道那里发生了一场战争？神再厉害也不可能让慕斯把一场战争给忘了吧？

老裴继续说："还有，现在女皇城里已经是血雨腥风，我们进城就是为了清除暴力，恢复秩序，保护弱者，拯救女皇城。没错，这下就师出有名，不会落人口实了。"

慕斯想，原来这个就是我的计划，果真是旷世奇谋，天意神旨也不能挡我！"老裴，你去传令，让下面的副官制订具体行军计划，然后集合一千士兵，分成四队入山，只带三天的供给。"

老裴说："三天？如果途中出什么意外怎么办？"

"老裴，将士们知道只有三天粮食，自然会加倍卖力，没有什么意外能够阻挡他们的。"

"如果我们到达的时候，女皇城的局势已经发生变化了呢？如果他们紧闭城门顽抗怎么办？女皇城的城墙又高又厚，我们的马车战术根本派不上用场。"

"所以我们不用带马车了，对吧？或者就带一乘吧，让我进城的时候展示一下军威——当然了，是皇帝陛下的军威。"

"可是他们还是有可能反抗啊。我们带的补给太少，也不可能围城啊。"

"我们不用围城，只需要好好地叫城门，他们就会乖乖地打开了。"

"为什么？"

慕斯说："因为是我说的。我曾几何时判断错了？"

老裴摇头道："老朋友，你的确从来没试过判断出错。可是等皇帝陛下的诏书传过来的时候，女皇城内的骚乱可能已经平复了，这样一来，一千人的军队是没办法破城的。"

慕斯很惊讶地看着他问："为什么我们要等皇帝陛下的诏书？"

"因为皇帝陛下禁止你在风季结束之前发动进攻。"

慕斯说："正相反，皇帝陛下是禁止我在风季结束之前进攻纳卡瓦和伊斯曼。而我并不是去攻打这两个地方，而是从他们的左翼潜过去，加急行军直抵女皇城。而且我到达之后也不打算发动进攻，只是以皇帝陛下的名义进城安抚民心。你说，我这个计划怎么算是违抗皇命呢？"

老裴脸色一沉道:"将军,你这样说恐怕有僭越的嫌疑。须知只有监军大人才有资格揣度圣意,解释皇命。"

"行军打仗,无论是士兵或将领,接到一个命令之后,本来就应该对其进行解释和理解,然后再去执行。皇帝陛下这次命我南征,根本目的就是为了征服世俗海整个西岸地区,这就是我接到的命令。如果我错过了这个千载难逢的天赐良机,哼,那才真的是违抗皇命。"

"将军,看在多年好友的份儿上,你一定要三思。你这样做监军肯定会觉得大逆不道……"

"那么这个监军就不是真的忠君爱国!"

老裴马上低头道:"属下失言了。"

以慕斯对老裴的了解,他心甘情愿服从命令的时候并不是这样子的。他现在又弯腰又低头,显得太夸张了。慕斯知道,老裴肯定已经下定决心要向监军告密,破坏慕斯的计划。

慕斯说:"把你的电脑给我,我自己写军令。"

老裴大惊失色:"请你一定让我写,这是我职责所在。如果我不能尽忠职守,怎有脸面活在世上?"

慕斯说:"你就坐在我旁边,看着我起草军令。"

老裴扑通一下跪在地上:"慕斯,看在多年交情的份儿上,不要这样对我。我宁愿你杀了我吧。"

慕斯说:"我早知道你要阳奉阴违——到了这份儿上,你就别抵赖了,我那么容易上当受骗吗?"

老裴说:"我只是想稍微拖延一会儿,好让你冷静下来,看清楚违抗圣旨的后果。别忘了,你刚刚做了一个对皇帝陛下大不敬的怪梦。"

慕斯过了好一会儿才想起老裴说的那个梦，不由得怒从心头起恶向胆边生："那个梦，除了我和我最好的朋友，还有谁知道？"

老裴说："正是由于你是我的朋友，所以我才不得不向监军大人汇报。我是不想你越陷越深以致无法自拔啊。"

慕斯说："你真是我的好朋友！"

老裴说："没错，我一片赤诚之心，天地日月可鉴。除了神和皇帝陛下，你就是我最敬爱的人了。"

慕斯冷冷地看着他最好的朋友。"好吧，兄弟，用你的电脑发一条信息给监军，让他来中军帐，路上顺便把那个女皇城的士兵也带上。"

老裴说："我去带他们来吧。"

"就用你的电脑好了。"

"要是监军没有在线呢？"

慕斯笑道："那我们就等他上线好了——不过他这时候肯定挂在线上，是吧？"

老裴说："可能吧，我怎么知道呢？"

"把这两个人传过来，我要当着监军的面审问那个女皇城的士兵，好让监军知道机不可失时不再来，不能因为等皇帝陛下的诏书而延误了战机。"

老裴点头道："将军你这个决定果然英明。我早该知道你不会违抗圣旨的。等监军听了你的计划，再由他定夺吧。"

慕斯说："由我们一起定夺。"

"是，是。"老裴开始输入了。慕斯不用看他，只用余光扫过飘浮在空中的全息图像就知道老裴发送了一条简单明了的短信给监军。

慕斯说："让他一个人来。即使我们最后决定放弃这个计划，我也不希望走漏风声。"

老裴说："我已经叫他不要带随从了。"

接下来就是等待了。两人天南地北地神侃，说起以前一起打过的仗，同生共死的同袍，还有女人。

慕斯问："你有没有真正爱过一个人？"

老裴说："我有一个老婆。"

"你爱她吗？"

老裴想了一下，道："我和她在一起的时候是爱她的，而且她还给我生儿育女。"

慕斯说："我就没有小孩，即使有我也不知道。人生就是逢场作戏，一夜快活就够了，没有哪个女的能让我吃回头草。"

老裴问："一个也没有？"

慕斯知道老裴说谁，不禁有点尴尬，脸上微微一红。"我没有爱她。我和她在一起只是，只是为了敬神而已。"

老裴失声笑道："如果你只和她来那么一次，那还算是敬神。可是你和她一起待了两个月，三年之后又一起过了一个月——这可不是'敬神'那么简单，你简直是想做圣人了。"

慕斯说："她对我来说根本就不算个东西。我要她纯粹是因为神。"这句话是真的，可是老裴绝对不知道其真正含义。那是一个奉神旨修行的苦行女，也不知从哪儿突然冒出来，无遮无掩，浑身上下脏兮兮的，竟然对着慕斯直呼其名。慕斯当时起了色心，脑子却突然不听使唤，变得懵懵懂懂。他知道是神在阻挠，所以越发勇往直前，一不做二不休，干脆将苦行女留在身边，为她沐浴穿衣，像对待妻子一样善待她。慕斯这样做的时候，一直能感觉到神的怒意在他脑子里像开水一样翻滚躁动，慕斯兀自冷笑不止。他就这样和苦行女在一起，直到有一天她突然消失了，就像她当初突然出现一样。临走时她把所有衣物都留下来，连食物和水也不带一点。

老裴说："嗯，那不是爱，那就当是神给你的奖赏吧。"说完老裴又笑了。慕斯为了应景，也附和着笑起来。

这时候帐篷外传来人声，老裴连忙起来打开帐幕。先进来的是监军——他总是走在前面，为了显示他有神佑，不怕背后暗算。然后走进来一个陌生人，慕斯完全想不起见过这人。从身上的军装看来，他来自一个有钱的地方，看他的身段，充其量是个守门的卫兵，肯定没有上阵打过仗；再看他点头打招呼的样子，慕斯知道彼此肯定见过面说过话，而且并非不欢而散。没错了，这人必是那个女皇城守兵无疑。

监军先就座，然后是慕斯，最后才轮到剩下的两人。

慕斯对女皇城的守兵说："把你的兵刃给我看看，我想知道你们女皇城有没有出产好钢。"

那人小心翼翼地站起来，眼睛一直盯着老裴。慕斯隐约记得老裴好像曾经用剑锋抵住那人的喉咙，难怪他那么紧张。只见他用两根手指把短剑抽出来，剑柄在前递给慕斯。

这把短剑适合近身肉搏，可以在巷战的时候使用，而不能在战场上大开大合地砍杀。慕斯想试试这剑有多锋利，于是用剑锋在手臂上轻轻划了一条血痕。那人看了直往后缩，真是个懦夫。懦夫。

他说："将军，您说的话我都仔细考虑过了。"

哦，原来我给他留了功课。

"我想通了，我的城市确实需要您的帮助。可是我人微言轻，见识不广，也不知道怎样的援助才算合适。我只是个守城门的卫兵，无意中被卷进这些事情里面，实在是身不由己。"

话说到这里，慕斯已经大概知道自己当初对他说了什么话。我即使在最低谷之时也能运筹帷幄，神意作弄又奈我何？慕斯想着不禁心中暗喜。他问道："你深爱着你的城市，对吗？"

"对的。"那人突然眼泛泪光，"对不起。只是就在我离开女皇城之前，有人问过我同样的问题。这是上灵给我的神迹，证明您的确是他派来拯救女皇城的，我可以完全信任您。"

慕斯和那人四目对视良久，用坚定的眼神让他知道，他信对人了。

"将军，请您即刻发兵拯救女皇城！请帮助我们恢复秩序，赶走那些雇佣兵，让城内的妇孺不再担惊受怕。"

慕斯很谨慎地点了点头，说道："我能体会你对家乡的热爱之情，我也知道你这个要求合情合理，我个人是很愿意效犬马之劳的。可是我只能奉皇帝陛下的圣谕行事。你必须向监军大人详细解释女皇城的局势。因为在军中，由监军大人为皇帝陛下监察军务，只有他可以相机行事。"说完，慕斯站起来面对着监军，深深鞠了一躬。身后传来老裴和女皇城守兵站起来鞠躬的声音。

"老裴向来精明，肯定已经看穿我的计划了。"这个念头突然钻进慕斯脑中，一阵恐惧随之袭来。完了，他的佩刀可能已经出鞘，随时都会插进我后背。他没理由不知道，如果这一刻他还不动手，我手上这把来自女皇城的短剑就会突然划过，让他人头落地。

可是老裴并没有那么精明，所以在一眨眼间，老裴的尸体摇摇欲坠，他的头耷拉着，只剩下一点皮肉连在脖子上。鲜血从断颈处狂喷而出，溅得幕墙一片狼藉。

慕斯这一击快如闪电，丝毫没有拖泥带水，另外两人甚至还没搞清楚为什么老裴突然挂了。慕斯有充足时间转身挥剑，自下而上刺入监军的腹内,直接插中心脏。监军连哼一声也来不及就死了,更不用说站起来反抗。

慕斯转身面对着那个浑身发抖的女皇城守兵。

"士兵,报上名来!"

"司马洛。将军,我真的没有撒谎!"

"我相信你,可是你也得相信我。这两人铁了心不让我派救兵去女皇城,我把他们一网打尽,其实是为了帮你。"

"是,是。"

"司马洛,我说的话千真万确。这两人都是皇帝安排在我身边的间谍,监视我的言行举止,看我有没有谋反之心。"他指着老裴说,"这个人,仅仅因为我做了一个怪梦,就硬说我对皇帝不忠,还给监军告密。他们很快就会向皇帝禀报,然后削去我的兵权,那时候谁去救你的女皇城呢?"

司马洛问:"可是您怎么解释他们的死?"

慕斯不说话。

司马洛等了一会儿,低头看着两具尸体,说道:"我明白了。这把凶器是我的。"

慕斯问:"你有多爱女皇城?"

"全心全意。"

"更甚于你自己的性命?"

司马洛黯然点了点头。他眼中含泪,可是神情却很坚定,一点也没有颤抖。

"如果我的手下知道是我杀了老裴和监军,他们会将我乱刃分尸。可是如果他们以为——不,如果他们知道是你干的,而我把你杀了帮那两人报仇——他们必然会更加拥戴我。到时候我就告诉他们，你就是其中一个雇佣兵。我会玷污你的身后名，说你是女皇城的叛徒，企图阻止我们发兵救援。可是正因为他们相信这些谎言，他们才会心甘情愿跟随我去救你的城市。"

司马洛苦笑道："看来我的名声越臭对女皇城越有利，真是天意弄人。"

"声名和忠义不能两全，你要保存忠义就必须背上骂名，现实真的很残酷。现在正是考验你的时候了。"

"我应该怎么做，就请将军吩咐吧。"

慕斯不禁为此人的忠勇节义所感动。他忍住悲伤，向司马洛解释一会儿该怎么演完这出戏。慕斯想道，您的确是一个忠义之士，我这样欺骗您实在有万不得已的苦衷——为了复我宝华国，再怎么伤天害理的事情我也不得不做。

过了一会儿，风声渐弱，慕斯和司马洛一起大吼。然后慕斯捏着喉咙发出一声尖叫，好让外面的人以为是监军临死前的哀号。众官兵听到异响，纷纷跑出帐篷。只见司马洛拖着伤腿从中军帐踉跄着跑出来，手执一把短剑，剑锋上还滴着血。他高声叫道："贾霸万岁！昏君必死！"

孤威国的士兵并不知道贾霸是何方神圣——当然很快他们就会知道了——可是后半句一出，人群顿时炸开了锅。谁竟敢在孤威军营里诅咒皇帝陆下？人人都恨不得把他生吞活剥了。

可是还没等众官兵动手，将军就跌跌撞撞地追出中军帐。他手臂上也流着血，一手捂着天灵盖，明显头部受过重击。这正是威震八方的慕容复将军——将士们背后都亲切地叫他慕斯——他左手拿着一把斧头……没错，是左手，而不是他惯用的右手。只见将军手起斧落，把那人从脖子一直砍到心脏。

大家都知道，将军一下子砍死这个刺客太便宜他了，本应活捉了千刀万剐。可是他们都被眼前一幕震惊了：慕容复将军，这个心如磐石的铁血硬汉，突然跪倒在地上号啕大哭。他一边痛哭，一边喊着好朋友的名字："裴洛度啊裴洛度！我的好朋友，好兄弟啊！老天没眼，不该把你带走！老裴，我宁愿死的是我啊……"

慕容复将军的伤痛之情实在感人肺腑，大家看着这幕惨剧都心有戚戚，不忍卒睹。虽然他说了一句"老天没眼"这样亵渎神明的话，可是大家都心照不宣。当将士们拥进中军帐，看到里面的情形，他们顿时明白了为什么慕斯会如此冲动，竟然亲手砍死刺客：眼睁睁看着自己最好的朋友以及监军大人被残酷地杀害，试问哪一个人能保持冷静？

很快，消息传遍了军营：慕斯将军正在集合一千精兵，准备连夜出发，衔枚疾进，穿越群山，占领女皇城，消灭贾霸余孽，将这伙胆敢行刺孤威国将军的奸恶之徒赶尽杀绝。这次真是神佑孤威国，不让奸贼得逞，助慕斯躲过一劫；现在将军义愤填膺，报仇心切。经过这一役，那些奸党固然恶贯满盈，女皇城也势必从此臣服于皇帝陛下。

第三章 庇 护

长子的梦

  小溪旁边有四棵大树,韦爵父子几人用大片的棕榈叶子在树顶上搭了个凉棚,骆驼就在下面乘凉。这个凉棚底下风凉水冷,不像帐篷里面那么闷热,耶律迈都有点忌妒那些牲口了。今天早上的活儿都忙完了,现在正是最热的时候,什么都干不了。爸爸带着纳飞和羿羲挤在帐篷里面,和上灵那个索引一起蒸桑拿。嘿嘿,就让他们瞎忙去吧。这个上灵知道什么?不就是一台电脑吗——这可是疯狂信徒"圣纳飞"自己亲口承认的——耶律迈干吗要费那个劲儿和它"对话"?就算它有个海量数据库又怎样?耶律迈早就不是个小学生了。

  所以他坐在石崖南面的阴影里小憩。等一会儿日到中天,这个阴影最多熬不过一个小时就会消失,到时候他就得转移阵地了。可是耶律迈并没有因此而不爽——实际上,在他带领商队穿越沙漠,在绿洲休憩的时候,正是依靠阴影变化才不会睡过头。让耶律迈恨得慌的是目前这种无所事事的状态。他们并没有真的上路去什么目的地,而是在沙漠里面干等。到底在等什么呢?谁也不知道。上灵总是那一套老生常谈:女皇城眼看要完蛋啦……和谐星球也要毁于战乱啦。真是笑话！这些事情怎么会发生？都四千万年了和谐星球活得好好的，现在不就是两个大国要打起来吗？上灵就以为世界末日到了。

耶律迈想，如果我们带上家产离开女皇城，去另外一个城市重新创业，我完全可以理解。做植物买卖这一行，最关键的是知识。只要我们父子两人在，其余什么帮工、温室这些杂七杂八的都好办，去哪里我们都不愁吃穿。可是看看我们现在，困在沙漠里，所有家产都被我那个同母异父的兄弟贾霸抢走了。而纳飞又把贾霸杀了，害我们有家归不得。唉，即使回去我们也是身无分文，也罢也罢。

再说了，就算回女皇城挨穷，也总比待在沙漠里无所事事地干等好。这个可怜兮兮的小河谷，连下游那一群狒狒也养活不了。此时此刻耶律迈就能听到那群狒狒的叫声。狒狒这种动物，长成那个小样儿，好像拿不定主意到底应该做人还是做狗，所以就卡在中间了。嗨，我们现在还不如狒狒呢。至少它们还有母狒狒可以繁衍后代，而我们连一个像样的部落也建不起来。

听着那群狒狒杂乱纷扰的噪声，偶尔夹杂着骆驼喷鼻子的扑哧声，耶律迈不知不觉就睡着了。过了不久，他迷迷糊糊地觉得身上被太阳晒得滚烫。是太阳把他照醒了吗？不对不对，好像有别的东西。耶律迈其实眼睛还没睁开，已经感觉到有一个阴影正在向他靠近。他盘算着刀放哪儿了，突然想起自己还躺在地上，于是一跃而起，长刀已经在手。其时阳光猛烈，他只能半眯着眼睛寻找来人的所在。

司徒博说："是我，是我。"

耶律迈收刀入鞘，很轻蔑地说："在沙漠里，要是别人在睡觉，你最好不要蹑手蹑脚鬼鬼祟祟地走近，否则被人当强盗杀了，你也没地方喊冤去。"

司徒博解释说："我没有蹑手蹑脚。其实你自己也不安静，好像在说梦话呢。"

说梦话被人听到，耶律迈觉得很郁闷。现在司徒博说起来，他也想起自己刚才的确做梦了，而且是特别清晰的一个梦。耶律迈好像从来没有做过那么清楚的梦……嗯，有意思。他说："我梦里说什么了？"

司徒博说："我没听清，你说得迷迷糊糊的。我也不想吵醒你，不过你的父亲让你去一趟。"

司徒博的确是一个尽职尽责的仆人。没事的时候他不知躲在哪个角落里，可是有需要帮忙的时候，他总会出现。可惜这是在沙漠里，这个管财务的家伙可以称得上百无一用。耶律迈说道："谢谢，我马上就去。"

司徒博没有马上走，而是稍等了一下。这一瞬间的等待，正是一个优秀仆人体现出来的素质。要是主人临时想起什么任务，就可以在仆人将走未走的瞬间吩咐下去。眼看耶律迈没有别的吩咐，司徒博就转身离去。只见他笨手笨脚地爬下小坡，穿过一片干枯的硬泥地，然后走进韦爵的帐篷禀告去了。

耶律迈撩起长袍就地小便。阳光很快就会把地上的尿蒸发，所以不会惹苍蝇。然后他慢慢地走到小溪旁，双手捧起水喝了一大口。再好好地洗了把脸，将头发也淋湿了凉快一下。都弄好了，他才慢悠悠地往回走。

一进帐篷，耶律迈就说："怎么样，上灵的本领你们都学会没有？"

纳飞看着他，脸上依旧是那副不以为然的表情。总有一天耶律迈要彻底修理纳飞一次,让他再也不敢把这种表情挂在脸上——至少对着耶律迈的时候不敢。上次功败垂成,就是因为上灵操纵着羿羲的椅子横加干涉;下次得学乖了,离那把浮椅远点再动手。现在生气也没用,只会伤身,何苦来着。所以耶律迈假装没有留意纳飞的表情。

爸爸说道:"我们需要补充肉类,得开始打猎了。"

耶律迈听了,眯起双眼,盘算着这句话背后的含义。他们带的补给至少能撑八九个月,如果合理安排的话,能熬一年。爸爸这时候提起打猎,只能说明他一年之内也不打算回到文明世界。

梅伯说:"不如去外围市场买吧。"

耶律迈当然赞同,可是眼看着爸爸开始教训梅伯,说什么近期都不能回城云云,耶律迈就不表态,在一旁看好戏。如果不能一言九鼎,倒不如沉默是金——梅伯这蠢人,什么时候才能学会这个道理呢?

等大家都不说话了,耶律迈才开口:"打猎是可行的。这片地区在沙漠里算是物产丰富了,如果我们平均每个星期都能打到一个猎物的话,估计也可以坚持几个月。"

爸爸问道:"你可以负责吗?"

耶律迈说:"我一个人可不行。不过如果我和梅伯每天都去的话,估计一个星期至少也会收获一次。"

爸爸说:"纳飞也可以帮忙。"

梅伯道:"不行,他只会碍手碍脚。"

耶律迈说:"我可以教纳飞,梅伯自己不见得就比纳飞强。不过您得告诉他们俩,打猎的时候,一切由我说了算。"

爸爸说:"这个当然,他们会绝对服从你的指挥。"

耶律迈说:"我会每隔一天带一个,这样就不用看着这两人狗咬狗了。"

梅伯一脸怨气盯着耶律迈——梅伯太懂得内敛了,难怪你一辈子都是个成功的跑龙套。纳飞呢?他只是低头看着地毯,在想什么呢?肯定在盘算着怎样才可以捞好处。

果然,只见纳飞抬起头,一本正经地对耶律迈说:"迈哥,很对不起,我给了你这样一个不好的印象。可是如果同时带上我和梅伯会更有效率的话,我保证绝不和你或者梅伯争吵。"

耶律迈知道纳飞只是说得天花乱坠而已。江山易改本性难移,到时候他还不是刺头一个!可是耶律迈也不说什么,只看着爸爸很平静地称赞纳飞态度好,不过阿迈已经决定了,每次打猎只带一个人。

爸爸说:"一对一你们会学得更快,真的。"

耶律迈几乎相信爸爸已经看穿了纳飞的小把戏。可是转念一想,老头子其实已经被纳飞和上灵迷得七荤八素了。这不,一会儿散会之后,他们还不是继续窝在帐篷里探讨上灵索引?鬼鬼祟祟的好像邪教聚会一样。

想到"鬼鬼祟祟",耶律迈突然记起,刚才司徒博无声无息地走到他身边,把他从梦中惊醒。如果我依样画葫芦,假装这个梦是上灵发给我的,那还不气死纳飞?有趣,有趣!刚好没人说话,于是耶律迈说道:"咳咳。我刚才在石崖旁边睡觉,做了一个梦。"

顿时所有目光都聚集在他身上,热切地等他说下去。耶律迈半睁着眼打量着每一个人。爸爸立刻喜形于色,耶律迈几乎有点愧疚了;可是看看纳飞惊慌失措的表情,还有梅伯好像见了鬼一样——嘿嘿,什么都值了!耶律迈继续说:"在梦里见,我看到我们所有人一起走出一个大房子。"

纳飞问:"谁的房子?"

爸爸喝止他:"别打断你大哥。"

"我从来没见过这种房子,而且我们六个人走出来的时候,身边都带着一个女人。另外还有两男两女,还有好多小孩,都是我们的小孩。"

大家沉默了好久。

然后纳飞问道:"就没啦?"

耶律迈没有回答,而是让沉默继续下去。

轮到羿羲了。他问:"迈哥,连我也有妻子吗?"

耶律迈答道:"在我的梦里,你的确有个妻子。"

羿羲问:"你看到她的脸没有?认得是谁吗?"

羿羲竟然真的相信这是上灵报的梦!这下子耶律迈觉得无地自容了。他一直没有想过,羿羲虽然残废,却和正常男人一样,也有欲望和需要。问题是谁会找他呢?在女皇城中,有大把大把的男人可供挑选,愿意嫁个瘸子的女人绝对是珍稀品种,万中无一。即使有女的愿意和羿羲上床,也只是厌倦了平淡,想玩玩新花样儿罢了——尤其是他的浮衣,估计可以吸引一些喜欢猎奇的豪放女。至于结婚生子养儿育女,那是不可能的,羿羲自己也心知肚明。现在耶律迈说这个梦,不但戏弄了爸爸,还给了羿羲一个不切实际的希望,到头来只会失望收场。耶律迈觉得自己猪狗不如。

他回答道:"我没看到她的脸。不过这只是个梦而已,可能没什么意义的。"

爸爸说:"不,这个梦有深意。"

纳飞说:"这个梦哪有深意,不过是耶律迈扮作从上灵那里获得幻象罢了。他在捉弄我们！"

耶律迈沉声说道："你不要诬陷我撒谎。我确实做了一个梦，所以我才告诉你们。至于这个梦有没有什么意义，我就不知道了。我只是把我看到的东西如实说出来，爸爸当初不也是这样吗？纳飞你不也是？"

爸爸再一次强调："这个不是一般的梦！之前我从索引那里得到一条很古怪的信息，百思不得其解；现在加上你的梦，一下子就豁然开朗了。"

耶律迈悔不当初：天哪，我都干了些什么？

"我其实一直都在考虑这个问题。我们必须娶妻生子才能辅助上灵达成目标；可是应该去哪儿寻找愿意跟随我们的女人呢？"

爸爸，甭说女人，就说男的，你上哪儿找个男的心甘情愿追随你？也就是我们做儿子的被你硬拖下水罢了。

"我问上灵，得到的答复总是等。什么都不用做，就是等。我觉得这完全不合理。难道她们会从石头里蹦出来？难道我们要和狒狒交配不成？"

耶律迈忍不住横插一刀："梅伯早就干开了。"

梅伯发出一声蠢笑。

爸爸继续说："现在耶律迈做了这个梦，我也知道上灵让我等什么了——就是等阿迈的梦。上灵把答案给了我的长子、我的继承人。阿迈，你现在仔细想想，好好回忆一下，梦里面那几个女人都是谁？"

爸爸竟然把这事儿和耶律迈的长子身份联系在一起，这也太小题大做了吧。耶律迈愈加后悔了：今天真的不该玩这个报梦游戏！不过爸爸就是这样，为了一个幻象，他不惜让大家放弃一切。耶律迈怎么能把这一点给忘了呢？

为了让爸爸悬崖勒马，耶律迈撒谎道："我想不起来了。"

爸爸不依不饶："再想想，我知道你至少认得其中一个。"

耶律迈很吃惊地看着爸爸。老头子什么时候学会读心术了？他争辩道："我自己做的梦，上灵竟然比我还清楚，那您直接告诉我们好了。"

"我知道你至少认得一个，因为你说梦话提到她的名字了。如果你仔细想想，肯定能想起来。"

耶律迈转头看着司徒博，只见他也低头看着地毯。耶律迈想，原来是这样。刚才他说没听清我的梦话，原来是撒谎。

耶律迈问道："什么名字？"

纳飞插嘴说："是艾雅，对吧？"

耶律迈不说话。被爸爸揪到沙漠之前，他还在约会艾雅。现在纳飞说出了她的名字，耶律迈觉得很不爽。

爸爸说："没关系，我明白的。你不想说出她的名字，是因为怕我们以为这不过是个绮梦，而不是上灵报的梦。"

其实耶律迈恰恰认为这不过是个春梦而已。现在既然爸爸这样说了，他也不好拆台。

爸爸继续道："可是你们得这样想，上灵怎么会逼你们娶一个陌生人做妻子呢？你梦到艾雅，正是因为上灵希望你们两个人结合啊。这样的解释最合理了。就像我，你也梦到我有个妻子吧？"

"是的。"耶律迈一边说，一边回忆这个梦。梦里的情景历历在目，清晰地重现在他的脑海里。"你还有小孩，更小的小孩。"

爸爸说："华纱，我是非她不娶的。"

羿羲说："妈妈不会离开女皇城的，你太不了解她了。"

爸爸说:"哦,是吗?我本来也以为自己绝不会离开女皇城,后来还不是按照上灵的指引来到这里了?耶律迈和梅博酷不也一样?"

司徒博加一句:"我也是。"

爸爸问耶律迈:"你在梦里看到的那个女人,我的妻子,是华纱吧?"

当然是华纱了,可这又能说明什么呢?那么多年来爸爸总是和华纱在一起,如果我梦见爸爸的妻子,除了华纱还能有谁?耶律迈却答道:"好像是吧。"

"那其他人呢?比如说另外两个男的,会不会是华纱两个女儿的丈夫呢?"

耶律迈答道:"我其实和您的妻子的两个女儿不是很熟的。"这次真是玩过火,不知怎么才能收场。

爸爸说:"你这样可说不过去了。她们怎么说都算是你的侄女吧——她们是贾霸的女儿啊。"

梅伯不失时机地来一句:"其中一个还很有名呢!就是莎芙,唱歌那个,你肯定见过。"

耶律迈不得不承认:"好像是的,那两个陌生人的老婆就是华纱的两个女儿。"其实耶律迈不仅认识两姊妹,连她们的丈夫费雅思和欧必忍也认识。

爸爸说:"没错!你都明白了吧?这是上灵发给你的影像。那几个女子都和华纱有关系。其中有她的两个女儿,艾雅则是她的干女儿。其余几个肯定也住在她学校里。所以说,阿迈,这个梦并不是你在干柴烈火时候做的绮梦,而是上灵给你报的梦。上灵是告诉我们,要成大事,我们每一个人都必须娶妻成家,生儿育女。"

耶律迈说:"好吧,就算是上灵报梦吧。它还准备把艾雅嫁给我，真是善解人意。可是别忘了，我现在流落在荒漠里，身无分文，走投无路，头上半片瓦也没有。除了上灵之外，谁有那本事能说服艾雅跑来沙漠嫁我？还不如在狗嘴里找象牙来得容易呢。"

爸爸说："你别忘了，上灵答应了把最肥沃丰庶的土地赐给我们。"

耶律迈说："爸爸您也别忘了，我们还没找到那片神奇的土地呢！我们现在只是龟缩在沙漠里面，什么也干不成，更别说去寻找世外桃源了。"

爸爸说："可是上灵已经告诉我们，下一步该做什么了。在你们出发去拿索引之前，纳飞跟我说过，如果上灵需要我们完成一个任务，他一定会给我们指出一条明路。"

梅博酷说："好主意啊！不过这次的任务不是找索引，而是找女人，纳飞需要杀谁呢？"

爸爸说："你别胡说八道。"

梅博酷说："嘿嘿，纳飞肯定又去找一个躺在街边的醉汉，把他干掉了，然后再抢走他那个又瞎又瘸的女儿。除此以外他怎么可能找个女的愿意嫁他？"

出乎耶律迈的意料，纳飞没有反驳梅博酷，只是默默地站起来走出了帐篷。耶律迈想，纳飞好像成熟一点了，还是他不想在我们面前掉眼泪？

羿羲低声说："梅伯，是纳飞把索引拿回来的，你可没那个本事。"

梅博酷说："得了得了，我说笑罢了，那么认真干吗？"

羿羲说："你在说笑，可这件事情对纳飞来说可不是一个笑话。杀死贾霸是他这辈子干过的最难办的事情，到现在他还没办法释怀。"

爸爸也说:"你拿这件事情取笑他,实在很过分,记住以后别这样了。"

梅博酷还在狡辩:"那你要我怎样?假装纳飞说一句'行行好吧'就把索引拿到手了?"

在梅博酷言行太出格的时候,只有耶律迈能够把他制伏……是时候出手了。耶律迈沉声说道:"你不用假装什么,只要闭嘴就行了。"

梅伯很挑衅地看着耶律迈。他只是在死撑着罢了,耶律迈目不转睛地看回他,没多久梅伯就老实了。

爸爸说:"阿迈,你必须带着几个弟弟一起回去。"

耶律迈说:"爸爸,您别将这个重担撂给我。除了您,谁能说服华纱?"

韦爵说:"你错了,我说服不了她。华纱太了解我了,她知道我有多爱她,也知道她有多爱我——可我怎么说她也不肯跟我走的。现在唯有上灵可以说服她了。你要做的就是去告诉她我们这里发生的事情;然后你就等着,等上灵说服她,然后你就护送她们母女三人和其余几个干女儿出城,确保她们一行人等安全来到这里。"

"哦,好吧。"耶律迈答应了。等待上灵说服别人离开女皇城的安乐窝,跑去沙漠受苦,这一等恐怕要等到天长地久海枯石烂了。不过至少他可以在女皇城里待着,哪怕东躲西藏也比在沙漠舒服。"我要不要叫她带上一个女仆,好和司徒博配对呢?"

爸爸冷冷地说:"司徒博不是仆人!他是个自由人,和其余每个人一样,都是平等的。如果你们能够娶华纱的干女儿,为什么他就非得找一个女佣不可?你还不明白吗?我们这里不是女皇城!我们现在建立的这个社会太小了，容不下势利和偏见，更容不下阶级分化。我们必须团结一致，平等相处；我们的子孙后代也必须这样。因为在上灵的眼中，所有人都是平等的。"

耶律迈想，管他上灵眼中怎么样，在我的眼中，人就不是平等的。我是长子，就该是你的继承人；我的长子则是我的继承人。就算你把我应得的财产土地都抛到九霄云外，我还是会继承你的权威。无论将来我们在哪里落脚，首领的位置也非我莫属。我现在不提这个，因为我知道什么时候该说话，什么时候该闭嘴。可是，爸爸，我向你保证，等你去世之后，我一定会坐上你的位置。谁敢争我就让他陪你上路。

耶律迈看着羿羲和梅伯，知道这两人都争不过自己。只有纳飞，纳飞这小子一定会犯上作乱。耶律迈想，纳飞其实也心知肚明，总有一天他和我会斗个你死我活。所以他现在拼了命向上灵靠拢，就是为了把老头子哄得服服帖帖，终有一天传位给他。哼，纳飞，现在我也收到上灵的影像了——至少爸爸相信我，你的专利也没了。

爸爸继续说："明早就出发吧。看谁愿意追随上灵，和我们一起繁衍后代、共同开创新天地，你就把她们带回来吧。"

耶律迈说："我只带梅博酷一个人。"

爸爸说："羿羲必须留在这里，因为他的浮椅和浮衣太显眼，容易暴露目标。司徒博也需要留下来。"

耶律迈想，你虽然嘴上说得好听，又自由又平等的，其实心里也不信任司徒博。

"可是纳飞必须跟你们一起去。"

耶律迈拒绝道："不行，他比羿羲更拖累人。他们肯定能查出纳飞就是杀人凶手，因为电脑系统里有他的出城记录，守兵看见他穿着贾霸的衣服,当时他还带着司徒博,这一切都把纳飞和贾霸的死联系在一起。把他带上等于让他去送死。"

爸爸坚持道:"你一定要把纳飞带上。"

耶律迈问道:"为什么?您明知道他会增加我们一行人的危险。"

梅博酷插话:"迈哥,你非要逼爸爸亲口说出实话不可吗?爸爸是不想你难堪,我可不介意。老实告诉你吧,爸爸想纳飞也去,因为刚才就有人说了,索引是纳飞拿回来的,我们谁都没那本事。而且爸爸也怕我们躲在哪个女的家里就不回这个世外桃源了。纳飞去了可以鞭策我们向善呢。"

羿羲说道:"你错了。爸爸是希望纳飞多和兄长在一起,学习你们的智慧和强项。"

谁也不知道羿羲是不是在讽刺,也不会有人相信这是爸爸的真正目的,可更加没有人会跳出来否认——尤其是爸爸。

在沉默中,耶律迈耳边却一直回响着刚才自己说的最后一句话:把纳飞带上等于让他去送死。

耶律迈说:"好的,爸爸,就让纳飞一起去吧。"

女皇城,现实中

柔珂不明白为什么她非要与世隔绝待着不可。换了是莎芙还好理解,因为她需要从那个不幸的意外中慢慢恢复。莎芙现在还失声,出现在公众场合只会尴尬。可是柔珂没有任何"贵恙",为什么要躲在妈妈的家里呢?弄得好像她没脸面出去见人似的。如果她是故意打伤莎芙,禁闭一下大概还算情有可原;可那件事情只是一个不幸的意外而已。爸爸的死，莎芙和欧必忍的奸情，种种打击加在一起，对柔珂造成了巨大的心理困扰，这才造成了那个悲剧。谁也不能埋怨她嘛。其实柔珂应该出去勇敢地面对大众，可以帮助她尽快康复。

至少她应该可以回自己的家，而不需要像个小丫头一样留在妈妈身边，她又不是智障儿童需要人看护。欧必忍跑哪儿去了？如果他真想补救的话，就应该前来救她逃离这个沉闷的地方。这里实在一丁点乐趣都没有，整天就是上课。柔珂小时候就很讨厌这些课，全部都不及格。现在她是今非昔比，爸爸留下来的遗产足够让她买座房子和成立一个剧团。可她竟然还困在妈妈这儿。

其实柔珂见到妈妈的机会并不多。华纱忙着会见各式各样的重要人物，比如女皇城议会的议员们。她们像朝圣一样蜂拥而至，拉着妈妈长谈。其中有些对话还显得相当剑拔弩张，因为有些人竟然把所有责任都推到华纱头上，好像妈妈是害死爸爸的幕后凶手似的。问题是，这件事里的几个主要人物确实都和华纱有关：韦爵，就是看到上灵的幻象、鼓吹末日论的那人，是华纱的现任丈夫；贾霸，指使摧花党和雇佣兵满大街乱窜，是华纱的前夫；现在又传说华纱的小儿子纳飞竟然是同时杀死罗达和贾霸的凶手。

可是即使那几个男的真的作奸犯科了，和妈妈又有什么关系呢？首先，女人怎么能够控制自己的丈夫呢——柔珂不就是一个活生生的例子吗？其次，就算杀爸爸的是纳飞，可是妈妈又不在场，她更加不会指使纳飞这样做。她们这样埋怨，那干脆把莎芙的悲剧也怨到妈妈头上得了，好让明眼人一看就知道她们的逻辑有多荒谬。还有，爸爸的死其实不是咎由自取吗？他派那么多雇佣兵拥上街头，还能指望天下太平？男人就是这样不明事理：他们亲手把老虎放出笼子，过后才惊觉没办法再驯服了。

就像欧必忍这个笨蛋：卷入姊妹之间的争端其实是很不智的做法，难道他连这个道理也不懂吗？在莎芙的惨剧里，他的过错比柔珂大得多。

为什么就没有人关心一下我受到的伤害呢？亲眼看到自己的丈夫和自己的姐姐行苟且之事，这对我造成多大的心灵创伤！没有人顾及过我的痛苦，也没有人想到，晚上出去逛一下其实是很好的心理疗法。

柔珂正给自己上各种不同的妆，为下一部戏做准备。她知道，等她重新踏出妈妈校门的时候，绝对不用担心没人请。涂曼努还威胁要封杀柔珂，这不是螳臂挡车吗？柔珂如今已经是女皇城中的话题女王，美人区哪个喜剧团敢封杀她？每天晚上仅仅是八卦爱好者就足够挤爆剧场了——当他们看过柔珂的演出，听过柔珂的歌声，自然会成为她的忠实粉丝，以后总会回来捧场。柔珂的演艺事业从此如日中天，可能涂曼努还得排着队求她担纲做女主角呢。柔珂其实没想过踩着谁上位，可是现在反正有人已经倒了，那就顺便借一下力呗，浪费了多可惜。

柔珂在嘴角上面点了一个很可爱的美人痣，然后对着镜子从不同角度看看，形状真好！可是略嫌浅了一些，得加点红色，否则第一排后面的观众都看不清了。

"你要是画得再圆一点，看起来就像有人在你鼻子下面钻了个洞。"

柔珂慢慢转头，只见来人堵在房门，原来是那个讨厌的小丫头。她好像是十三岁，她姐姐就是如诗，也是一个很讨人厌的野种。妈妈当年把这两姊妹捡回来养大，施舍一口饭给她们吃。可是后来妈妈把如诗认作干女儿之后，她就开始得意忘形了。妈妈还有别的干女儿，出身名门，家世显赫，如诗居然以为自己可以和她们平起平坐。那时候柔珂和莎芙还在学校里念书，不辞劳苦，抓住一切机会把如诗打回原形，真是乐趣无穷。

现在轮到她的妹妹了，一样的野种，一样的难看，一样的傲慢。见到我这样倾国倾城的大家闺秀，这黄毛丫头竟敢评头论足，出言不逊。

柔珂不想自贬身份和她争吵，让她识趣走开得了。"小丫头，请你把我的房间门关上，你自己到外面凉快去。"

她竟然一动不动。

"小丫头，如果你是来传话的，快说出来然后就自动消失吧。"

这小丫头说："你和我说话吗？"

"你见到有别人吗？"

小丫头说："我听说你好歹算是个有教养的淑女，应该懂得怎么称呼别人。我是华纱女士的干女儿，又不是用人，怎么知道你一直丫头长丫头短原来是在叫我啊？我以为你在对着阳台上一个隐形的用人说话呢。"

柔珂站起来叫道："我受够你了！我真的受够了！"

小丫头问道："那你想怎么样？也在我喉咙这儿敲一下吗？这难道是你的家族传统？"

柔珂无名火气三千丈，大吼一声："你别惹我！"然后自觉太失态了，连忙强压着怒火。犯不上和她计较，既然她要一个符合她身份的称谓，好！"婊子养的小杂种，你来我这里有何贵干呢？"

可是这小丫头一点也不抓狂。她平静地说："原来你也知道我是谁。我的名字叫绿儿，我的朋友都叫我小绿儿。不过请你叫我绿儿小姐。"

柔珂质问道："你来我这儿到底干吗？什么时候你才愿意滚蛋啊？我来我妈妈这里可不是为了受你们这些无良小野种的气！"

绿儿说："那你就甭担心了。据我所知，你在这里待不久了。"

"你说什么？你听到什么消息了？"

"我是一片好心通知你，拉士葛带了六个士兵过来，以帕华部族的名义带你回去'保护'。"

"哼，拉士葛，这个小丑。上次他想乱来我就已经狠狠教训他了，他敢再来我也不会客气。"

"他想把莎芙也带走。他说你们姊妹两人身处险境，需要人保护。"

"我在自己妈妈家里怎么危险了？大不了被一些讨人厌的小丫头骚扰一下罢了。"

绿儿说："柔珂小姐，我一片好心来给你报信，你却不识好歹，恩将仇报。我会记住你的。"说完她转身走了。

其实是这小丫头自己上来就出言不逊，她还敢指望柔珂给她什么好脸色？如果她一开始就好好说话，柔珂自然会对她彬彬有礼。不过算了，这种出身低贱的小孩，能指望她有教养吗？柔珂大人有大量，还是别和她计较了。

妈妈最近很专横跋扈，只怕她脑子不清醒，赞成拉士葛带走柔珂和莎芙，那可大事不妙。看来柔珂需要亲自出马，防患于未然。

她把美人痣擦掉，在脸上画了日妆。然后穿上一套很单薄的便服，再刻意稍稍弄乱一点点，看起来好像正要去厨房拿东西。一会儿见到拉士葛的时候，柔珂再装出吃惊的样子，那就天衣无缝了。

可惜人算不如天算，柔珂走进大堂就知道计划泡汤了，因为莎芙已经在那儿了，还被如诗搀扶着。这个如诗就是绿儿的姐姐，一样的讨人厌。莎芙当年总是把她踩在脚下,现在竟然靠在她身上——拜托,受了伤也不用这样作践自己吧?一点廉耻之心都没有吗?既然莎芙在场,柔珂不能对她视而不见,她应该热情地扑上去问长问短。幸好有如诗,否则她还得主动搀扶着姐姐呢,有了这么一个累赘,柔珂怎么能尽情发挥?

柔珂问道:"姐姐,你好点了吗?我为了你把声音都哭哑了。我们为什么老要争吵呢?"

莎芙看着柔珂身前一米处的地板,不说话。

"唉,姐姐,你怎么不理睬我?我知道你还在生我的气,可是那只是个意外嘛。你对我的伤害就不是意外,而是故意的,可我还是原谅你了。唉,不过算了,我也不指望你那么快就会原谅我,毕竟你现在还很难受吧?可怜的姐姐。你为什么不好好休息却要跑出来呢?拉士葛就交给我对付得了。那天晚上我一脚把他踢到缩阳了,要不要现在再表演给你看看?"

莎芙正在下楼梯,听了柔珂的话,嘴角好像抽了一下,也不知道是痛的还是真的在笑。

妈妈没有带拉士葛进会客室,而是让他和六个手下站在门口那里,大门还敞开着。妈妈转头看到两个女儿和如诗走下楼梯来到大堂,就对拉士葛说:"你看到了,她们在这里过得很好。这么些天,除了你和这几个大兵,根本就没有别人来骚扰。"

拉士葛说:"过去几天怎么样我不管,我只关心有可能发生的危险。贾霸的两位千金必须由帕华部族负责保护,今天我无论如何也要带她们走。"

妈妈说:"你可以派兵守在学校门口,防止暴徒刺客摧花党之流攻进来。可是你决不能带走我的女儿!我是她们的母亲,你别拿什么部族来压我。"

看着妈妈和老葛继续争吵,柔珂一时间忘记了莎芙还不能说话。她凑到莎芙旁边,问道:"拉士葛为什么要带我们走?"

如诗替莎芙答道:"在女皇城里,有一股力量抵制帕华部族的扩张,华纱阿姨就是这股力量的核心。拉士葛想着把你们两人攥在手里当人质,好逼你妈妈屈服。"

柔珂说:"那他就太不了解妈妈了。"

如诗低声说:"拉士葛并不是一个强人,而且他在政治上是个白痴。换了是你爸爸,他就会料到,把你们抢到手非要用暴力不可;而这时候使用暴力并非最优方案,所以他根本就不会提出这个要求。可是如果贾霸决意要把你们夺走,他肯定会果断出手,上来就派士兵把你妈妈拦住,剩下四个兵,两人揪一个把你们俩架走。"

原来如诗也不是傻的。柔珂从没想过如诗可能也有一点点值得别人尊重的长处。她对爸爸的判断十分准确——柔珂心里也明白,就是没办法表达得那么清晰。

说起爸爸,如果他想带走柔珂和莎芙也是情有可原。虽然在这个女人做主的地方他不见得有什么法定的权利这样做,至少人们会体谅他的苦心。可是这个拉士葛真是莫名其妙,他凭什么?柔珂小声说:"肯定是上灵把老葛弄得失心疯了。"

如诗说:"他其实是很害怕的。人在害怕的时候就会做蠢事,你妈妈也一样。"

柔珂想,对啊,比如说把我关在这里。

然后她意识到,如果她和欧必忍待在家里的话,老葛要拿她简直是手到擒来。欧必忍可能会反抗,可三两下就会被那些士兵打翻在地,然后柔珂就被抓走了。看来妈妈把我留在这儿是对的。柔珂说：“我觉得妈妈已经做得很好了，你不应该批评她的。”

这时候，华纱和老葛的争吵还在继续，可是翻来覆去都是那几句。如诗带着两姊妹悄悄移到大厅的边上，尽量离那几个雇佣兵远一点。柔珂看着几个形状诡异的全息面具，心里直发毛，再也不敢吹嘘如何如何对付拉士葛了。今日的老葛，带着几个手下往那里一站，显得杀气腾腾，一洗前几天晚上在剧院后台被踢裆时的颓气，好像整个人都高大了一圈。柔珂一方面很敬佩妈妈单挑七恶汉的勇气，另一方面却觉得妈妈严重失策了。比如说，她为什么叫柔珂和莎芙出来呢？躲在楼上也行，溜到禁林也行，总比现在这样自投罗网好吧？莫非这就是如诗所说的人在害怕时做的蠢事？

可是妈妈看起来一点都不害怕。

柔珂低声对如诗说：“我看是时候走了。”

如诗说：“不行，你们必须留下来。”

“为什么？”

“因为你们一有什么动静，就会警醒拉士葛，反而促使他动手。他会马上命令手下把你们抓起来，到时候就全完了。”

柔珂小声说道：“反正他迟早都会动手的。”

“可是我们也应该尽量拖延时间。”

“拖延时间干吗？”

如诗答道：“你仔细想想。”

柔珂于是开始仔细想：拖延时间有什么好处呢？

莫非有救兵？可是哪有人能够对付帕华部族的民兵呢？

柔珂灵机一动，高兴得脱口而出：“女皇城卫兵！”

妈妈刚刚说完一句话，老葛还没接上，柔珂这句话正好填满了沉默的间隙。

拉士葛惊道："什么？你说什么？"连忙转身往门外看，发现没人。他回头看着华纱："外面没有人，不过他们正在赶过来，是吧？原来你一直在拖延时间等救兵？哼，来人！动手！"

几个士兵立刻冲过来，柔珂开始尖叫。

妈妈大声说："快跑啊你这个笨蛋！"

可是已经太迟了，有一个士兵已经抓住了柔珂的手臂，另外两人也揪住了莎芙，而那个野种如诗却袖手旁观。

柔珂喊道："快帮帮我呀，小贱人！救命啊！"

那些士兵把柔珂往大门拖，如诗一直看着她的眼睛，好像忽然做出了一个重大决定。

如诗叫道："住手！拉士葛！你马上给我住手！"

老葛哈哈大笑，一副胜券在握的样子，听得柔珂骨子里都发冷。

这条可怜虫，几天之前不过是韦爵府的管家；现在仗着有几个打手，就耀武扬威，不可一世了。

如诗大声道："你快叫他们住手，否则以后他们就不会再听你使唤了！"

这时候妈妈竟然喝止："如诗，不要再说了！"

妈妈要阻止如诗干什么呢？柔珂看着抓住莎芙的两个士兵，面无表情，像死人一样恐怖。她们姊妹俩怎么能够落在这些暴徒手里呢，老天没眼啊！柔珂喊道："如诗，快说下去啊！"别管妈妈，快说，快说！

这样的局面，看在别人眼里，再简单不过了：老葛带着两个兵殿后，其余四人把柔珂和莎芙往外拽，眼看就要走出华纱学校大门。华纱阿姨苍白无力地大声谴责："你们才是害人的凶手！竟敢在光天化日之下绑架我的女儿！我要让议会把你们都驱逐出城！"学校里的师生都聚集在大厅边上，无可奈何地看着。

然而如诗是一个解构者，在她眼中，这是另一个画面。如诗不但能看到人，而且能看到人与人之间的关系网。比如说在场那些女孩子和女老师，她们都很害怕，可是她们并不是一个个孤立的个体，也不是一小撮一小撮分散的小团体——她们每个人都和华纱紧密地连在一起。别人看来华纱好像孤立无援，如诗却很清楚，华纱的力量源自背后这群女人，她们的恐惧汇集成她的恐惧，她们的激愤壮大了她的激愤，她的怒吼其实代表了在场所有女人的心声。如诗也能够看到华纱和女皇城之间强有力的联系：无数簇大大小小的丝线把华纱和整个女皇城连在一起，就像动脉和静脉，把生命力源源不断地输送给华纱，维持着她举足轻重的地位。当华纱为了抵抗拉士葛而大声疾呼的时候，她的声音吼出了女皇城的愤怒。

可是如诗也看见，虽然华纱身处万千关系网的中心，她心里却觉得孤立无援，似乎所有的联系到了她身边就被切断了，并没有真正连上，即使有也是若即若离，细若游丝。这是因为老葛使用了最原始最直接的暴力手段——华纱只是弱质女流，在暴力面前毫无反抗之力，这让她觉得自己在女皇城中的地位和影响力不过是镜花水月而已，在紧要关头竟如此的不堪一击。

同时，如诗还看到拉士葛的关系网。拉士葛的行径令人不齿，而他所处的关系网其实弱不禁风。相比之下，华纱和学校众人之间的联系显得牢固而真实得多，她在女皇城中的巨大影响力更是触手可及。拉士葛的手下对他其实没有一丝尊敬，他们听拉士葛的号令是受利益驱使，同时他指使他们做的事情还能激发和迎合他们的兽性。其实与华纱相比，老葛才是真的孤立无援。他和那群雇佣兵的联系甚至还不如雇佣兵之间的关系密切，更无法和女皇城中女人之间的亲密关系相提并论了。

如诗知道，大多数男人之间的关系本来就是若即若离，没有很强的联系，彼此是相对独立的个体。而眼前这几个男的更甚：他们相互之间没有信任，没有付出，更没有关爱。他们勉强维持着一种脆弱的联系，纯粹是为了获得他人的尊重，渴望从中得到一点自豪感。他们之所以愿意听从拉士葛的指使，强行把两个女子拽出家门，并公然挑衅女皇城中最德高望重的女人，全因这些举动让他们心中充满了自豪感。他们以为欺凌弱小就可以彰显自己的强大，从而感受到别人的尊敬；在彼此眼中，他们卑微渺小的灵魂都幻化成伟岸的身影。这几个人的关系就是靠这种幻想出来的尊敬勉强维持着。

简直是不堪一击。

如诗只要一出手就可以轻易掐断这几个人之间的联系，把拉士葛变成孤家寡人。虽然华纱禁止她这样做，可是在这一刻如诗只关心自己和柔珂莎芙两姊妹的关系，已经深陷其中无法自拔。这两人其实是如诗的敌人，从小到大一直都欺负如诗，让她的童年蒙上阴影。现在她们落难，如诗有这个机会以德报怨，让柔珂和莎芙知道，她们一直看不起的丑小鸭其实是她们的大救星。这个飞上枝头变凤凰的壮举可以解开如诗压抑已久的一个心结……华纱阿姨的命令又算得了什么呢？

作为一个解构者，如诗既可以看见自己和这个世界的连接方式，也很清楚自己做事的动机。她已经决定违抗华纱的命令，因为在这一刻，她要做回她自己：威力无穷的解构者。只有她才能制伏这帮桀骜难驯的暴徒。

如诗一开口说话就有立竿见影的效果。她并不是在施法术念魔咒，她说的话本身也没有什么特别，关键是她的语气、表情和肢体动作都让她的言辞充满了魔力，每一句话都钉在那些士兵的心上，让他们意识到自己的所作所为受千夫所指，万人唾骂，也使他们觉得孤立无援，已经被世界唾弃。

如诗说："你们堂堂七尺男儿，居然把这个受伤的女孩从母亲身边抢走。扪心自问，你们的尊严和荣誉都扔哪里去了？就连狒狒也不会欺负弱小，母狒狒都放心把小狒狒托付给部落里面的雄性。你们简直连狒狒也不如。"

老葛这条可怜虫，还企图反驳如诗的话。他意识不到，如诗已经用言辞编织出一张大网，他的手下已经深陷其中。现在他说得越多就越显得苍白无力，他的懦夫形象就越清晰，他的手下也越疏远他。老葛吼道："臭娘们你给我闭嘴！我的士兵不过是执行任务……"

"一个懦夫指派的任务！你们看看这个所谓的'男人'，他都让你们干了些什么？他把你们变成阴沟里的老鼠，专门把美好的东西偷到他的洞里。然后他把屎尿抹在你们身上作为奖赏，还骗你们说这就是荣誉和尊严。"

一个接一个地，那些士兵放开了柔珂和莎芙。莎芙马上跪倒在地，无声地抽泣。柔珂自然不甘人后，马上挂起一脸厌恶的表情，还拼命地揉着胳膊被人抓住的地方，似乎想把上面的污秽连同不愉快的记忆一起抹掉。

如诗继续说："看看你们都对这两个美丽的女孩子做了些什么？就因为你们跟从了拉士葛，他已经把你们变得猪狗不如。你们去哪里才能重新做人呢？你们怎样才能洗刷自己身上的污秽呢？快找个地方躲起来吧！挖个洞钻进去，顺便把你们身上的耻辱也一同埋起来。你们以为戴着面具就变成英雄无敌了？这面具其实是刻在你们身上的耻辱印记，让大家看到你们就是这个人渣的走狗，让大家知道你们连这个人渣也不如。"

有一个士兵把戏服扯下来了，露出一张很平庸的脸。这人胡子拉碴，形容猥琐，蠢头蠢脑的，可是神情却很慌张，眼睛睁得很大，眼里竟然充满了泪水。

如诗说："看看吧，拉士葛就把你们变成这样子了。"

拉士葛吼道："快把面具戴上！马上把这两个女的押回贾霸府！听到没有？这是命令！"

如诗说："你们听到了吧？押回贾霸府，他根本就不是贾霸，凭什么指手画脚的？"

这句话是最后一击。其他几个士兵纷纷扯下面具，把戏服扔在华纱学校的门廊里面，然后争先恐后地逃离了这个耻辱之地。

老葛孑然一人呆站在门口，不知所措。现在整个局面已经扭转，不是解构者也能看出老葛彻底陷入了孤立无援的境地，华纱已经大获全胜。

老葛低头看着脚边的戏服。如诗说："这就对了，快把脸遮住。没有人愿意看到你这张脸。"

老葛默默地弯腰捡起一件戏服穿上。开关本来是打开的，他的体温和生物磁场触发了全息面具的启动机制。拉士葛的脸瞬间变成了贾霸雇佣兵统一使用的那个面容，而他这个人好像也不再是拉士葛了。和其他几个士兵一样，他转身耷拉着肩膀往外跑，就连斗败逃走的狒狒也不如他跑得狼狈。

如诗感觉到众人的敬畏在她身边交织成一张网，无论是老师还是同学都将她奉若神明，如诗兴奋不已。最妙的是柔珂和莎芙现在也对她感恩戴德了。柔珂向来眼睛都长在额头上，现在却一脸敬畏地仰视着如诗，显得不知所措。莎芙，那么多年来一直对如诗冷嘲热讽，现在双眼含泪看着如诗，向她伸出双手，好像在乞求宽恕，颤动的嘴唇挣扎着似乎想说谢谢，谢谢，谢谢……

华纱低声说道："看看你干的什么好事？"

如诗不敢相信自己的耳朵。她干的什么好事？这不是明摆着吗？"我把拉士葛弄垮台，他再也不能对您造成威胁了。"

华纱说："笨蛋，你真是个笨蛋！在女皇城中这样的暴徒有好几千个。本来拉士葛再虚弱也好，到底能够约束一下他们。现在你把他搞垮了，不出今晚那些雇佣兵就会完全失控，到时候谁能阻止他们？"

如诗的成就感顿时消失殆尽，她知道华纱说得对。如诗当时只顾眼前，看不到大局的走势，也没料到自己这样做的后果。那些雇佣兵意识到追随拉士葛其实是一件很不光彩的事情，并不能满足他们对荣誉的渴求。没有了这个共同目标，他们瞬间就变成一盘散沙。几千个雇佣兵将会散落在城里，一方面渴望向世人证明他们的能力，一方面却没有任何约束，浑身是劲而找不到发泄的地方。如诗想起以前看过一些关于大猩猩的纪录片，它们发狂似的拽着树枝摇晃，又互相斗殴，看身边谁显得弱小就揪住一顿打。男人发狂的时候，比大猩猩还要可怕得多。

华纱吩咐众人："带我的女儿回房间，然后大家一起把门窗都锁好封死！城里马上要大乱了。"

然后她从两个女儿中间穿过，向门外走去。

柔珂叫道："妈妈，你去哪里？别扔下我们不管啊。"

"我要去警告城里所有女人，今晚将会发生暴乱，守城的卫兵不够人手镇压。她们得做好准备，该藏的藏，能躲就躲。"

慕斯的士兵已经累得筋疲力尽。可是到了傍晚，当他们越过一个小坡，看到远处升起的浓烟，众将士顿时获得了新的活力：目标在即了。他们在如此短的时间内加急行军穿越那么长的距离，这本身就是一件震古烁今的壮举。而且女皇城已经着火，他们很清楚，一座已经混乱着火的城市是不可能防御外敌的，所以虽然他们只有一千人，却依然有相当胜算。此役过后，"慕斯军团千勇士"将会名垂千古。在他们解甲归田安享晚年之时，小孙子会坐在他们膝下仰头问道，爷爷，那一次你们从克兰赶去女皇城，只用了两天工夫；也没有休息一下，连夜就把女皇城占领了，还不费一兵一卒，这是真的吗？

不过这个传奇的下半部分还有待揭晓。变数在于，谁也不知道女皇城内形势如何。贾霸的士兵会不会已经控制大局，全面布防，严阵以待呢？孤威国这支千人队只剩下半天的口粮，如果他们不能连夜占领女皇城，形势就岌岌可危了。到了明天早上，他们兵力上的劣势将会暴露在光天化日之下，那时候再攻城是必败无疑。就算他们狼狈逃窜到平原诸城，也会被当地的军队歼灭殆尽，根本没机会撤回北方大本营。所以人人心里都清楚，成功成仁，全在今晚的背水一战。

形势是如此严峻，为什么众将士都信心十足，士气高昂呢？因为他们是慕斯军团千勇士！慕斯将军身经百战，未尝败绩，堪称孤威国古往今来第一名将。他爱护士卒，绝不拿众将士的性命做无谓牺牲。克敌制胜，慕斯用的是谋略，而不是人海战术。他的部队机动灵活，随时发出迅雷不及掩耳的一击便马上全身而退。他善于将敌军大部队分割孤立，各个击破。他还绕到敌军后方切断其补给，扰乱其军心。敌将与慕斯将军交锋，被他的神机妙算弄得方寸大乱，但求速战速决，总会在仓促之间棋差一着，终致满盘皆输。慕斯的这种机动战术，人称"慕斯之舞"。士兵们都知道，急行军虽然辛苦，却能提高胜算，减少伤亡。在慕斯的率领下，马革裹尸的只是少数，大部分士兵都能够凯旋归故里，所以全军上下都十分爱戴他。

军中甚至暗地里流传着一种说法：慕斯才是真神托世。当然没有人敢公开这样说，因为大家都忌惮监军大人。可是现在监军已经死了，很多人都明目张胆地说开了：世上既然有慕容复这样的真英雄，高卢城中那个脑满肠肥的死胖子怎么可能是神的化身呢！

因为大风的吹送，他们在距离女皇城大约一公里处就能听到城内传出来的尖叫声。随风还飘来滚滚浓烟。军令传下来：每人收集至少十二捆树枝。这样做是为了稍后点起篝火，造成十万大军的声势。于是众人大肆砍伐树木，然后在慕斯的率领下沿着一条弯弯曲曲的小路下山走到沙漠里。月色昏暗，路黑难行，众人背着大捆树枝，行走不便，不少人都摔了跟斗，所幸没几个受伤。在沙漠里，众士兵散开成一个个小分队行进，彼此隔开很远一段距离。然后每个小分队都将树枝堆起来，以喇叭声为令，一起点燃篝火。每个火堆留一个人照看，适时添加树枝，确保篝火不灭。其余士兵集合起来，在慕斯率领下，继续向女皇城进发。他们排成四纵队并排前进，这是先锋部队惯用的阵型，通常后面都有大部队跟着。很快他们就走出了沙漠，踏上一条宽阔的大路，前方就是女皇城的巍峨城墙。

离城墙还有一段路，四处已经全是建筑物，他们感觉像已经走在城市里面了。四面八方都有男的跑来跑去大呼小叫，其中很多还醉醺醺的。可是他们一看见慕斯的军队在街上经过，马上就老老实实闭嘴，慢慢地隐没在阴影之中。众将士顿时信心百倍，疑虑尽消。女皇城这些男的不过是桌上豪杰、樽里英雄罢了，根本就不是孤威勇士的对手。

他们来到城门附近，金属撞击的声音不绝于耳，看来战况相当激烈。他们越过一个小坡，眼前出现了交战双方。其中一方穿的军服就是慕斯杀死的刺客身上那种；而另一方每个人都长得一模一样，看起来相当诡异。

慕斯传令下去：女皇城守兵，就是穿军服那一方，很可能是盟友；真正的敌人是那些戴面具的。不过在慕斯下令之前不得动手。

他们来到城门前面的空地，迅速向左右两边散开，形成一个半圆形的队列围住城门，慕斯就站在圆心。

慕斯下军令的时候，通常都是让士兵低声向后传达。可是现在他故意大声传令，好让对方也听到。慕斯吼道："孤威士兵，拔剑！"

交战双方都停下来。女皇城的守兵人数其实很少，居然敢与那么多敌人对峙，实在是勇气可嘉。可是他们一看到孤威军队，马上往后撤退，一直退到城墙脚下。眼看两面受敌，大势已去，他们都绝望了。

另一方的克隆军团站在城门中央，也是举棋不定。

慕斯朗声道："我们是孤威国军队，前来救助女皇城，并无敌意。各位请向沙漠方向望去，看看我们的大军。"

慕斯故意选择这个地势最好的城门，从这里远眺，所有人——女皇城居民、守兵、剖头国的商人——都能看见数以百计的篝火在沙漠上铺开一大片。

"不过我只带了五百士兵来到城门这里。"兵不厌诈，慕斯当然没说实话。他的手下都在暗笑,这是慕斯头一次虚报那么小的数目,才相差四百人;要知道,以前慕斯唬人的时候,增减个四五万人是家常便饭。

"我们是奉孤威国慕容复将军命令,前来女皇城效犬马之劳。慕容复将军久仰圣女之城、和平之巅的大名,特意派遣我们前来相询,女皇城是否需要孤威国的军队帮助平息动乱,恢复秩序?事成之后我们立即撤退,绝不久留。"没必要告诉他们威震天下名动八方的慕容复将军就站在他们面前,身边只带着九百士兵,连宝剑也没有出鞘。就让他们以为慕容复还在十万军中运筹帷幄好了。

守兵里面有一个军官大声说:"长官,您也看到现在情况危急,我们忙着应付这些暴徒,怎么可能向女皇城议会请示呢?"

一个帕华雇佣兵大声叫道:"哪有什么议会!女皇城现在归我们了!我们不再听那些女人指挥,我们想在城里过夜就在城里过夜!我们想干吗就干吗!贾霸万岁!"

那个长官也大声说:"贾霸已经死了!你们连个首领也没有!"

那些雇佣兵没理会他,纷纷挥舞着兵刃,大声叫道:"女皇城是我们的!贾霸万岁!"

慕斯对他们说:"各位,你们的首领贾霸虽然已经遇害,可他的大名还是如雷贯耳!我们在孤威国也久有所闻了!"

话音刚落,一众雇佣兵就欢呼起来。

慕斯继续大声说:"各位请过来,和我们孤威国的战士站在一起。我们会帮助各位达成心愿,聊表对贾霸首领的敬意。"

那些雇佣兵听了,欢呼着从城门口拥出来。女皇城的守兵则继续紧缩在城墙脚下,严阵以待,准备负隅顽抗。只有几个胆小的慢慢向外移动,可能想找机会逃跑;而绝大部分的守兵都尽忠职守,保持阵型，看来是下决心以身殉城了。慕斯的士兵看在眼里，心中敬佩：即使将来交恶，他们也是值得尊重的敌人。

贾霸的雇佣兵毫无戒备地跑到孤威士兵面前。跑在最前面的一些正要热烈拥抱友军的时候，发现对方竟然剑拔弩张，顿时傻眼了，不安的情绪迅速蔓延至整个雇佣兵团。

慕斯一直站在原地没有动，所以现在身前身后全是雇佣兵。孤威士兵不禁暗暗叫苦，可是慕斯却异常镇定。他不但没有转身走回自己阵中，反而往前走，穿过一众雇佣兵，往城门走去。孤威国士兵见状，愈加紧张了。可是他这个举动却消除了雇佣兵团的疑虑，他们还以为这个孤威国的军官要走到队列最前方，带领大伙儿进城。

慕斯走到城门中间的一块空地上，背对雇佣兵团，开始大声喊话，语气却不是命令式的。他说："女皇城啊，多少年来我一直梦想着站在您的城门前面，亲眼目睹您的风采！"

慕斯说完，转头一看，只见守兵的指挥官正站在门岗上面，手执兵刃戒备。慕斯低声对他说："朋友，如果我们把这些克隆小丑都干掉，女皇城会领这个情吗？"

指挥官听了，有点疑惑，却也看到了一线生机。他说："我想应该会的。"

慕斯于是转身面向雇佣兵，也面向着雇佣兵背后的孤威军团："谁拥护贾霸的都把剑举起来！"

除了少数几个特别谨慎的，其余的雇佣兵都举起了手中的武器。慕斯随即也拔剑出鞘。

这是动手的暗号。几百支箭同时射出，站在外围的雇佣兵正举起武器，顿时被射成箭猪，倒下一大片。紧接着孤威士兵发出雷鸣般的一声吼，向剩下的雇佣兵扑去。从开始进攻到最后一个雇佣兵倒地，全程只用了两三分钟。然后孤威士兵马上恢复半圆的阵型，面前横七竖八躺满了尸体。

慕斯转身问女皇城守兵的指挥官："长官尊姓大名？"

"长官，我是毕唐克队长。"

"毕队长，我再问一次，女皇城是否欢迎我们进城帮助维持城内的秩序，让女皇城美丽的街道恢复平静？我这里有华纱女士的亲笔信，她的名字您听过吗？"

毕唐克说："我知道华纱女士。"

"她写信向我们求援，所以我们就赶过来了。现在我正式恳求您批准我们入城，辅助女皇城卫队平定暴乱。"

毕唐克点了点头，然后打开门岗的锁，走了进去。慕斯看到他向一台电脑输入东西。过了一会儿，毕唐克走出来了，说道："长官，我已经向女皇城议会汇报了。如今城中形势险峻，既然您是应华纱女士邀请而来，刚才也证明了帮助我们杀敌的决心，在此，女皇城议会和女皇城卫队诚心邀请贵军入城平乱。不过您要委屈一下，暂时听从我的指挥，接受比我低一级的军阶，等局势稳定之后再从长计议。"

"队长，您刚才在生死关头临危不惧，大义凛然，我实在佩服。能够在您鞍前效劳是我的荣幸。我有一个建议，您不妨考虑将我带来的士兵按六人编队，派他们在市内巡逻，准许他们全权处理突发事件，对付漏网的暴徒。要是在街上遇上身穿您这样制服的，我们就知道是友军，一定倍加尊敬。其余人等，但凡有手执凶器者、行凶作恶者、欺凌妇孺者，一经遇上，格杀勿论，再将尸体挂起示众，以儆效尤。"

毕唐克说："挂尸示众，这……"

"遵命！"慕斯似乎没听出毕唐克语气中的犹豫不决，随即转身对孤威国的士兵发号施令："孤威士兵听令！列六人队！"

孤威军队即刻变阵型，瞬间排成一百五十个六人队。

慕斯大声道："有戴此面具者，杀无赦！再将尸体连同面具挂起示众！切记保护城中妇孺！"

"可是……"

慕斯不等他说完就一挥手，孤威国士兵马上出发，小跑着进城了。

毕唐克走到慕斯身边，大概想抗议。可是慕斯却用一个热烈的拥抱让他把话硬生生咽回去了。"朋友，请听我说，我知道贵军已经筋疲力尽，可现在局势未稳，还没到休息的时候，比如城外的各个居民区就需要加派人手肃清暴徒，维持治安。另外，您可否马上带我晋见女皇城议会？"

慕斯的热情拥抱和诚挚笑容使毕唐克队长心中疑虑尽消。毕唐克传下命令，让女皇城卫兵在狗城区发散巡逻，然后他亲自带着慕斯进城。

慕斯一边走一边说："现在治安方面由我的士兵负责，下一步就是灭火了。您能够用电脑给其他卫兵下达命令吗？"

"可以。"

"我也明白不应该僭越，可是如果您能够加派人手保护消防员，我们还有机会把火势控制住，争取在天亮之前扑灭。"

"你驻扎在沙漠的军队也能过来帮忙吗？"

慕斯大笑道："呵呵，慕容复将军是不会同意的。如果我们整个大部队兵临城下，市民可能会恐慌，怕我们是来占领女皇城的。其实我们过来是为了救援和保护的，而不是侵略，所以我们只派出五百人。"

毕唐克队长说:"感谢上灵把你们派过来!"

慕斯说:"您得感谢华纱女士,还有你的一位勇敢的同袍——司马洛。"

毕唐克低声道:"司马洛是我的好朋友。"

"那您可以放心了。慕容复将军盛情接待了您的朋友。听他说起女皇城的状况,将军马上就派我们前来了。"

毕唐克说:"你们来得正是时候。骚乱是从昨天晚上开始的,整个白天持续恶化。如果不是你们,恐怕熬不到明天早上女皇城就已经烧成废墟,城中的女人也遭殃了。"

慕斯说:"能给女皇城带来希望是我的荣幸。"

这时候他们走在一条街道上,两边是密密麻麻的住宅和商店,二楼窗户都透出灯光。街道相当平静,骚乱也留下了一些印记:街上的碎玻璃,商店被砸烂的橱窗,还有一具具在半空中随风晃荡的尸体。死者都戴着一模一样的全息面具,像晾牛肉干似的挂在街道两边的阳台上,毕唐克看得心惊肉跳。

慕斯问道:"那些面具能维持多久?"

"我猜能维持到尸体变凉吧。我听说体温和生物磁场是触发面具的关键。"

慕斯说:"哦……"

"我想问个问题……这个……您的士兵是怎样把这些尸体吊起来的呢?我看不到有绳子,街道上也没有什么器械可以固定尸体。"

慕斯说:"我也不太清楚,要不把面具扯下来瞧个真切?"

毕唐克小心翼翼地走到最近的一具尸体前面,把戏服扯下来,全息图像立刻消失。原来尸体是被一把匕首插进脖子钉在墙上的。

慕斯问道:"这把刀估计是死者自己的兵刃吧?"

毕唐克说："我想是吧。"

慕斯轻轻推了尸体一下，说道："不是很牢固。如果今晚风再大一点，不到天明这些尸体就掉下来了。到时候得赶快清理，否则野狗就会来抢食了。"

毕唐克说："是的。"

慕斯问："你看起来不是很舒服，以前没见过死尸吗？"

毕唐克说："噢，我见过死尸，只是没见过……没见过这样的处理方法。我本来想着您的士兵不会……"

"这样做是必需的！这些尸体其实是我们的增援部队。我的士兵不可能把每一个暴徒都赶尽杀绝，总会有些漏网之鱼——比如有些个刚好上厕所了，对吧？等他们走出茅房，发现街道突然安静了，然后看到那么多戴着面具的尸体挂在半空晃荡，您猜他们还敢继续闹事吗？"

毕唐克忍不住笑了一声，说道："估计是不敢了。"

慕斯说："正是！这些暴徒生前作恶多端，死后却为我们维持街道的治安，也算是将功赎罪了。毕唐克队长，我要是说错了您就纠正我，不过依我看啊，没有谁会为他们流一滴眼泪吧？"

很快女皇城议会就接见了慕斯。与此同时，看守篝火的一百个孤威国士兵也来到女皇城，分散把守各个城门。其中几个城门也有女皇城的守兵，双方并肩站岗，相安无事。

慕斯与女皇城议会的会面相当顺利。议会最后决定，准许慕斯的军队在全城各个区域自由出入，包括所有的男人禁地，因为那些地区受抢掠最严重，火势也最猛。两天半以后，慕斯的军队将撤出城外驻扎，领取丰盛的补给，并接受女皇城官方正式奖赏。会面时女皇城议会对慕斯的援助再三表示了热情的赞扬和诚挚的谢意，并正式确立了双方的战略伙伴关系。

在数日之内，女皇城中没有人会意识到，会面结束之时，慕斯实际上已经征服了女皇城。

在回城路上，纳飞尽量不跟迈哥和梅伯说话。他保持沉默，两个哥哥不见得就对他好一点，不过至少可以不用争吵，也不需要小心翼翼地说些违心话来避免争吵。纳飞可以静静思考。

他可以和上灵说话。

问题是和上灵说话有意义吗？这些天来，纳飞一直幻想着与上灵通力合作，共创未来。上灵把地球的回忆展现在纳飞眼前，还告诉纳飞，它的任务就是防止和谐星球重蹈地球的覆辙。纳飞知道之后，也发誓帮助上灵达成目标。他站在一个卧倒街头的醉汉前面——没错这个醉汉是他的敌人——可是纳飞根本没想过乘人之危把贾霸干掉。然而上灵要纳飞动手，纳飞只好服从了。杀贾霸并非因为此人是一个罪该万死的杀人凶手，那是为什么呢？那是因为纳飞信任上灵，同意上灵所鼓吹的"杀一人以救世界"的高论。

为了上灵，纳飞行凶杀人，双手沾满了鲜血，可现在上灵去哪儿了？纳飞还一直妄想着自己和上灵有一种特殊的关系。记得索引初次向他们父子三人传话的时候，爸爸和羿羲只能够理解上灵传过来的部分信息——他们知道上灵要带领众人走过漫长旅程，到达一个世外桃源；在那个美好的地方，羿羲可以重新穿上浮衣，不用再禁锢在漂浮椅子上面。可是只有纳飞明白，那个地方并不在和谐星球上——上灵是要带他们回到地球。人类离家四千万年之后，终于要踏上归途。

然而自此之后，那个索引就被打回原形，真的只是一个索引而已。父子三人研究它的时候，的确能够搜索到海量的信息，可是纳飞等到花儿也谢了也等不到上灵的只言片语。纳飞很希望上灵能够私下给他发送一些信息，哪怕是一两句鼓励的话也好。他还记得上灵通过羿羲的浮椅说过，它选择了纳飞来领导众人，这个承诺能兑现吗？

上灵，你真的选择了我吗？我怎么看不出来呢？我为你做了杀人凶手，你却把梦报给耶律迈。你让他看到什么了——你竟然把艾雅许给他？那我呢？你想过我吗？你把我利用完，现在却转头和耶律迈亲近了。他和贾霸狼狈为奸，还想害死我，你却把我最爱的女人赏给他。为什么？为什么你报梦给他而不给我？我在大家面前丢尽了脸面，像地底泥一样被耶律迈踩在脚下，由他使唤，讨他欢心，还要眼睁睁看着他抢走我的梦中情人。上灵，你为什么这样恨我？我全心全意地为你效劳，为什么换来这样的结局？

骆驼慢悠悠地走上一个山坡，然后耶律迈带领他们沿着悬崖边上前进。纳飞看着刀削斧剁似的峭壁，下面是茫茫荒漠，只有零星散碎的几点枯绿。我困在这样的绝境，怎么去实现上灵说过的那些宏图大业丰功伟绩呢？我的两个哥哥吃里爬外，勾结敌人，几乎害死爸爸，如今还能对我颐指气使，我呢？我帮助上灵救了爸爸性命，现在却落得这样的田地。

你现在落得怎样的田地了？

这句话乍一看似乎是纳飞自己的念头，可是过了一会纳飞就意识到这其实是上灵的声音。虽然经验不算太多，可是纳飞已经能摸索出，这种自问自答的念头里面哪些是自己的想法，哪些是来自外界的信息。

纳飞在脑子里回答上灵，语气相当的不敬，甚至还带点挖苦：

哎哟，哪阵风把您吹来了？我就一小孩子，哪敢劳烦您的大驾啊？

你的确是挺麻烦的。

因为你要把艾雅许给我哥哥，我却非要做第三者？

艾雅不适合你。

纳飞默默地想：你对我哥哥那么偏心，我真是感谢你的大恩大德了。

纳飞，其实我对你不薄。

是吗？我能够为你杀人，你为我做了什么？还不薄呢！

这路上的每一分每一秒我都在努力保住你的小命。

纳飞吃了一惊，以为附近有强盗，下意识地坐直了四处张望。

他们两人早就起了歹心要对你动手，所以沿路我一直不停地分散他们的注意力，好让他们想不起来要杀你。

纳飞又惊又怒，两种情绪交织着，好像一股岩浆从喉咙一直灌进肚子里，翻江倒海般扑腾。

上灵说：幸好你一直不说话，没有招惹他们，所以他们甚至没有意识到你的存在。否则任凭我影响力再强大也无法压制他们心中的怒火。现在我没有羿羲的浮椅，万一他们大怒之下动起手来，我就没办法制止他们了。

纳飞很害怕，很想逃回爸爸那里；同时他也恨透了两个哥哥。他们为什么这样恨我？我做什么事情伤害过他们了？

傻小子，刚刚你还跟我讨价还价，让我帮你骑在你哥哥头上，你以为他们看不出你的野心吗？每次我和你对话，他们对你的妒恨就增加一分。你爸爸越赞赏你，他们就越憎恨你。当他们发现你一直在暗中窥觊着长子继承权……

纳飞心中大叫：我没有！我根本没想过取代耶律迈……我只是

希望他能够像一个真正的大哥那样爱我,而不是想我死。

是的,你想他爱你……你想他尊重你……可是你也想取代他。争强好胜是你们灵长类动物的本能,你也不例外。偏巧你和耶律迈都是人中龙凤。不过他已经是利欲熏心;而你呢?纳飞,你难道不懂存天理灭人欲的道理?你难道不能为了帮助我成就大业而放弃对权力地位的追求?你难道不能够比那些争抢首领地位的狒狒高明一些?

纳飞觉得好像已经露出真身,无处遁形了。既然我不比耶律迈高明,如果我不比营地下游那群狒狒高明,你为什么还要选中我呢?

因为你的确比他们高明,因为你希望更上一层楼。

那就请你帮助我克服心中的邪念吧。也请你顺便帮帮耶律迈。我记得他年轻时也很开朗、善良,也很有爱心。他本性还是好的,只是迷失了方向。

上灵回答道:我知道的。否则我为什么要给他报梦呢?就是为了让他重新听见我的声音。他的敏感度其实和你不相上下,可惜那么多年来他一直和我作对,所以对我的声音充耳不闻。可是这一次我的目标恰好与他的一致,我的话正好说到他的心坎上,所以他才能听见。而且我不给你报这个梦也是为了你好:如果我告诉你他的妻子是谁,再由你出面宣布,你觉得他会作何反应?他会欣然接受吗?

我才不会成全他呢!

看看,涉及女人你就变脸了。刚才还大言不惭说你杀贾霸是为了帮助我达成伟大的目标……可是现在为了一个女人,你就要和我做对了。你得知道,这个女人会毁了你的一生。

荒谬!你怎么能预测未来!上灵,你只是一台高端计算机,难道还会算命？

就像我很了解你一样，我也非常了解艾雅，她灵魂最深处的秘密我都知道。如果你真的了解艾雅，你就会明白她永远都不会成为你的伴侣。

难道她很黑心？

不是黑心，而是以自我为中心。她只懂得满足自己的欲望，并没有更高的追求与抱负。而你呢，纳飞，你立志干一番轰轰烈烈的大事，试图改变这个世界，至死方休。只要你信任我，耐心点，我定会助你一偿夙愿，还会给你一个志同道合的好妻子。

是谁呢？

绿儿的脸庞出现在纳飞的脑海里。

纳飞不禁颤抖了一下。绿儿！她冒着生命危险帮助纳飞逃出生天；她冒犯天条，带着纳飞穿越圣湖，让纳飞亲身经历女人独有的祈祷仪式。带男子闯禁地，这本是死罪。可是当时绿儿大义凛然地单挑众妇人，成功说服她们相信这是上灵的旨意。然后绿儿带领纳飞投身茫茫迷雾，在冰火交融的湖水之中漂浮。最后她还带着纳飞走出私密门，穿越无相林，成功逃出女皇城。

再早一些，也是绿儿冒生命危险，半夜出城，长途跋涉前来警告爸爸，让他小心贾霸的阴谋。正是由于绿儿的通风报信，韦爵一家才毅然踏上流亡之路。

纳飞欠绿儿太多了。她是个单纯可爱、心地善良的小姑娘，为什么纳飞完全没有想过娶她为妻呢？为什么这个念头会让他畏缩不前呢？因为绿儿是大名鼎鼎的圣湖先知。

没错，因为绿儿是圣湖先知，所以纳飞不想娶她。绿儿自小就能与上灵沟通，纳飞只是半路出家而已；绿儿聪慧过人，意志坚强，纳飞更是望尘莫及。无论在哪一方面，绿儿都比纳飞优秀。如果他们结为夫妇，踏上征途，绿儿能够更好地和上灵交流，绿儿也可以为纳飞指点迷津。当纳飞觉得四周一片死寂的时候，绿儿却能听见仙乐飘飘；当纳飞迷失在黑暗之中，绿儿依旧看到春光明媚。无论纳飞做什么也不过是步绿儿的后尘，永远难以望其项背。不行！我忍受不了女强人！她没有任何理由爱我，更加不会尊重我。

如此说来，你要找的恐怕不是互相扶持的伴侣，而是对你顶礼膜拜的小粉丝。

纳飞意识到了这一点，不禁惭愧，脸上一红。我真的是这样的人吗？我竟然虚弱至此，不敢爱一个比自己强的女孩？

这时候，纳飞的父母——华纱和韦爵——出现在脑海。虽然妈妈没有利用自己的显赫名声和巨大影响力给自己谋私利，可她绝对算是女皇城中最强势的女人。和爸爸相处，妈妈最起码是平等的——爸爸有没有因此而变弱呢？羿羲出生之后，他们并没有续婚约，妈妈还和贾霸结婚，一起过了几年。爸爸妈妈婚姻中断，莫非就是因为妈妈的强势？可能爸爸利用这几年时间修身养性，磨平心中的棱角，才能重投女强人的怀抱。

最终爸爸和妈妈还是走到一起，纳飞的诞生见证了这段长久婚姻的开始。从此他们每年都续婚约，不作他想，再无异志。和前一次短暂婚姻相比，这一次有什么不同吗？完全没有！妈妈并不会为了迁就爸爸的尊严而委曲求全，爸爸也没有为了争做一家之主而颐指气使；另一方面，爸爸一如既往，没有为了讨好妈妈而卑躬屈膝，妈妈也不会骑在爸爸头上作威作福。

在纳飞的脑海里，爸爸和妈妈的两张脸慢慢融合成一张脸，乍看之下是爸爸，可是不知怎的，也没觉得发生什么变化，却成了妈妈的脸。

纳飞默默地说：我明白了，爸爸和妈妈是夫妻一体，不分彼此。三言两语即可以道出对方心声，举手投足间也了解互相心意。两人无高下之分，更没有敌对之意。

我和绿儿也能够达到这种境界吗？她和上灵沟通的能力远胜于我，我能做到甘之如饴吗？上灵只是向迈哥报了一个梦罢了，我就怨恨不已；绿儿是解梦无数的圣湖先知，那我还不成天都羡慕不已？

绿儿呢，她会接受我吗？这个问题让纳飞觉得很惭愧：绿儿早已经接受他了。她牵着纳飞的手走进圣湖，她为了纳飞赴汤蹈火，毫无保留。绿儿为人心胸宽广，大智大勇；相比之下，纳飞总是患得患失、心存妒忌，反而显得小肚鸡肠了。

我不应该问自己能不能忍受绿儿比自己强，这个问题是错的。我应该问：我怎么做才能配得上这么优秀的女孩子？

纳飞突然觉得一股暖流传遍全身，好像心中充满了光明。上灵在他的脑中说道：对了，你问对问题了。你终于问对了。你终于问对了。

然后上灵似乎消失了，纳飞猛然从入定出神的状态中醒过来，重新留意到身边的事物。一切都是那个老样子——梅伯和迈哥在前面带路，骆驼步履蹒跚地往前走，纳飞还是浑身大汗，沙漠中的空气依然干燥炎热，每吸一口气好像把他的五脏六腑都烫熟了。

纳飞默默祷告：上灵，请帮助我，让我活下来；让我有机会驯服内心的兽性；让我学会与一个比自己优秀的女孩子相爱相处、琴瑟和鸣；给我时间和兄长修补裂痕、重归于好；给我时间成长，终有一日长成像爸爸妈妈那么优秀的人。

上灵在纳飞脑中答允道：我尽力而为吧。

那我们共同努力吧。

第四章 妻　子

基因学家的梦

谢德美从梦中醒来，很想找人诉说一番，却发现枕边一个人也没有。她实在太需要一个听众了。这个梦很真实、很震撼，她一定要把它说出来。谢德美害怕如果她不及时复述一次的话，过后这个梦就像其他梦一样，湮灭在记忆里不可复得了。此时此刻是谢德美生平第一次渴望有一个丈夫，可以听她把心声说出来。哪怕他只是嘟囔几句，转身继续呼呼大睡也好，起码谢德美能够亲口把这个梦用语言表达出来，心情也会舒畅很多。

不过话又说回来，如果有丈夫的话，让他睡哪儿呢？谢德美的实验室放满了各种设备，连她自己的单人帆布折叠床也几乎放不下。环顾四周，只见几张实验桌上放着些水盘、烧杯、试管和试验用的碟子，还有几个水槽和冷柜；几面墙都堆满了干燥箱，里面全是脱水种子和脱水胚胎。在试验过程中，在每一个阶段谢德美都会储存一些样品作为备份，这是进行基因改造研究必不可少的控制手段。

谢德美只有二十六岁，已经在和谐星球的基因学界享有盛名——这种貌似"小圈子"的名声却正是谢德美唯一的梦想。和华纱的其他学生不一样，谢德美从来不会满足于只在女皇城中出人头地。她从小就知道，女皇城不是宇宙的中心。在女皇城中声名显赫也好，在别个城邦大名鼎鼎也好，这些都是虚名，转眼就会消散得无影无踪。人类在和谐星球上度过了四千万年的光景，是在地球上的几千倍。纵观这段漫长的历史，谢德美总结出一个结论：只有科学知识才能不朽。什么政客将军、演员歌星，全是过眼云烟；再好的歌曲和戏剧也流传不过几个世纪；国界变迁，王朝兴替更是平常事，没有哪个帝国能够持续千年。可是科学知识就不一样了，因为你发现的真理可以恒久流传，万世不灭。即使后人可能忘记是你发现了这个定律，但是你的成果还是会被人们记住，代代相传。如果你功夫到家的话，你一手创造的植物，精心改良的动物，这些新生的物种都可以繁衍壮大，永不灭绝。

比如说华纱的丈夫韦爵，专门做植物买卖，将谢德美培育的干花植物卖得闻名遐迩，开遍了环绕大沙漠的所有城邦。这种干花开放时芬芳馥郁，只需要放一株，沙漠里的房子仿佛也变成森林花园。这些就是谢德美的杰作，是她在这个世界上留下的印记。上灵还把她的科研成果发给世界各地的科学家，使她在学界声名鹊起。在谢德美心中，只有这种名声才是真实的。

丈夫？科研工作就是谢德美的丈夫。她的研究成果不会背着她找外遇，让她遭受柔珂那样的打击。她的研究工作不会像帕华部族的民兵那样在城中烧杀抢掠，更不会被孤威国军队挂尸示众。她的研究工作也不会迫使女人关了灯龟缩在屋子里，手中拿着一把不知怎么用的脉冲枪，时刻提防着暴徒破门而入……

万幸的是，至今还没有人闯进实验室，就有那么两次吵闹声从街角传来而已。如果真的有暴徒冲进来，谢德美为了保护她的种子和胚胎，是不惜以性命相搏的，当然前提是她懂得如何使用这把脉冲枪。

　　暴徒没有来，这个梦却来了。这个梦太震撼了，谢德美醒了之后还是心神不定，不吐不快。

　　去跟华纱阿姨说吧。除了华纱阿姨，还有谁可以倾诉呢？

　　于是谢德美爬起来，随便弄了一下睡乱的头发，衣服也不换就出门了。反正她总是和衣而睡，只是洗澡的时候才换一身衣服。

　　街上已经恢复了往日的热闹。好久没有这样子了——贾霸专权的时候，人心惶惶，没事大家都宁愿宅在家中，街上一片萧条落寞。此刻看着路上人来人往，谢德美心情舒畅，就算挤在人群之中也没觉得厌烦。路两旁的沿街阳台上再也没有尸体在晃晃荡荡。那些雇佣兵的死尸已经被卸下来拉到城外的男人墓地入土为安，据说还弄了个什么仪式。街上偶尔走过两个穿着军装的女皇城守兵，让谢德美想起女皇城现在还是处于军管戒严的状态。据说议会今天投票决定如何报答和欢送孤威国士兵，再让女皇城卫兵重新回到各个城门站岗。到时候街上除了紧急情况之外，就不会有士兵巡逻。一切都恢复正常，万事大吉了。

　　站在华纱学校门前，人们就可以体会到，女皇城的确已经恢复了平静。只见两个低年级班正在门廊里面上课，班上的小女生都在认真地听老师讲课，偶尔问一些问题。和往常一样，谢德美驻足半晌，听一听上课的声音，重温一下昔日她在这里学习的美好时光。小时候她也在这个门廊听过课，在教室里向老师提问题，坐在花园里写作业……无忧无虑的童年，已经遥不可及了。

　　女皇城很多名门望族都把小孩送到华纱这里上学，可是华纱的学校并没有成为"贵族学校"。华纱招收学生，不论出身，不分贵贱，连孤儿也收留。谢德美出身贫寒，父母是郊外的农民，根本就不是女皇城的公民。她妈妈有个远房表亲在女皇城做女佣，所以谢德美才有机会进城求学。她七岁的时候在入学面试第一次见到华纱。她那时候甚至还不识字，竟然也被华纱录取了。谢德美的父母虽然是文盲，却对女儿期望甚高。全因华纱的提携，谢德美才能够出人头地，没有辜负双亲的期望。她初出茅庐就培育出一种专吃蟑螂的尖眼鼩鼱，为她赚了第一桶金，建立了自己的实验室。后来她还把父母一直租种的农场买下来，让双亲老有所依。

是的，谢德美有今天的成就，全因华纱阿姨当年愿意收留那个七岁还不识字的穷小孩。华纱面试谢德美的时候，和她谈了好久，发现她虽然不识字，可是思维活跃，天资聪慧，所以破格录取了她。就凭这种慧眼和胸怀，华纱就称得上女皇城中最出色的女人。为了报答华纱，谢德美拒绝了高等学府的教授职位，只为华纱的学校授课。她每年帮华纱阿姨教两个班，都是理科最好的学生。所以名义上她也算是华纱学校的教师，甚至还有自己的睡房。不过平常她都不在学校过夜，只是在教课的时候才回去睡，她自己都不好意思占着那间空房。可是尽管谢德美成天都留在实验室过夜，好久才回校一次，华纱却始终把那个房间给她。

走进学校里，谢德美很快就了解到，华纱去议会了，可能要很晚才回来。今天的议题非常重要，虽然华纱不是议员，也被邀请出席，足见她在城中地位之高。谢德美见不到华纱，怅然若失。那个梦还在她脑际翻腾，非说出来不得安心。

跟谢德美说话的女孩问道："你有什么事情吗？说不定……说不定我帮得上忙。"

谢德美笑笑说："你帮不上忙的。反正这事也没什么要紧，挺无厘头的。"

女孩说:"无厘头正是我的强项。我知道,你就是谢德美。"她说出这个名字的时候,语气充满了尊敬,谢德美很不好意思。

"我是谢德美。我其实也见过你好多次,可就是想不起你的名字,真对不起。"

女孩说:"我叫绿儿。"

谢德美当然知道这名字了。她说:"啊,原来你就是圣湖先知!她们也叫你神湖圣女。"

女孩见谢德美居然听过自己的名字,显得受宠若惊。老实说,女皇城中谁没听说过大名鼎鼎的圣湖先知呢?绿儿说:"我才十三岁,还不是神湖圣女呢。也不知道将来有没有资格。"

"哦,那再过几年就是了吧,这不是板上钉钉的事情吗?"

绿儿说:"这都说不准的,要看我做的梦有多灵了。"

谢德美笑道:"那看来你和我们一样,将来怎么样谁都说不准。"

绿儿也微笑说:"就是。"

谢德美正要转身离去,突然意识到面前这女孩是谁了。"圣湖先知……嗯,你应该懂得解梦吧?"

绿儿摇头道:"要解梦你得去内城市场找算命的。"

谢德美说:"不,不。我不是说那种'解梦',我不是那个意思。这个梦好奇怪的,我以前从来都记不住自己做过的梦,可是这一次,这个梦好像硬是刻进我的脑中,忘也忘不了。可能……可能有点像你们先知圣女才会做的梦。"

绿儿抬起头看着她,正色道:"谢德美,如果你的梦有可能来自上灵,那我就需要听了。请跟我来。"

谢德美乖乖地跟着女孩走,忽然意识到她只有自己一半的年纪,自己怎么那么听话呢?她们来到大宅深处,走上一条楼梯。谢德美很少来这一带,几乎想不起有这么一条楼梯。这里是存放旧家具、课本和杂物的。她们继续上楼,又爬了两条楼梯,然后走进了又热又暗的阁楼。

谢德美说:"我的梦也不是什么秘密,似乎不需要躲在这里说。"

绿儿说:"不是的。如果你的梦是来自上灵的话,有一个人必须亲耳听到。"说完,绿儿从山墙上移开一扇百叶窗,弯腰钻出去了。

谢德美被突然射进来的阳光刺得睁不开眼,所以看不见外面有一个小平台,还以为绿儿凌空浮在外面,吓了一跳。然后她的眼睛慢慢适应光线,侧眼看去,才发现绿儿站在平台上。谢德美于是也跟着钻出去。

这个平台被几个斜坡屋顶围住,从别处根本看不到有这样一个地方。平台中心有一个很大的排水孔,每逢大雨,屋顶滑下来的雨水会流到平台这里,像蓄水池一样积起几尺深,再从这个放水孔慢慢排清。

此处确是一个绝妙的藏身之所,住在学校里面的人尚且不知道有这样一个地方——当然,绿儿和躲在这里的那个人除外。

谢德美的眼睛逐渐适应了室外的阳光,慢慢看清四周的环境。在一个便携式遮阳篷下面坐着一个和绿儿有点相像但稍微年长一点的女孩。谢德美知道圣湖先知的姐姐是解构者如诗,一经介绍,果然是她。和如诗隔着一张桌子坐着一个男孩,很高大却很是年轻,还没长胡子。

男孩说:"谢德美,你认得我吗?"

"认得。"

男孩说:"你上一次住在学校的时候,我还没长现在那么高。"

谢德美说:"纳飞是吧?我听说你去沙漠了。"

纳飞说:"呵呵,恐怕我是去而复返了。我做梦也想不到有这么一天,女皇城的城门由孤威国士兵把守。"

谢德美说:"他们不会待很久的。"

纳飞说:"我没听说过孤威国士兵占领了一个城市之后会主动撤兵的。"

谢德美说:"可是他们并没有占领女皇城。他们只是在我们危难的时候拔刀相助罢了。"

纳飞说:"沙漠里面有一堆堆篝火烧剩的灰烬,但没有扎营的痕迹。坊间传说那个带队的孤威国将军诈称大魔头慕斯将军率领大军驻扎城外,实际上他只带了一千士兵。"

"他已经向议会解释了,这样说是为了给帕华部族的雇佣兵施加心理压力。"

纳飞说:"或者是给女皇城卫兵施加压力吧?不过没关系了。绿儿把你带过来,你知道原因吗?"

绿儿插话道:"纳飞,不是的。她不是计划的一部分。她是自己来的,本来打算把她做的梦告诉妈妈。现在她愿意告诉我,我想你们两人一起听听,看是不是上灵报的梦。"

谢德美问:"为什么他也听?"

绿儿说:"上灵对纳飞说的话一点不比我少。纳飞一开始是死皮赖脸地逼迫上灵,可是现在他们已经好上了。"

谢德美奇道:"一个男的强迫上灵和他说话?这个世界什么时候开始有这种怪事了?"

绿儿微笑道:"就是从最近开始的。所谓大千世界,无奇不有,任由你皓首穷经,亦难料其万一。"

谢德美也笑了笑,可是想不起绿儿这句话是从哪里引用的,也不觉得有多幽默。

绿儿的姐姐如诗说道:"你的梦。"

谢德美说:"现在我觉得太荒唐了。向那么多观众汇报我的梦,恐怕有点小题大做吧。"

绿儿摇头道:"可是你走那么远的路来到这里,就是为了把这个梦说出来啊。你住哪里?是水池区吗?"

"我住水井区,不过离水池区也不远。"

绿儿说:"你走那么远就是为了告诉华纱阿姨。我想你可能还没有意识到这个梦的重要性。请告诉我们吧。"

谢德美看着纳飞,开不了口。

纳飞说:"请说吧。我不会取笑你的,更不会告诉别人。我真的很需要知道这个梦里到底隐藏着什么真相。"

谢德美干笑了几声。"我只是不太习惯在一个男人面前演说。我不是针对你,我知道你是华纱阿姨的儿子,绝对信得过。我只是……"

绿儿说:"他还不算是'男人'呢。"

纳飞嘟囔道:"承您贵言。"

绿儿继续说:"纳飞和其他男的不一样。不久前上灵命令我带他去圣湖,让他坐船到湖心,和我一起浮过冰火水域。因为我们是奉上灵的命令,所以免去一死。"

谢德美怀着全新的敬畏打量着纳飞。"是不是所有古老预言都赶着要在今年实现呢?"

如诗轻声说:"快说说你的梦吧。"

"我梦见——这样说出来真挺傻的——我梦见自己在云层上照料一个花园。花园里面不仅有我目前正在研究的动植物,而且还包括了我所知道的每一种植物和动物,应有尽有。奇怪的是,这个花园不是很大,只是小小的一个,却能容纳那么多物种;而且它们都是活的,都在成长。我就在云上面飘啊飘,经过持续千年的漫漫长夜,好像永远也没有尽头。然后突然变白天了,我从云层边上往下看,看到广袤的土地上是一片美丽的新绿。我对自己说——你知道,就是在梦里自言自语那种——原来这个世界并不需要我的花园。于是我离开花园,迈步走出云层……"

绿儿说:"往下坠落?"

谢德美说:"我没有掉下去,而是直接就站在地面上了。我穿过森林和草地,发现很多植物都没有。于是我举起一只手,那些植物的种子就像下雨一样从我的空中花园洒落到地上。我把种子都种下,看着它们就在我眼前茁壮成长。然后我又发现好多动物也没有。在这个世界上,鸟儿都不见了,大部分爬行动物也不见了,载重动物和家畜全部都没有。可是这里有无数的昆虫,小鸟和爬行动物可以捕食昆虫为生;也有草地牧场可以养活反刍类动物。于是我举起双手,云上洒下一阵'胚胎雨',全是我需要的动物。我给这些胚胎浇水,很快它们都长大了,都很健康很强壮。然后小鸟都飞走了,牛羊也四散去草地河流那里觅食,还有蛇、蜥蜴等,都各寻出路去了。这时候我听到一个声音在我耳边说:'谢德美,我的女儿,你的花园无与伦比。'可是这个声音不是我爸爸妈妈的,我也不知道它说的花园是指云层上那个,还是指我正在恢复的这个新世界。"

这个梦她就记得那么多了。

大家一开始都不说话。沉默了一会儿,绿儿说:"你提到'恢复'这个世界,就是说你从云中花园召唤下来的那些动植物本来就是属于那片土地的,只是后来不见了,是吧?你当时在梦里怎么知道的呢?"

谢德美说:"我也不清楚是怎么知道的,总之我就是知道,当时的感觉是,这些动植物不是新引进的物种,而是本来就生长在这里的。"

如诗问道:"你能不能分清那声音是男是女?"

"当时我完全没想过这个问题,只是觉得好像是我父母的声音,然后发现并不是。我没有注意这声音是男声还是女声,即使现在回想起来我也说不上。"

那三人开始讨论。他们并没有打算把谢德美排除在外,所以说话时没有压低声音,好让她听得一清二楚。

纳飞说:"她的梦包含了一段空中的旅程,这个与上灵给我的信息相当吻合。至于恢复动植物,那只能是地球了。"

绿儿说:"有道理。"

如诗说:"可是云层呢?那是指什么呢?云层大概可以漂洋过海,却不可能跨越星球吧?"

纳飞说:"上灵报的梦都不是成品,它只是把某一段信息直接输入我们的大脑;然后我们的大脑以其为蓝本,借助我们思维中已有的知识加以润色,抽取合适的图像将这段信息的内容表达出来。比如'空中的旅程',同一个概念,耶律迈看到的是一栋古怪的房子,谢德美则看到云层,而我是直接听到上灵说我们必须飞回地球。"

谢德美说:"地球?"

纳飞说:"爸爸和羿羲都没听出来。可是我敢用性命担保,上灵是计划回地球。"

绿儿说:"谢德美,你的梦的确应该这样解释。你想想,人类离开地球四千万年了,当年的核冬天应该使绝大部分的爬行动物和所有飞鸟都灭绝了，只有鱼类，两栖类和少数温血小动物有可能存活。"

谢德美说："可是已经过了四千万年，地球肯定已经恢复了。这么长的一段时间，也足够生成很多新的物种了。"

纳飞问："可是你怎么知道地球被冰层覆盖了多久呢？冰层融化的速度有多快呢？地壳板块又是怎么移动的呢？"

谢德美说："嗯，你说得也有道理。"

如诗说："可是在梦里面，谢德美一举起手天上就掉种子和胚胎，一浇水胚胎就开始长，更像是在变魔法。"

谢德美说："你有所不知了，这部分对我来说反而是最合理的。我做研究的时候，需要储存样品，就是将种子和胚胎脱水晶化。最关键是在晶化的时候，确保所有生理过程在瞬间锁死，那么当时的状态就可以完整保存下来了。这些脱水的样品放在干燥环境中储存，需要恢复的时候，我们只需要加入蒸馏水，样品晶体就会发生一系列快速而不具破坏性的去晶连锁反应。因为这些有机个体都很小，所以能够在一秒之内就全面恢复到常态。当然如果操作对象是胚胎的话，我们还必须马上将其放进生长液里面，再接上合成卵黄或胎盘；因为这些额外的工序，每次操作只能恢复少量的胚胎。"

纳飞问："如果需要恢复地球上的物种，我们需要多少设备才能携带足够数量的样品呢？"

"多少？嗯，那是需要好多的，起码一个驼队吧。"

"如果要你筛选最重要的几种呢？比如说，最有用的鸟类，最重要的动物，可以用作食物和建材的植物。"

谢德美说："那就可多可少了。你必须根据实际情况做出取舍。假设你只有一头骆驼运载样品的话，就只能带两个干燥箱。另外还需要一头骆驼运两套恢复设备和所需材料。"

纳飞踌躇满志地说："如此说来，真的是可行的！"

谢德美说："你真的相信上灵派你们回地球？"

纳飞说："我们相信和谐星球此时此刻最重要的就是这件事情了。"

"你是说我这个梦？"

绿儿说："你的梦是其中一部分，估计我的梦也是。"她把那个蝙蝠与大老鼠的梦告诉谢德美。

谢德美听了之后说道："你的梦似乎象征着一些新的物种出现在那个世界上。可是你别忘了，如果你的梦确实来自上灵的话，那就不可能是真的。"

绿儿略显愠色，问道："为什么不可能是真的？"

"因为上灵不可能知道地球发生了什么。地球在千百光年之外，没有一个电磁信号有足够强度跨越那么遥远的距离把信息传过来，试问上灵怎么能看到地球上的物种呢？如果真是上灵给你报的梦，那也只能是她虚构的。"

如诗说："或者是她的猜测？"

纳飞说："就算上灵是猜的，我们也得遵命。谢德美必须收集这些种子和胚胎，做好准备和我们一起回地球。"

谢德美大惑不解道："我来这里只是把一个梦告诉华纱阿姨罢了，我可没打算为了你们这个天方夜谭似的旅程就抛弃我的事业。再说了，你们怎么回地球？腾云驾雾啊？"

纳飞说："上灵已经说过了，我们要回地球。时机合适的时候，它自然会告诉我们怎么做。"

谢德美说："太荒谬了！我是一个科学家。我知道上灵的确存在，因为我们可以把研究成果传送到世界各地的城市，只有上灵可以实现这种信息共享。不过我觉得上灵其实只是一台控制通信卫星的电脑而已。"

纳飞大惊失色地看着绿儿和如诗说："我和羿羲挣扎好久才想明白这一层，可是谢德美老早就知道了。"

谢德美说："你又没来问我。"

纳飞说："你是大名鼎鼎的谢德美啊，我们哪敢跟你搭讪？"

谢德美说："我只是你妈妈学校里的一个老师罢了。"

纳飞说："对啊，就像太阳只是天上一颗星星罢了。"

谢德美笑着摇了摇头，想不到年青一代居然对自己如此敬畏。她心中暗自欢喜——有人崇拜自己，当然感觉良好了——可是也有点不好意思。谢德美觉得自己仿佛站在聚光灯下无所遁形，必须时刻努力保持高水准，才不致让粉丝们失望。可是实际上她只是一个努力工作的普通女人，偶尔也会被自己的梦困扰。

如诗说："谢德美，无论这事情最终是否可行，上灵已经吩咐我们着手准备这个旅程了。我们本来没想过劳烦你的，可是上灵却把你送来了。"

"什么上灵，是碰巧而已。"

绿儿说："我们看一件事情，查找不出原因时就用'碰巧'做托词。其实我们只是虚构一个假象出来骗自己，实际上是在说，我不知道为什么会这样子，也不想查个究竟。"

谢德美说："我们现在讨论做梦，和你说的根本不是一回事。"

纳飞说："你做了那个梦，心里也明白这个梦有多重要，所以你才来找妈妈诉说。妈妈正好出去了，只有我们在这里。可是你知道吗？我们三人聚在这里，正是上灵的旨意。你看不出这是上灵给你发出的邀请吗？"

谢德美摇头道："我的事业在这里。我不会突然发疯要去千百光年以外的一个什么地方。"

如诗说："你的事业？你现在有机会回地球担起恢复物种的重任，有什么事业能和这个任务相比？你现在已经很出名了，可是试想一下照料整个地球……"

谢德美打断她说："如果是真的的话。"

纳飞说："其实我们每个人都面临这个困境，如果是真的的话……在这个问题上我们没办法替你做决定，你下定决心之后，就来告诉我们吧。"

谢德美点点头，心里已经决定，以后对这几个小孩避之则吉，能不见面就不见面。真是怪事，居然拿着她的梦小题大做，还好意思要求她做出那么大的牺牲。

绿儿说："她已经决定不帮助我们了。"

谢德美忙不迭地否认："没这回事！"心里却很内疚，也很奇怪：她怎么知道的呢？

纳飞说："就算你决定了不和我们一起走，你能不能至少帮一个忙？能不能帮我们收集一批种子和胚胎？只需要两头骆驼的量。另外还有相应的恢复设备。然后再麻烦你教会我们恢复晶化样品的工序。"

谢德美说："这个没问题。我可以在接下来的几个月里抽时间帮你们。"

纳飞说："我们没有几个月了。我们只有几个小时，或者幸运的话……几天。"

谢德美说："你别说笑了，几个小时我能准备一个什么花园？"

如诗说:"女皇城不是有那些生物资料库吗?"

"嗯,有是有……我最初的样品也是从那里拿的。"

"那你能不能去提取样品呢?能拿多少就拿多少。"

"两头骆驼的量,应该可以吧。可是设备就难办了,尤其是恢复动物胚胎的设备。我手头上只有我自己专用的那套,要弄一套全新的恐怕要几个月工夫。"

绿儿说:"如果你和我们一起走,你就可以把你的设备带上。就算你不一起走,你也有几个月工夫重新订制一套。"

"你想让我把自己的整套设备送给你们?"

绿儿说:"看在上灵的份儿上。"

"你相信上灵……"

如诗说:"那就看在华纱阿姨的份儿上,帮帮她的儿子。"

谢德美很幽怨———一剑封喉,不愧是解构者。她说:"如果华纱阿姨叫我这么做,我一定遵命。"

纳飞眼睛突然放光:"如果妈妈叫你一起走呢?"

谢德美说:"她不会的。"

纳飞说:"妈妈自己也这样说,不过我们尽管走着瞧吧。"

谢德美说:"你们当中哪一个负责操纵仪器?"

绿儿马上说:"如诗和我。"

"那今天下午就过来吧,我教你们。"

如诗说:"你答应把整套设备给我们啦?"

听她的语气,似乎惊奇之余还带点开心。

谢德美说:"我会考虑一下。不过教你们怎么操作也需要一段时间的。"

说完,谢德美从地毯上站起来,走出了遮阳篷。她想找回出来时经过的那扇百叶窗，可是绿儿肯定已经放回原处，害她想不起来应该从哪儿进屋了。

绿儿肯定马上留意到谢德美的窘况，不等她开口，就走在前面带路了。那扇百叶窗没有放回原处，只是被一处屋顶遮住了看不见而已。谢德美说："这里我认得，你不用带路了。"

绿儿说："谢德美，我梦见过你的，就在几天之前。"

"哦？"

"我知道你不信我，以为我只是为了拉你入伙才胡说八道。其实不是的，当时是夜晚，我在树林里，一个人挺害怕的。然后我看到几个女人，有华纱阿姨，还有如诗，艾雅和狄傲丽，还有你。我看见你了。"

谢德美说："我当时肯定不在那里，我从来不去树林的。"

"我知道——我只是告诉你，那是一个梦，是我醒着的时候做的梦。"

"绿儿，我也很认真地告诉你，我从来不去树林，也不去圣湖。我知道你们所做的事情很高尚也很正路，可是这些事情不是我生活的一部分。你明白吗？这不是我的生活。"

绿儿说："那么……可能你应该改变一下你的生活了。"

谢德美瞠目结舌，无言以对。她不想吵架，所以只是默默地转身走进屋子。身后传来他们说话的嗡嗡声，听不清他们在说什么。谢德美也不想听，她还窝着一肚子火——这几个小孩，竟然提出这样的要求，实在太过分了。

可她还是忍不住想起那个梦：一伸手就把生命从云层上带到人间，多么棒的感觉啊！为什么她当时不就此打住呢？让这种感觉永远停留在这个美好的梦里好了，为什么她非要告诉这些小孩呢？为什么此时此刻他们说过的话还萦绕在心中，无法抛诸脑后呢？

回地球……地球……回家……

这到底是怎么回事？四千万年了，人类在和谐星球活得好好的，地球怎么会突然召唤她回去呢？他们都发疯了，在这个混乱的年代，歇斯底里病是可以传染的。

虽然她这样想，可谢德美还是没有回家，而是直接去生物资料库。她花了好几个小时，在目录中挑选了两头骆驼能运得动的晶化种子和胚胎，将来如果他们真的恢复地球生态圈，这些就是最有用的物种。

女皇城议会，现实中

华纱一生中总是充满自信。她相信一个人只要聪明机智、宅心仁厚，再加上果敢决断，没有什么难题是解决不了的。人人都是可以说服的；如果实在说服不了就忽略他们；忽略一段时间之后他们自然就消失了。在这个人生哲学的指引下，华纱把学校在短短十数年间就办成女皇城中首屈一指的名校，她自己也成为女皇城中举足轻重的人物，城中大大小小的事务或多或少都受了她的影响。其实华纱从来没有正式从政，可是女皇城议会每逢有重大决策，都会征询她的意见；很多艺术委员会也请她做顾问；最关键的是，政界商界的巨头，无论男女，需要做出重要决定的时候，总会私下找她出谋划策。华纱的追求者众，可是她十几年来都和同一个人续婚约，这个人对她的光环既没有心存忌惮，也不会垂涎觊觎。华纱已经在女皇城中为自己找到一个准确完美的定位，凡事总能游刃有余，乐在其中。

可是华纱做梦也想不到，这一切原来是那么不堪一击。她的人生就像一匹布，编织在女皇城这台织布机上面；现在女皇城即将分崩离析，华纱的生活眼看就要变得支离破碎，好像飘絮浮萍一样身不由己。

这一切祸害的始作俑者就是华纱的前夫——贾霸。好多年前，那时他们还是夫妻，贾霸就已经开始蠢蠢欲动了：他竟然想让华纱尝试修改那条禁止男人在城内置业的法律。华纱看出贾霸的狼子野心之后，马上和他离婚，然后永久性地嫁给了韦爵——至少华纱是不打算和韦爵分开了。可是贾霸并没有死心，而是一直韬光养晦，暗中培植势力。他去城外的乡村地区招兵买马，先派他们进城做摧花党，将城中的女人吓个半死；然后再让同一批人戴上丑恶面具变成了雇佣兵，号称是要对付摧花党，保护女皇城。可是华纱很清楚，兵就是贼，贼就是兵，只差一个面具而已。

但是，贾霸虽然狡猾，总还是有办法约束的。然而上灵居然在这个节骨眼儿上开始添乱：她竟然对着一个男的说话了，而且这个男的不是别人，正是韦爵本人。于是华纱突然处于一个很尴尬的地位：她的前夫正在肆无忌惮地挑战女皇城的法律制度，而她的现任丈夫则四处宣扬末日论，逢人就说女皇城马上就要毁灭了云云。华纱的好朋友德琳说了——那时候，其实也不过是几个星期之前——人们都奇怪华纱怎么没有和孤威派的罗达结过婚。德琳说："好姊妹，恐怕你得检查一下你的床，看有没有一些让人神智失常的寄生虫。"她当然是说笑话，可是华纱笑得很苦涩。

那时候还只是苦涩而已，而现在简直是要崩溃了。

贾霸强占了韦爵的家产，还派人追杀他的四个儿子——包括华纱的两个亲生儿子。然后上灵看中了纳飞——为什么那么多人不选，非要选中纳飞？他还只是个小孩子！上灵命令绿儿带纳飞去圣湖禁地，让他和圣湖先知一起浮在湖面上，就像女人做祈祷似的。就在同一个晚上，纳飞把老贾给杀了，可能他动手的时候，身上的衣服还没干透。别人看来，纳飞杀老贾可能是天经地义，因为是贾霸作恶在先；可是对于华纱来说，自己的亲生儿子杀了自己的前夫，这简直是人寰惨剧。

可是好戏还在后头。也是在同一个晚上，华纱看到了两个女儿的庐山真面目：阿芙和阿珂的丈夫偷情，阿珂动手几乎把阿芙给杀了。我这个家怎么好像还没有进入文明社会呢？我的一个儿子是个杀人凶手，一个女儿是通奸淫妇，另一个女儿杀人未遂。只有羿羲是文明人，可他却是个瘸子，华纱一想到羿羲就很心痛。可能这就是文明的缩影——一些弱不禁风的瘸子抱成团，企图控制比他们强壮百倍的野蛮人。

贾霸老早就说过："华纱，在和平年代，你们这些女的当然有资本豢养一堆太监做宠物。可是等敌人杀到门外的时候，你能指望那些阉人救你吗？到了那个时候，你才想起要找真正的男人，强悍的、有杀气的男人——可是到哪里去找呢？你早就把他们赶走了呀！"

拉士葛，他既不聪明也不强悍，贾霸所说的太监阉人，大概就是指像他这种人。他妄想控制贾霸套住的那头猛兽，本来就力不从心；如诗竟然还将绳套松开，女皇城于是瞬间就被洪水猛兽吞噬了。这一切都发生在我的家中！为什么又是我？

最后的打击来自慕斯将军。没错，华纱知道这人必是慕斯将军无疑。换了别人怎么会那么大胆，带着区区一千士兵就敢进军女皇城？换了别人怎么懂选择这样一个千载难逢的时机——油头族到达的时候，女皇城正值内乱，根本没办法抵御外敌；见到有人自称救兵，当然是来者不拒了。华纱根本不相信慕斯将军撤兵的承诺。虽然他们已经撤离了城中街道，却依然牢牢把守着城门和城墙。

雪上加霜的是，和韦爵、贾霸、纳飞和拉士葛这些人一样，慕斯竟然也能和华纱扯上关系：他当初正是凭着华纱的亲笔信打开城门的。

华纱以为已经跌到谷底了。可是今天早上，纳飞和耶律迈俩人突然出现。他们是从森林那里来的，这就意味着他们一定穿越了禁地。他们来有何贵干呢？原来是为了通知她，上灵要她立刻离开女皇城，去沙漠投奔丈夫，顺便还捎上几个"她认为合适"的女孩子。

华纱问："合适做什么？"

耶律迈说："合适结婚，合适去一个很远的地方生小孩。"

"你们要我离开女皇城？你们要我拐骗几个无知少女去沙漠里像狒狒那样过活？"

纳飞安慰她说："怎么会像狒狒呢？我们穿着衣裳，也不会乱吠一通嘛。"

华纱说："你们不用想了，我是不会考虑的。"

纳飞说："您会的。"

最近好多男的都对华纱说过这句话，现在连亲生儿子也这样子，华纱怒了："你这是在威胁我吗？"

纳飞说："我不是威胁您，我只是在预测罢了。我敢打赌，不出半个小时您就会开始考虑了，因为这是上灵的旨意。"

还真给他说中了——还不到十分钟，纳飞的话已经刻在华纱脑中挥之不去了。

纳飞怎么知道的呢？肯定是因为他了解上灵。可是纳飞并不知道，上灵其实早就在给华纱做思想工作了。韦爵远走沙漠之前曾经叫华纱一起去，不过没有提起带上别的女孩。可是当华纱向上灵祈祷的时候，一个声音在她脑中响起。上灵很明确地告诉她：去沙漠，带上你的两个女儿，带上你的几个干女儿，带上所有愿意同行的人；在上灵的国度，所有的子民都将奉你为国母。

去沙漠？像动物那样生存？华纱一生听从上灵的教诲，可是这一次它的要求太过分了。离开了女皇城，离开了她的学校，华纱什么也不是，她只是韦爵的妻子而已。蛮荒之地遵循的是弱肉强食的丛林法则，什么都是男人说了算——尤其是野蛮的男人，就像韦爵的长子耶律迈。耶律迈这小子，华纱想起他心里就直发怵，韦爵怎么可能看不出这人有多危险呢？可是在野外，像耶律迈这样的猎人反而成了华纱的衣食父母。到那个田地，华纱还有什么地位可言？她还能发挥什么影响力？谁还会找她出谋划策？一切都是由男人把持，女人只能煮饭洗衣喂小孩，就像倒退到原始社会一样，和动物没什么两样。不行，不能走！离开女人之城，她就不再是华纱女士，而变得和一头野兽无异了。

在这个地方我才有存在感，在这个地方我才觉得自己是个人。

然而当她步入议会的时候，她发现自己赖以生存的"这个地方"已经不再是女人之城了。看那一张张写满了幽怨、恐惧和愤怒的面孔，华纱突然意识到，女皇城的辉煌已成明日黄花。即使这次勉强逃过一劫，女皇城也将不复往日的静谧和安宁，再也不能提供一个舒适安全的环境给华纱们精心培育下一代了。潘多拉盒子已经打开，以后肯定会有野心家不断涌现，机关算尽，企图将女皇城占为己有。她只能寄望每一个男人都像韦爵那样，以人性驾驭兽性，用良知战胜权欲——可是这世上能有几个韦爵？就算是韦爵这样的好人，他这次的所作所为，不也是矫枉过正吗？完了，一切都完了。圣湖已被污染，人心也被荼毒，女皇城的基业已经毁了。

上灵，你背叛了你的女儿。

华纱当然没有将这句亵渎上灵的话大声说出来。她只是在众人的注视下默默地走到议事厅中间，坐在一张桌子后面——这里是顾问和职员的座位。华纱知道很多人把一切都怨在她的头上：她的两任丈夫，她的儿子，她的两个女儿，在她家发生的"拉士葛事变"，还有她那封落在孤威国将军手中的亲笔信。那么多牵连瓜葛，华纱真的是百口莫辩。

会议开始，原来很正规的开场仪式匆匆忙忙地结束了，有些步骤还省略掉了，这在华纱记忆中还是第一次发生。没有谁提出异议，因为人人都知道时间紧迫。女皇城议会给孤威军队制定的撤兵期限，到头来反而成了悬在她们头上的利剑——因为现在所有人都看出来了，孤威军队根本就不打算撤。

很快，讨论变成了争吵，话题自然是围绕着孤威军队的去留。孤威国的统帅，当别人称呼他为慕容复的时候，他拒绝回答；于是大家都叫他慕斯，略带点奚落的意味。慕斯实际上已经成了女皇城的主宰，没有人能否认这一点。议员争持不下的是，女皇城到底应该公开翻脸逼他走，还是应该给他的驻军一个合法的名分。谁都不愿意向慕斯屈服，可是慕斯摆明要在这里驻军，以女皇城为大本营展开针对平原诸城和剖头国的军事行动。有议员提出以允许慕斯驻军为条件换取自治权；其他人担心一旦让他如愿以偿合法驻军，以后他会得寸进尺，最终将女皇城吞为己有。

可是，她们有别的选择吗？迄今为止慕斯始终没有发出一次威胁，他只是给议会写了一封毕恭毕敬的信，信上写道，"如今城内乱党余孽未清，隐患犹存，敝军任务尚未完成。若此时言退，坐视女皇城重遭劫难，于心何忍？故此敝军愿应贵邦之邀，不辞劳苦，继续留守，以效犬马之劳，确保女皇城千秋万世永享太平。"

这封信把孤威国的士兵粉饰成一群温驯的绵羊，其实人人都知道他们是披着羊皮的狼。对于女皇城议会下达的命令和要求，他们表面上装得毕恭毕敬，满口答应，实际上只执行对他们有利的那些。现在连女皇城的守兵也变得不可靠了，那些军官都很崇拜孤威国的将军，也开始学他那样对议会的命令阳奉阴违。这个将军实在滑头：他从没有把谁惹毛，也不和人吵架，别人说什么他都赞成；另一方面他却自行其是，从不妥协。可是无论他做什么，最后总不会落人口实。华纱知道，每一个议员其实都察觉到大权逐渐旁落。在潜移默化中，女皇城已经被慕斯将军一个人的意志所主宰。而在整个过程中，慕斯将军从不需要撕下面具，始终没有露出狼子野心。

华纱想不明白他怎么能做到不战而屈人之兵。他没有欺压，也没有恐吓，为什么能把人治得服服帖帖呢？就连他的铁石心肠似乎也增加了他的人格魅力，使人对他又敬又怕——为什么呢？

华纱想，大概因为他心里很清楚他要把这个世界塑造成什么样子。可能因为他心中的信念太坚定、太强大了，他身边的人也像被洗脑一样，没办法不接受他的想法。可能我们天性习惯依赖，渴望强者的指引，因此置身弱者的地位也不以为耻，甚至不惜用尊严来换取安稳。

寇贝老太说："还有几分钟就到最后期限了。我们已经讨论了一个上午，是时候听一听华纱女士的高见了。"

有些议员交头接耳，表示赞同；可是也有很多议员高声反对。有人喊道："她的高见都留在审判时发表吧！这一切都是她造成的!"

华纱慢慢转头看着说话那人,原来是傅特拉。她是另外一所学校的校长,向来忌妒华纱,现在落井下石也不奇怪。华纱说:"傅特拉女士,恐怕这一次终于让你说对了。"

人人都安静下来。

"不过连你也能看清形势,难道我还看不清吗?最近灾祸连连,有哪一件我能撇清关系呢?我的儿子成了杀人嫌疑犯,我的两个女儿斗个你死我活,拉士葛还想当着我的面把她们劫走,我心爱的城市横遭血光之灾,孤威国的军队凭着我的信堂而皇之地开进女皇城。没错,那封信是我写的,可是我做梦也想不到这封信会被他们这样利用。各位好姊妹,这一切都是事实,可这些真的能怨到我头上吗?你们凭良心想想,女皇城中除了死难者家属之外,还有谁比我更惨?"

众人默不作声,若有所思。看来华纱的影响力还没有消失殆尽,她还能用言辞引导别人站在她的立场看目前的形势。

"各位姊妹,如果我真的是女皇城的万恶之源,我恳请你们即刻将我放逐。可是你们心里很明白,这一切并不是我造成的!我这样深爱着女皇城,怎么忍心害她堕入万劫不复的境地呢?真正的罪魁祸首是贾霸!他当初和我结婚其实已经心存不轨,想让我帮他废除女皇城的祖宗家法。我看透了贾霸的狼子野心,马上就把他休了。后来他指使爪牙在城中为非作歹的时候,早就不是我的丈夫了,他作的恶,能怪我吗?在座有很多位一直对贾霸姑息纵容,多次投票任由他胡作非为;你们做鸵鸟的时候,是我挺身而出,直斥其非!难道各位都忘了吗?"

她们当然没有忘,所以一个一个都缩起来不说话了。

"说到孤威国的军队和我的信。我写那封信的初衷是帮助一个年轻的女皇城守兵寻求庇护,因为我知道拉士葛的手下会对他不利。他救我儿子性命,我当然应该尽力报答。现在我承认这一步走错了,因为孤威人从我的信中嗅出了女皇城的弱点,并且乘虚而入。可是女皇城的弱点并不是我造成的,而且你们试想一下,如果孤威国的军队没有来,我们此时此刻难道会过得更好一点吗?我们还能坐在这里舒舒服服地开会吗?女皇城还能够屹立不倒吗?要是任由帕华部族的雇佣兵在城中奸淫掳掠,在座各位有哪一个人能够幸免?一边是城毁人亡,玉石俱焚;一边是青山尚在,希望犹存。各位姊妹,你们宁愿选哪一边?"

人们又一阵交头接耳,华纱知道她正在成功引导着众人顺着她的思路往下走。华纱很少公开发表这样措辞激烈的长篇大论——她向来觉得与其公开表明立场,赤膊上阵,不如躲在幕后垂帘听政,因为后者可以将她的影响力发挥到极致。其实华纱深谙演讲之道,懂得如何按照自己的意愿左右听众的心理。只是这种手段不能滥用,否则就不灵了。不过现在已经是危急存亡之际,华纱必须使出撒手锏了。

"如果我们现在和孤威国的统帅公开翻脸,局势会如何发展呢?就算他遵守诺言撤兵,可是我们自己的守兵还会像以前那么好使唤吗?而且我知道他肯定不会撤兵的。慕容复将军曾几何时放弃过攥在手中的一城一池、一草一木?"

慕容复三字一出,人群中一阵骚动。

"没错,慕斯就是慕容复。我们要是连这都看不出来那就蠢得无可救药了。孤威国还有哪个将军有这样的胆识?除了他之外,还有谁能制订这样一个大胆而且绝妙的计划?他敢带着区区一千人来到女皇城，却让我们在最关键的时候以为他有十万大军。他表面上装出一副毕恭毕敬、任劳任怨的样子，实际上却一手把持着军队调度和城门布防，把我们的守兵哄得服服帖帖，还肆意攫取他认为需要的物资。他总是在解释和道歉，总想让我们相信他是一片好心，其实他说的每句话都是谎言。他真正的目的是要把女皇城并入孤威帝国的版图，不达到目的他是不会罢手的。"

华纱说完，稍稍停顿一下，看着众人议论纷纷，有几个已经开始抽泣了。一个议员大声说："那么我们和他翻脸好了！"

华纱问："和他翻脸有什么好处？有多少人会因此白白牺牲？女皇城五分之一的地区已经被毁，当初那些暴徒只是些酩酊大醉的乌合之众而已，尚能把我们吓得缩成一团不知所措。现在设想一下，要是行凶作恶的不是什么醉汉流氓，而是一群训练有素的杀人机器——他们可以杀人之后随手把尸体钉在墙上——各位姊妹，我们一线生机也没有。"

"华纱女士，那……您有什么提议吗？"

"答应他的要求，允许他们留下来，前提是他们的军队必须驻扎在城外。而且他们必须遵从惯例，立下誓言，不得进入城中各个禁地，不得在城内置业；如果结婚的话，婚期一满必须离城。"

很多人低声议论，表示赞同。

"华纱女士，他会接受吗？"

华纱说："我不知道。可是迄今为止他一直在扮作顺从我们的意愿。我们只能把我们开出的条件公之于众，希望他会衡量利弊，发现妥协总比对抗好。"

华纱的演说成功过头了。议会几乎全票通过华纱的方案，却指派她做"亲善大使"，立刻去慕斯将军那里提交这一份邀请。华纱料不到议会有此一着，无奈箭在弦上不得不发，她再不情愿也得挑起这个重担。只是情势紧迫，她连仔细思量准备的时间也没有。议会匆匆忙忙地将公文打印出来，签字盖章，然后就打发华纱上路了。这时候距离她们订下的最后期限只剩下几分钟。

梅博酷郁闷了一路。他规规矩矩地跟着耶律迈穿过沙漠，绕着城墙走到城北的树林；然后他又老老实实地跟着纳飞在崎岖的山路上跋涉，穿越禁林，潜回女皇城。华纱的学校出现在视线当中的时候，梅博酷瞅准机会溜走了。没错，他们是在下一盘很大的棋，可是梅博酷偏不愿意做他们手中的一颗棋子。他们打算回来包办婚姻是吧？不用客气了，梅博酷宁愿自己找。他才不会跟在大哥屁股后面找一个人家挑剩的"剩女"；他更不会死皮赖脸地去他小弟的妈妈的学校，求她赐一个干女儿做老婆。耶律迈早就看中的那个艾雅，好像娃娃似的——他是大哥，谁也争不过他，可是梅博酷压根儿就没看上过艾雅。他喜欢有血有肉有激情的女人，他喜欢在床上狂野不羁的咆哮女，他要的是两情相悦，而不是父母之命媒妁之言。

很快梅博酷就见识到女人的激情了。女皇城这一场大火，就数美人区和涂鸦区损毁最严重。他的老情人大部分都不知去向，能找到的只有少数几个，每一个都涕泪交流，抱住梅博酷又亲又啃，不愿放手。她们求梅博酷留下来陪伴——留下来？留在哪儿？留在一间烧掉一半、连自来水都没有的房子里？她们留他干吗？让他做苦力重建家园吗？让他做她们的守护天使吗？真是开玩笑！梅博酷……威风凛凛地保护着一个瑟缩颤抖的女孩子——有比这更荒诞的场景吗？梅博酷知道，如果他答应做她们的扯线木偶，让她们如愿以偿，这些女的肯定会施展浑身解数，以身相许相许再相许。可是，梅博酷觉着不值得——如果一个女人的需求比他的需求大，那么他实在犯不上蹚这趟浑水。梅博酷此行是要寻求庇护，获得好处，而不是行善积德，英雄救美。

梅博酷在每一处都不敢久留，连洗个澡吃顿饭也不敢。他知道如果逗留哪怕多一会儿，这些绝望中的女人就会像毒蛇一样缠上来，向他逼婚。现在和她们结婚有什么好处？还不整天干活累个半死？梅博酷于是及时抽身，留下深情一吻和一个无法实现的诺言，然后扬长而去。

至于让她们放弃女皇城的生活，跟他远走大漠，沿途生儿育女，抵达光明彼岸，从此开枝散叶，两人幸福终老——梅博酷一个字也没有提起。其实也不见得所有人都会拒绝。她们看到自己的家园变成废墟，发现一直以来习以为常的懒散幸福生活会在瞬间幻灭，几日几夜的骚乱暴动留下恐怖的记忆，还有挂满了整条街道的尸体……相比之下，跟随着心爱的男人在沙漠中闯荡好像也不是太糟糕。可能她们会新鲜几天，然后发觉沙漠生活艰苦枯燥，女皇城就算变成废墟也还是比在沙漠舒服。到时候她们就会哭着喊着要回去了——就像梅博酷一样。

没关系了，反正他根本没打算求人跟他去沙漠。让耶律迈和纳飞跟着爸爸疯去吧。梅博酷只想找一个女的，躲进她窗明几净的家中，躺在她温馨舒适的床上；既能避开耶律迈和纳飞的纠缠，也可以顺便获得全方位多角度的慰藉，减轻一点丢失万贯家财的痛苦。为什么非要回沙漠？女皇城就算被烧掉一半，就算被孤威国的军队占领，至少在大部分房子里面还有厕所和洗澡间，至少一天三顿都是新鲜食物，至少在旧城区还是能找到很多乐子。

可是梅博酷慢慢意识到，就连这个权宜之计也行不通了。他在美人区奔波的时候，就知道自己不可能在女皇城内躲藏很久。他这次是偷偷溜进城中，没有留下记录，属于非法入境，总有一天他会被发现然后抓起来。现在满大街都是守兵，从来没见过那么多。他们在几个主要路口设置关卡，让来往路人扫描指纹和视网膜，梅博酷不可能每次都避开。现在就算沿着雨露街从美人区走到华纱学校也不是易事了。

对啊，华纱的学校……这个念头折磨着梅博酷。可是他已经尝试过其他计划了，没有一个行得通。于是梅博酷很沮丧地回到华纱的学校，决定向两个兄弟，向爸爸，也向他们的白痴计划投降了。

站在华纱学校门前的大街上，梅博酷还在进行激烈的思想斗争。真的敲门吗？多丢人啊！人家开门之后我该说什么呢？早上好，我是华纱的儿子的同父异母兄弟。我来这里是因为我在一群老相好那里竟然无处藏身。恳请华纱女士和我的同父异母兄弟收留我，施舍点吃喝，最好还能泡个热水澡，那我就死而无憾了。

想到这个场景，梅博酷就气不打一处来。他知道自己非这样做不可，可是实在没办法迈出这一步——梅博酷很少强迫自己做不愿意做的事情。所以梅博酷使出了他的惯用招数：等待。他就干站在那儿，看着华纱的学校，什么也不做。

梅博酷就这样站了起码二十分钟，因为他想象力丰富，总是想着可能出现的尴尬场面，所以一点也没少受折磨。他看着小男孩小女孩坐在门廊那里上课，偶尔听见老师的只言片语，猜想一下他们在上什么课。梅博酷这样做的时候，至少可以分散一下注意力，不用想着那些烦心事。坐得比较近的那个班，好像在学几何，或者是有机化学，又好像是学用砖建房子。

有一个年轻的女老师离开学生，小跑着下了门廊的台阶，一直冲着梅博酷走过来。糟了，她可能留意到他一直站在这里看，以为他不是恋童癖就是来蹲点的贼人。梅博酷本想转身就跑，可是他知道这样一来自己就跳进圣湖也洗不清了，所以他没有跑，而是仔细看着来人，发现自己原来认得她。

她走到距离梅博酷还有一段距离的地方就站定了，这个距离刚好让她可以正常说话而不用大声喊。她冷冰冰地说："早上好。"

梅博酷一点也不担心会和她闹僵，因为没有哪个年轻漂亮的女孩子是他哄不了的。只要他花点心思了解这个女的渴望什么，然后满足她，那自然是手到擒来，例无虚发。对一个陌生女子施展泡妞大法，这个过程本身就很愉快。现在梅博酷隐约认出她是谁了，于是更加卖力。

他问："你以前叫小丽，是吗？"

她脸上泛起一点嫣红，表情却显得更加冷酷——梅博酷猜对了，她真是狄傲丽。只见她怒道："你是不是想让我叫卫兵把你赶走？"

梅博酷说："我看过你那出《海盗啸西风》，你演得实在太好了！"

她的脸更红了，表情却变和善了。

梅博酷乘胜追击道："你小时候就已经很有天赋了。既年轻，又漂亮，演技又好，我不明白为什么到后来他们不让你扮演一些成年人的角色。我知道你肯定也能演得很好的！实在太不公平了。"

她的脸上怒气全消，反而显得有点茫然不知所措。她说："你是在拍马屁还是在挖苦我？"

"都不是！我说得每个字都是发自肺腑，小丽……呃，我猜你现在用的是全名狄傲丽，是吧？"

"我的朋友都叫我狄傲丽,其他人嘛,都叫我小姐。"

"咳咳……小姐,我希望有朝一日我有幸成为你的朋友,可以称呼你的芳名。不过现在劳烦你告诉我,耶律迈和纳飞,我的两个同父异母兄弟,他们是不是在华纱学校里面?"

狄傲丽上下打量着梅博酷。"你和他们俩长得一点都不像。"

梅博酷说:"哈,现在轮到你来拍我的马屁啦!"

狄傲丽抿嘴一笑,走前一步,伸手出来道:"如果你真是梅博酷的话,我就带你进去吧。"

梅博酷后退了一步,说道:"千万别过来!我身上脏死了。我在沙漠里走了两天两夜,身上那味道可不是什么高级香水!你凑上来的话,我一开口说话就能把你熏死。"

狄傲丽说:"我也没指望你像花篮那样香喷喷。来吧,我不介意牵着你的手带你进去。"

"看来只有你的勇气才可以和你的美貌相媲美了。"说完他牵起狄傲丽的手。"天哪,你的小手怎么这么柔软?"

狄傲丽又一次被他逗得笑了。作为一个著名的演员,她本来没那么容易被几句甜言蜜语就哄得七荤八素的。可是梅博酷想着,她已经退出舞台好久,应该好多年没有人对她这样吹捧了吧?现在梅博酷大肆恭维,表明他觉得狄傲丽还是值得一搏,这本身就是一种隐藏至深,无法抗拒的恭维。事实证明,一切都在梅博酷的掌握之中。

狄傲丽说:"你不用说那么多好听的话,华纱阿姨早就吩咐过了。她原话是说,要是你'屈驾光临',我们就赶快把你领进去。"

"小姐,如果我知道你在这里,我早就来了。就像你所说的,我不需要说什么甜言蜜语就可以走进华纱女士的学校,所以我刚才对你说的话，完全不是虚假的恭维，真的是字字肺腑句句衷情。我还是个小男孩的时候，就已经爱上了舞台上那个小丽。虽然现在我已经长大成人，可是在我眼里，你的美丽有增无减，而且还多了几分成熟的韵味。要是我知道你是华纱的干女儿，我就一直待在学校不走了。"

"我以前是她的干女儿，现在是这里的教师，我教的是仪态。最近我专门辅导艾雅，就是你的哥哥耶律迈追求的那个女孩子。"

"耶律迈有眼无珠，舍本逐末，只懂得盯住赝品，却看不见真正的珍品就在眼前。"梅博酷一边说一边看着她的脸，却故意不和她的目光触碰，而是在她的脸上四处游走，她的嘴唇，她的发鬓，她精致的五官……梅博酷故意让狄傲丽留意到他目光的移动，让她知道自己正在细细欣赏她的美貌。

梅博酷继续道："对了，耶律迈只是我同父异母的哥哥罢了。待我一洗风尘之后你就会发现我比他英俊万倍。"

狄傲丽笑靥如花，梅博酷知道她已经上钩了。所谓千穿万穿马屁不穿，梅博酷一直以来都深信不疑，只要你反复说，换着花样儿说，哪怕是最肉麻恶心的恭维话也会有人相信。何况这一次他根本不需要昧着良心说瞎话，因为狄傲丽确实很漂亮。当年她才十三岁，还是个童星的时候，就已经像天仙下凡；现在虽然有所不及，可是仍然算得上天姿国色。她身姿曼妙，体态优雅，一举一动，一颦一笑都那么迷人。尤其是她的一双明亮的大眼睛，在梅博酷甜言蜜语的熏陶之下，越发显得有神采了。没错，她的眼光里隐约流露出欲望，梅博酷已经成功地擦出了一点火花。当然，这点火花目前还不足以燃起激情。这种欲望还处于萌芽状态，只是一种对甜言蜜语的渴望。梅博酷只需要继续用言辞作前戏，稍微加把劲，必然可以让星火在瞬间燎原——前提是他吃完早餐洗过澡之后还有力气干得动。

狄傲丽把梅博酷带到自己房间——这是个好现象——让用人备好热水。梅博酷洗得干干净净，舒舒服服地泡在热水里享受。狄傲丽亲自端着一盘食物和一罐水回来，两人就在房间里聊开了。她打开了话匣子，说个不停，没有丝毫的陌生和尴尬。梅博酷就是这点厉害，他可以让身边的女人觉得很放松很舒坦，不知不觉就卸下防卫心理，向他敞开心扉，就像和闺蜜那么亲近。

狄傲丽一边说着话，一边背对着他把盘子放在梳妆台上，梅博酷趁机从水中站起来。她放好东西转身时，正好看见梅博酷用大毛巾擦身。狄傲丽吃了一惊，连忙移开视线。

梅博酷说："呃……对不起，我想不到会把你吓着了。你做演员的时候肯定已经见过不少男人了。我也是搞舞台艺术的，我知道在后台谁也不会觉得不好意思。"

狄傲丽说："我那时还小，他们都不让我看到什么儿童不宜的东西。"

梅博酷说："真对不起，我觉得自己简直禽兽不如了。我真的不是故意吓到你的。"

狄傲丽说："没有，没有，我没有被吓到。"

"最惨的是我没衣服穿，总不能把脏衣服都穿上吧。"

"用人已经把你的衣服拿去洗了，不过你可以穿我的长袍。"

"你的长袍？呵呵，恐怕我穿不上吧？"梅博酷一边说话一边也没闲着，继续在擦身，也不遮掩一下。狄傲丽也不客气，说着说着就开始正视梅博酷，大饱眼福。进展非常顺利，梅博酷预计着很快就要入正题了，所以身体也难免起了反应。狄傲丽的目光自然不会错过那么突出的一道风景线，梅博酷马上扮作突然留意到自己的不雅，连忙假装用毛巾遮挡一下。他说："对不起，我在沙漠待太久了，你又那么漂亮——我实在不是故意唐突佳人。"

狄傲丽说："我有说我介意吗？"梅博酷看得出她眼神里欲火中烧，早已超越了甜言蜜语的阶段了。梅博酷估计，这些年来狄傲丽大概没有多少追求者。本来以她的美貌，要是留在美人区的话，当然会有很多裙下之臣；可是她却在华纱的学校里任教，交友机会自然相当有限。所以她现在可能和梅博酷一样的干柴烈火。

此情此景正是梅博酷回女皇城的原因。像美人区里那些流离失所自身难保的老相好，想找一个依靠，需要一个男人帮她们挑起大梁，梅博酷当然敬而远之。可是面前这个女人，她只需要梅博酷的风趣、恭维和激情。她住在华纱的学校里，过得安全舒适，不但不需要从男人那里获得什么支持，而且还能够满足爱人物质上的需求，所以她骨子里还有女皇城传统女人的独立和自信。她需要的只是精神上的关注和肉体上的愉悦，这些正是梅博酷的强项。

狄傲丽把一件长袍递给梅博酷。本来应该勉强合身的，可是他故意伸长了手往外撑，把袖子撑到手肘以上，显得特别短。狄傲丽说："噢，真的不合身。"

梅博酷说："嗨，没关系的，反正你都看光了，我也没有什么隐私可言了。"

他刚才试穿长袍的时候，把浴巾扔在脚边。现在他一边把长袍从手臂上脱下来，一边弯腰捡浴巾。可是等他站直了腰的时候，狄傲丽却一手把长袍和浴巾都夺走了。她说："你说得对，现在才扮矜持已经晚了。"说完她将长袍浴巾扔到一角，然后从梳妆柜的食物盘子里拿起一串葡萄，说道："来。"

说着狄傲丽将一颗葡萄递给梅博酷，并不是放到他的手上，而是直接送到他的嘴边。梅博酷凑上去，把葡萄连同她的手指一起含进嘴里。狄傲丽任由他一点一点地吮着她的手指，最后慢慢地将葡萄叼走。梅博酷把葡萄咬破，感到嘴巴里汁水四溅，酸酸甜甜的，好吃极了。他慢慢坐在床边，狄傲丽喂给他第二颗葡萄……然后是第三颗……然后整串葡萄忽然掉在地上了……

终于要和华纱女士会面，慕斯已经期盼多时了。事实证明，华纱的确是个厉害的对手，慕斯没有失望。

他早就把大本营设在贾霸府，此乃深思熟虑之举，有强烈的象征意义，他相信华纱也一定能看出其真正含义。慕斯听说了很多关于华纱的传言，有一点可以肯定，她绝对不是个大草包。他制订了几个方案，现在要根据会面情况决定采取哪一个。她可能成为真正的盟友，可能变成一个傀儡，也可能是他的死敌。不过无论华纱是哪一种角色，她始终是慕斯手上的一颗棋子，有她的利用价值。

华纱没有刻意摆出一副高贵大方的身段，她的言行大方得体，态度不卑不亢，慕斯只欣赏这样的女人。想起以前在高卢城中，很多名门望族的贵妇人使尽浑身解数，想把慕斯控制在股掌之中，慕斯对这些伎俩嗤之以鼻。可是现在华纱并没有在耍手段，她只是很平等地与慕斯交流。慕斯心中暗自称赞，这次真可谓棋逢对手。

慕斯说："女皇城议会如此盛情邀请，我不胜荣幸，当然乐意接受。能够帮助这座美丽的城市走出困境，重建辉煌，这是我们的荣幸。不过眼下我倒是有一个小难题，希望你能够指点迷津。"

从华纱的表情可以看出来，她早已料到慕斯会有额外的要求。而且她肯定也知道，在目前双方的对弈中，慕斯处在一个更加主动的位置，可以提出要求，争取更多的利益。

慕斯说:"我们孤威国有一个传统,每次打了胜仗,为了奖赏三军,我们会把征服的地区划分成很多小块,每个士兵分一块,还把俘获的女人赏赐给他们做老婆。"

华纱毫不客气地说:"可是你们并没有征服女皇城。"

慕斯说:"这就是问题所在了,你也能看出我有多难办了吧?我的士兵在这场战役中完成了史诗英雄式的壮举,还将作乱的暴徒全数歼灭,可我却没有办法奖赏他们。"

华纱说:"我们女皇城的金库有大量储备,你的一千勇士每个人都会得到一笔高额奖金。"

慕斯说:"奖金?嗨,你这样说让我很伤心,我的士兵知道了也会很难过的。我们不是雇佣兵!"

"你们拿了钱就可以买地了,这和直接分地有什么区别?"

"这两者区别大了。土地象征着名分和荣誉,一个男人拥有土地才真正有了根。至于钱财……请你记住了,我的士兵不是商贾小贩。"

华纱盯着慕斯,过了好一会儿,她说:"慕容复将军,你的皇上是否知道你把他的军队称作'我的士兵'?"

慕斯感到一阵恐惧,后背发凉。可是这感觉真的很刺激,因为他好久没有遇上真正的对手了。华纱一句话就插中他的要害,把他踢到了一个很被动的位置。是的,慕斯不但违抗了皇帝陛下的休养生息、严禁行军的圣旨,还把安插在他身边的一明一暗两个间谍都杀了。此时此刻慕斯最大的威胁正是来自孤威国的皇帝。慕斯知道,现在皇帝肯定已经听说了大本营发生的事情。以他对皇帝的了解,皇帝是不会贸然行动的——此人最大的弱点就是过于谨慎,不敢冒险。不过有一点可以确定,皇帝已经派了一个新的监军,正日夜兼程赶去大本营，而且肯定带着自己的亲兵。慕斯必须将一切都解释清楚，重新赢得皇帝陛下的信任；否则他只能够凭着手上这一千士兵公开造反，而且方圆一百公里以内都是敌对势力。在这个紧要关头，竟然遇上这样一个熟知自己弱点的对手——有趣，有趣。

慕斯说："我奉皇帝陛下的命令带兵出征，只要我为皇帝效忠，他们当然是'我的士兵'！"

"我发现你没有否认你就是慕容复。"

慕斯耸肩道："我承认，你实在太聪明了，我反正也瞒不过你。"

华纱皱起眉头，似乎没料到慕斯会这样恭维她，也想不到他会承认得那么爽快。她现在肯定在揣度着为什么慕斯忙不迭地承认自己的身份，为什么慕斯要夸她聪明。华纱会想，慕斯称赞她聪明肯定是反话，肯定是在讥讽她蠢。于是她会开始怀疑自己的离间计是否行得通——她肯定会觉得，皇帝与慕斯的关系看来并不是慕斯的一个弱点，这样她就不会再继续揪着这一点不放了。慕斯好久以前就知道，要对付一个聪明的敌人，最好就是让他怀疑自己的策略。现在看起来这一招用在华纱身上还是很灵的。

华纱说："聪明不聪明并不重要，关键是我说出了真相。其实你刚才说的没有一句真话。你们论功行赏的时候，大概会把土地赏赐给军官；可是你们从来不用土地奖赏士兵，否则就没有人留在军中打仗了。你说起土地，其实是针对女皇城禁止男人在城内置业这条法律。我就替你把话说完吧。你的设想是，我带着你的不情之请回到议会，然后议会又派我回来，这一次是准许你的士兵在城外安家。你很感激我们的慷慨大方，同时也指出，你的士兵在这片土地上浴血奋战过，他们是不会甘心做二等公民的。你怎么忍心告诉他们，在女皇城中安居置业只是一个梦。然后你会提出一个折中方案,给双方一个台阶下。你会提出,当一个孤威国的士兵与女皇城的女人结婚之后,他可以拥有一半的产权。这样一来,那块土地实际上还是由女人全权控制,而你的士兵也保存了颜面。"

慕斯说:"你当真是未卜先知?"

"哪里,我只是妄加猜测而已。"华纱说,"半产权法案通过之后,你会在几个星期之内就撮合很多桩婚事。通过这些恰逢其时的婚姻,你会向大家证明,你的士兵都是温柔体贴、对妻子百依百顺的好丈夫,只是满足于那个有名无实的'半产权',并不想争抢控制权。下一步你就会争取平等投票权。然后呢?还要再走多少步你才能彻底剥夺女人的投票权,把女皇城完全控制在男人手里?"

"尊敬的华纱女士,你误解我了。"

华纱说:"问题是你的时间不多了。不出两个星期,你的皇帝陛下的特使就会到达了。"

"孤威国军队出征的时候都有监军。监军就是皇帝陛下的特使。"

华纱说:"可是你这支军队却没有监军。如果有的话,我们的守兵早就知道了。我们知道你们的军队怎么运作的,你连监军的营帐也没有设立。恐怕有些士兵已经急需驱除心魔了吧?"

"就算监军来这里,我也没有什么可担心的。"

"那你为什么想误导我以为你的监军已经在这里呢?慕容复将军,我帮你把话摊明了吧,你当初为了抢占时机,没有经过皇帝的允许就擅自发兵女皇城。所以现在你也没有时间和兵力应付任何形式的反抗。你必须即刻达成一个和平协议。"

原来华纱根本没有被慕斯的恭维扰乱了心智。慕斯又感到一阵一阵的恐惧随着心跳在脑中怦怦作响。"华纱女士,你确实很聪明。

虽然我是忠心耿耿，人神共鉴，可是皇帝陛下的确有可能对我的行动产生误解。可是你以为我要走好多步才能巩固我在女皇城中的地位，这就错了。"

华纱问："错在哪里呢？"

慕斯微笑道："你以为我要撮合好多桩婚姻，其实我只需要一个，我自己的婚姻。"

这一次，慕斯终于杀了她一个措手不及。华纱问："将军，你不是已经结婚了吗？"

慕斯说："我一直以来都是单身，为的就是把婚姻大事用在刀刃上。"

"你以为和女皇城中的一个女人结婚就可以万事大吉吗？就算议会给你开了一个特例，让你拥有一半产权，那又怎样？女皇城中最有钱的女人也不过拥有几座房子而已，对于你来说，还不是杯水车薪？"

"我结婚不是为了房产。"

"那是为了什么？"

慕斯说："为了名望，为了影响力。"

华纱看着慕斯，沉默许久，说道："如果你以为我有这么巨大的名望或者影响力，你就大错特错了。"

"华纱女士，你是一个出类拔萃的女人，也和我年纪相仿，成熟稳重，事业有成。如果有幸和你共结连理，我们的人生肯定会充满惊喜和刺激，相信你和我一样，都会很喜欢这种搭配。可是，你已经是有夫之妇，虽然人人都说你的丈夫是个疯疯癫癫的先知，已经跑去沙漠里躲起来了，可我还是不愿意亲手拆散你的家庭。况且你在城中树大招风，有太多的敌人和对手，娶你为后，未必就很高明。"

"慕容复将军,只有皇帝才能娶皇后,你只能娶妻。"

慕斯说:"请叫我慕斯,我的朋友都用这个昵称。"

"我不是你的朋友。"

"这名字还有一个意思,丈夫。"

"我知道你名字的意思。不过女皇城中没有哪个女人会当面这样称呼你的,你就死心吧。"

慕斯说:"你还不明白吗?女皇城就是我的妻子。她会和我结婚,行夫妻之礼,也会为我生儿育女。不管她愿不愿意,最终还是会服服帖帖地任我摆布。"

华纱反驳道:"最终你会身败名裂,肝脑涂地——就像这栋房子的上一任主人一样。"

慕斯说:"贾霸只是个蠢货而已。他失败是因为他失去了你的支持。"

华纱说:"他失败是由于他失去了民心,也迷失了自己。"

慕斯向着华纱微微一笑:"华纱女士,我的话已经说完,你就请回吧。我们就此别过,后会有期。"

华纱说:"恐怕后会无期了。"

"噢,我们肯定会再见面的。"

"我回议会述职,揭露你的真面目,她们就不会再派特使前来了。"

慕斯说:"华纱女士,我对你说了那么多,难道还会让你再回议会吗?"

华纱的脸色发白。"原来你和其他的流氓恶霸没有什么区别。就像贾霸和拉士葛一样,你们都喜欢虚张声势,以为这样就显出男子汉的魄力。"

慕斯说:"你又错了。他们虚张声势是因为害怕暴露自己的弱点。我从来不装腔作势,只要决定了我就一定去做。我会派人将你直接押送回府。你的学校已经被孤威国的军队包围,所有走读学生已经遣散,其余人等一律留在校内,禁止出入。我们会运送食物到府上,至于供水,我知道校内有水井和一个巧夺天工的雨水收集系统。"

华纱说:"你这样将我软禁在家,女皇城决不会允许。"

慕斯说:"是吗?你还不知道,我已经派了你们的一个守兵去议会禀告,我以女皇城守兵的名义将你逮捕,完全是为了不让你颠覆女皇城的阴谋得逞。"

华纱猛然站起来,大声道:"什么阴谋?"

"你来找我,劝我解散议会,在女皇城拥立一个君主。你连人选也有了——就是你的丈夫,韦爵。他早已派儿子谋杀了两个政敌,如今正在沙漠里等待我的召唤。他回城之后就会率领女皇城向皇帝陛下臣服,从此成为孤威国治下的一个附属城邦。"

"那么荒谬的谎言,根本就没人会相信!"

慕斯说:"你说这话的时候已经底气不足了。你其实很清楚议会里有多少人想把所有责任都推到你头上。要是她们听说原来你是这么野心勃勃,你猜她们会选择相信你吗?"

"女皇城的女人不是那么容易上当受骗的,你走着瞧吧。"

"华纱女士,你有所不知了。如果女皇城的女人真的那么聪明,不上我的当,我只会觉得很开心,很欣慰。能够遇上真正有智慧的人,无论是友是敌,总算是我人生中的一大快事。可惜在女皇城中除了你之外,再无智者;而你也完全在我控制之中……"慕斯愉快地大笑了几声。"我不妨老实告诉你,华纱女士,与你这一席话之后,我真的很庆幸你是个女人。如果你是个男的,率领一支军队,我还未必敢和你在阵前对垒。很可惜,你不是男的,手上也没有军队,所以你对我没有丝毫威胁。"

华纱离开椅子。"你说完没有?"

"请你为身边的人着想,不要向外通风报信。因为我会把送信的人捉住,将其剥皮。然后第二天给府上送供给的时候,把东西都塞进人皮里面缝好,送到你面前。"

华纱冷冷地说:"正是因为有你这样的禽兽,女皇城第一时间才会把所有男人都驱逐出城。"

"正是因为有你这样的女强人,神才容不得女人之城这样的异端存在世上。"慕斯话虽然说得难听,可是语气却充满了敬仰甚至爱慕。因为面前这个女人让他了解到,女人之城原来有一种倔强的气质,并非如想象般弱不禁风。他那么多年来的印象原来是错的。

华纱斥责道:"神?你根本就不敬神!我敢说,你心中所想和你一生中所做的一切,都是为了对抗上灵,你要把它在这世上创造的美好事物都破坏殆尽。"

慕斯道:"说得好!你可能想象不到你这番话多么接近真相。现在就请你接受现实,老老实实地跟我的士兵走。他们会公开逮捕你,然后在城中游街示众。还有,我的士兵也是执行命令而已,请不要制造什么麻烦让他们为难。"

"我能制造什么麻烦?"

"嗯,比如说,如果你向着人群高呼什么革命口号,那就不太合适了。我建议你全程保持沉默。"

华纱点了点头,脸色沉重地说:"我接受你的建议,可是我会在心里一直咒骂你。"

六个孤威国的士兵押解着华纱走回学校。慕斯的谣言早已经传遍女皇城,沿路聚集了好多人围观,还有人高声叫骂华纱是叛徒。被同胞误解已经够难受的了,更让华纱吃惊的是竟然有人欢呼慕斯将军是女皇城的救星。

第五章　丈　夫

苦行女的梦

在她的母语里,她的名字叫杜思嘉。不过她已经离家太久,流落在遥远的西方,现在已经忘尽儿时的乡音了。她七岁的时候就被伯父卖作奴隶,一直被带到西面很远的西夕都,在那里又被卖掉。奴隶生活倒不会太差——女主人虽然严厉,却也不刻薄;男主人也是规规矩矩的,没有对她乱来。她知道这种境况其实已经算很不错了,可她心中仍然渴望自由。

她成天祈祷终有一日重获自由。一开始她向着法克拉祈祷,这是她童年时候信奉的神,可是始终没有奇迹发生。然后她又向着西夕都的睿神祷告,也没能够摆脱奴隶的命运。然后她听说了上灵的故事。这个上灵是女皇城的神祇,在它的护荫之下,女皇城是一个由女人统治的城邦,每个女人都是自由的,城内还不许男人拥有物业。她被深深吸引住了,于是不停地向上灵祈祷。十二岁那年,有一天她祈祷时突然发疯了,也就是传说中的"神灵附体"。因为一直以来都有奴隶扮作神灵附体骗取自由,所以人们把她关起来饿着,看她是不是装疯。她被困在一个漆黑的小房间里,却恬不为意,因为她能看到上灵发送给她的幻象。只有当幻象都结束时,她才留意到自己身处的恶劣环境。她在牢房里不停地大声喊："渴！渴！渴！"女主人以为她实在熬不住，装不下去了。

其实大家都搞错了。虽然她已经严重脱水了，可是她并非在讨水喝，而是在喊自己的名字。杜思嘉翻译成女皇城的语言——上灵的语言——就是"渴"。她当时觉得自己已经迷失在上灵的幻象之中，所以拼命呼喊自己的名字，只想多喊几遍，喊久一点，盼那个走丢了的自我可能会听见，会回答，甚至还会回到她的身体里面。

后来她知道了，自己一直都在身体里，从来没走丢过。只是上灵的幻象初次降临的时候，对她的神智造成了强烈的冲击和震撼，让她进入一种如癫如狂、亦惊亦喜的迷幻状态。经过这种幻象的洗礼，她整个人都变了，不再是以前那个十二岁的天真小女孩了。

人们把她放出来，警告她以后不要再装疯扮傻。她也不辩解，只是默默地接过别人递来的水，一饮而尽，又把摆在跟前的食物都吃光，然后就干活去了。

不过人们很快就知道她不是装疯的。有一天她看着男主人，突然哭个不停，怎么劝都没有用。当天下午，男主人在城中首富的新宅工地上监工的时候，有个工人搬石头脱手把他砸了。事故中有两个奴隶被砸骨折，唯独杜思嘉的男主人摔倒在大街上，被经过的一匹马踩中了头部。他昏迷了整整一个月，女主人悉心照料，每隔半小时就给他喂食，可他却总是全吐出来。最后他活活饿死了。

他的遗孀质问她："你那天为什么哭？"

"因为我看见他摔倒在街上，被一匹马踩过。"

"那你为什么不警告他？"

"夫人，是上灵让我看到这幻象的，可是它不许我说。"

寡妇哭道："我恨上灵！我也恨你！我恨你见死不救！"

杜思嘉说:"夫人,请不要惩罚我。我真的很想告诉您的,可上灵硬是不让我说。"

寡妇说:"你放心,你是遵神嘱罢了,我不会惩罚你的。"

男主人下葬之后,寡妇没钱继续住在城里,必须搬回郊外娘家。她把大部分奴隶都卖了,却让杜思嘉恢复了自由身。

她终于自由了,却一无所有,只能开始流浪的生涯。最初她在城市里乞讨,却被其他乞丐驱赶。他们欺负她,并不是因为她会把众人的饭碗都夺走,而是因为她瘦小柔弱,无力抗争。众乞丐本来被别人踩在脚下,现在竟然找到比自己更弱小的人,自然不会错过发泄的机会,一吐胸中恶气。

无奈之下,杜思嘉离开城市,流落在沙漠之中;饿了就吃蝗虫蜥蜴,渴了就喝山洞或者低洼处的积水。因为水源稀缺,她这回真是人如其名,整天都口渴难忍。慢慢地,她身上的破衣烂衫都没了,只能赤身裸体地游荡,浑身上下都脏兮兮的,还经常忍饥挨饿——她成了一个真正的苦行圣女。

与其他苦行圣女不同,她心中其实非常痛恨上灵,她恨上灵用如此残忍的方式回答她的祈祷。她对上灵怒吼道:我祈求的是自由,可我并没有求你杀死我的男主人,也没有叫你害我的女主人一贫如洗,更加没有让你把我赶到沙漠里受苦。现在我赤身裸体,每日被太阳暴晒,唯一能保护我的竟然是被汗水粘在身上的尘土。这不是我想要的!我不要幻象,也不要预言,我只想做个自由人,就像我妈妈那样——可是我现在连她的名字也记不起了。

可是上灵并没有就此罢手,所以她还一直不得安宁。大概在她十四岁的时候,她忽然梦见一个山清水秀的好地方,那里绿树成荫,生趣盎然,连悬崖峭壁上也长满了植物。在梦里她还看见一个男人。

上灵告诉她，这个男人就是她的丈夫。其实她根本不在乎什么丈夫，她只留意到这个男人手中的食物，还有他脚边的一条小溪。于是她一直往北走，终于找到了这片绿地和这条小溪。她跳进小溪里，一边开怀畅饮，一边让流水将身上的污秽冲走。当她干干净净心满意足地走上岸，忽然看到他牵着马从林中走来。她知道这是上灵的旨意，可是她很想逃跑，因为她不想要丈夫。河岸有吃不完的浆果，她已经心满意足，别无所求。

可是那个男人已经看见她了，还看得目不转睛，她连忙用手捂住胸部。其实她对男女之事一无所知，因为上灵一直保护着她不受其他流浪汉的骚扰。可她还是隐约知道，男人好像就喜欢女人的胸部，因为他们看女人的时候，总是盯住这里不放。

他轻声说道："神不让我碰你。"他说的是女皇城的话，只是和西夕都地区的口音相去甚远。

她说："你在说谎。神已经把我许配给你为妻了。"

他答道："我没有妻子，就算有我也不会找个小丫头。"

她说："那就好，反正我也不想嫁给你。如果上灵要你娶妻，就请它给你找个成熟的女人吧。"

他笑了。"那我们一言为定，你也不用怕我了。"

他带她回家，让她穿衣，给她吃喝。这是她有生以来第一次感受到幸福。相处了一个月，她和他就相爱了，虽无夫妻之名，却有了夫妻之实。奇怪的是，她认为是上灵撮合了这段姻缘，而他却坚持说他们在一起其实是违抗了神的旨意。

他说："虽然我不会错过任何一个违抗神旨的机会，可是如果你不愿意的话，就算和你在一起能够打击敌人，我也不会强求你的。"

她低声说："神是你的敌人吗？"

一个月之后,她的疯病发作,孤身回到了沙漠。

几年后,她和他重逢了。这次不是在他的家乡,而是在一个被松林覆盖的地方。其时正值初冬,地上只有一点淡淡的融雪。但是这一次,两人甫见面即共赴巫山云雨,再不浪费一分一秒。无奈一个月后,她再次被"神灵附体",又跑回了沙漠。

两次相聚,她都怀上了他的小孩。她多么想带女儿回去找他,把小孩放在他身边,和他正式结为夫妇,永不分离。可是上灵不让她这样做,却硬是逼她把婴儿抱到女皇城中,来到她在梦里见过的一座大宅前面。两次她都把女儿送入同一个女人的怀里——这个女人才是上灵的宠儿。

杜思嘉对这个女人忌妒不已:上灵对你那么宠爱,让你住豪宅,让你享受自由,还让你和女儿团聚;而我只能孤零零地在沙漠里受苦——上灵,为什么你这样恨我?

十年后,她的疯病终于彻底好了——至少她觉得自己已经好了。于是她离开了沙漠,来到剖头国境内。当地民风淳朴,人们好心收留了她。虽然她没有倾国倾城之貌,却散发着一种很独特的魅力。有一个普通的农夫向她求婚,她答应了。两人从此在一座坚固的高脚楼里安居乐业,养育了七个小孩。

可是她从来没有忘记那段苦难岁月,没有忘记上灵对她的憎恨,没有忘记上灵赐给她的"丈夫",更加没有忘记她和那个陌生男人生的两个女儿。她给大女儿取名"如诗",沙漠里面有一种花就叫这名字。这种花闻起来很香,可是花蕊里经常藏着一种毒蝇的幼虫。小女儿取名"绿儿"。这也是一种植物的名字,神茶就是用这种草本植物的叶子磨烂了泡水而成。很多苦行圣女祷告的时候都喝神茶,据说这样就可以接收上灵的幻象。当年她被迫将两个女儿亲手送人,这是她心头永远不能忘却的痛,所以她每天早上都为如诗和绿儿祈祷祝福。这些陈年往事,她并没有和丈夫提起。

就这样,她过了十年安稳日子。有一天晚上,上灵突然又来报梦了。在梦里她又见到了上灵赐给她的丈夫,就是那个和她生了两个女儿的陌生人。和以前相比他苍老了许多,脸色很差,神情哀伤。她还看到两个女儿了:小女儿站在他旁边,大女儿跪在他跟前。在梦里,杜思嘉走到他身边,牵起他的手道:"夫君,现在你已经认回亲生女儿了。我呢?你愿不愿意在上灵和世人面前还我妻子的名分?"

她对这个梦恨之入骨,因为在梦里她和现在的丈夫一刀两断,和七个儿女也恩断义绝了。上灵,你为什么这么残忍?如果你早就打算将我这个家拆散,当初为什么又让我来剖头国安居乐业呢?如果你真的希望我和两个女儿团聚,当初为什么不让我亲手把她们抚养成人呢?上灵,你这样折磨我,这一次我无论如何也不会顺从你了!

从此,每一天晚上她都反复做同一个梦,夜复一夜,无休无止。一段时间下来,她已经被折磨得快精神崩溃了,可是还硬撑着不走。

终于,有一天清晨,在这个梦快结束的时候,突然出现了新的内容。她耳边传来一阵凄美的歌声,她四处张望,只见一个天使在空中飞过,她知道那是天使的歌声。天使飞近了,原来是一个毛茸茸的生物。天使降落在她的肩膀上,张开两个皮革质地的飞翼,紧紧地抱住她,在她耳边轻唱着动人的歌曲,让她心醉神迷。

她问道:"可爱的天使,我应该怎么做呢?"

作为回答,天使突然往后摔倒在她跟前,仰面朝天,中门大开,双翼摊在地上,无助地躺在尘土里。然后跑来了一些和狒狒差不多大小的生物,走近了才看清它们的眼睛、啮齿和突出的口鼻,原来是一群巨大的老鼠。它们围着天使,一个劲儿地又嗅又拱,见他一动不动,也不飞走,老鼠便开始在他身上撕咬。这个场景把她惊呆了。天使的眼睛一直盯住杜思嘉,目光中流露出深深的哀伤。

她想,我一定要救他,我要把这些老鼠都赶走!可是在梦里,她动弹不得,只能眼睁睁看着天使受难。

那群老鼠终于走了,天使竟然还没死。可是他的双翼已经被咬得只剩一点点,粘在两根纤细瘦弱的手臂上面,已经看不出这里原来长着一对飞翼。她跪在天使旁边,把他抱在怀里,不停地哭泣……哭泣……哭泣……

"妈妈,妈妈,"她的三儿子把她唤醒了。"妈妈,你做梦都哭了,快醒醒,快醒醒!"

她一下子惊醒了。

小孩问:"妈妈你梦见什么了?"

她的小孩都很乖,她舍不得离开他们。

"妈妈要出一次远门。"

"去哪里?"

"一个很远的地方。不过妈妈会回来的……要是上灵允许的话。"

"为什么你非去不可呢?"

她说:"因为上灵在召唤妈妈了。具体为什么,妈妈自己也不知道。爸爸已经在地里干活了吧?好孩子,你一定要等爸爸中午回来吃饭的时候才告诉他。那时候妈妈已经走远,爸爸也追不上了。你告诉爸爸,我爱他,我一定会回来的。等我回来之后,他要怎么惩罚我,我都愿意接受。就算给我王后的宝座,我也不愿意拿爸爸和你们去换啊。"

小孩说:"妈妈,其实我一个月前就知道你要走了。"

"你怎么知道的?"她很害怕,怕自己的小孩也堕入上灵的魔掌之中。

原来小孩只是善于观察,并不是被"上身"。"因为你不停地往西北方远望。爸爸告诉过我们,你就是从那里来的,所以我猜你可能想家了。"

她说:"不是的,妈妈不是想家,因为这里就是妈妈的家。只是有一件很重要的任务需要妈妈完成,做完之后妈妈就会回来的。"

"要是上灵允许的话……"

她点了点头,然后收拾一点食物,灌满一个水袋,轻装上路了。

她说,上灵,不是我想顺从你,只是我看到那个天使的翅膀被折断,我却没办法救他,心里实在不忍。我不知道天使代表了什么。是我的两个女儿?还是她们的父亲?甚至是你自己?我只知道,有一个悲剧要发生了,我决不能袖手旁观。我不知道这个悲剧是什么,也不知道怎么做才能阻止它发生,可是我会跟随你的指引。到达目的地之后,我会尽力而为。我本不愿再为你服务了,可是这一次就算我做的事情最终还是帮助你达成目标,我也会去做的。不过,这件事情完了之后,请你放我回家,从此不要再来烦我了!

女皇城,现实中

是时候征求华纱的准许了,可是耶律迈并不确定她是否会应允。据说她和孤威国的将军会面时闹得不欢而散,然后门外突然出现了几个孤威国的士兵守着。可是无论城中发生什么变故,耶律迈娶不到妻子是绝不回沙漠的。如今艾雅已经答应了他的求婚，所以无论华纱是否允许，这婚也结定了。

当然，如果华纱允许就最好不过；要是能请她主持婚礼，那就更加完美了。

华纱说："这时候结婚，时机好像不太合适。"

"华纱阿姨，你别像个老太太好吗？"艾雅柔声软语，华纱被她这样冒犯居然不以为忤。"别忘了，年轻女孩子都是很勇敢的。我们的爱人上战场的前夜就是我们最愿意结婚之时，时势越凶险我们就越愿意付出。"

"沙漠的生活，你了解吗？"

"可是你以前也不时和韦爵去沙漠啊。"

"我就去过两次。第一次就已经苦得受不了，后来竟然好了伤疤忘了疼，还跑去受第二次罪。这么说吧，你在沙漠里待一个星期，我保证你哭着喊着要回女皇城。只要能回来，就算做牛做马也愿意。"

耶律迈开口道："华纱女士……"

"耶律迈，如果你再插嘴，我就把你赶出这房间。"华纱用最柔和的语气说道，"我在和你的心上人讲道理呢。不过你也不用担心，艾雅已经被你的……你的什么呢……你的魅力迷得神魂颠倒了。我怀疑她心里早就有了一个完美男子汉的形象，而你正好让她梦想成真了。"

艾雅脸都红了。耶律迈喜不自禁，竭力忍住不笑出声来。如他所愿，艾雅既不贪图富贵，也不追逐名利；她喜欢的是勇气和力量。耶律迈从一开始追求她的时候就看准了，能打动艾雅芳心的是铮铮铁汉，而不是纨绔子弟。事实证明他的判断是准确的，现在华纱也确认了这一点。这个女孩爱上他,并非因为他是韦爵长子,而是因为他的领袖气质,他的果敢决断,还有他的强健体魄……耶律迈身上这些优点,在沙漠里表现得尤其淋漓尽致。

耶律迈回答道:"无论她心中有什么样的梦想,我都会尽力为她实现。"

华纱说:"你不要随便承诺。艾雅对你爱慕至深,你就算耗到油尽灯枯也未必能满足她的期望。"

"华纱阿姨!"艾雅被华纱的话吓到了。

耶律迈说:"华纱女士,你为什么对这个女孩子说出这样伤人的话呢?"

华纱显得很内疚。她说:"很对不起,我本来只想说笑的,可是却没有说笑的心情,所以这句玩笑听起来更像是骂人的话了。我其实没有恶意的。"

耶律迈说:"没有关系,华纱女士。你的屋子外面守着那么多油头族士兵,我也明白你这时候的心境。"

华纱说:"其实我并不在意门口那些士兵。我有圣湖先知和解构者在身边,那些士兵不足为虑。我其实是为女皇城担忧。"

耶律迈说:"孤威国的士兵可不能等闲视之。我也听说如诗三言两语就策反了拉士葛的手下,可是你得知道,拉士葛本身就是一个弱者,阴差阳错才坐上了我兄弟的位置……"

华纱说:"还有你爸爸的位置。"

耶律迈继续说:"是的,两者都被他篡夺了。那天小诗策反的都是些雇佣兵,可是孤威国的士兵就完全不同了。传说慕斯将军是一个千年不遇的将才,他手下的士兵都死心塌地地追随他,小诗想切断他们之间的纽带,恐怕不容易。"

"你什么时候成了孤威国问题专家了？"

耶律迈说："我只是很清楚男人是如何信任和爱戴他们的领袖的，因为我自己就曾率领商队跋山涉水，我知道手下的人对我怎么看。固然，他们知道跟着我就有钱赚，可是他们更加知道，只有一切听从我指挥才有命享受这笔钱，因为我从来不会拿他们的性命做无谓的冒险。我爱护手下，我的手下也爱戴我；可是据我所知，慕斯将军的士兵对他的敬爱强了岂止十倍。在他统率之下，这支铁军已经成了西海岸地区最强大的军力。"

华纱说："而且他们不费一兵一卒就成了女皇城的主宰。"

耶律迈说："这倒未必。有你和他作对，恐怕他永远也做不了女皇城的主宰。"

华纱苦笑道："所以他一上来就先把我废了。"

艾雅问道："我们的婚事怎么办？这才是正经事吧！"

华纱看着艾雅，眼神充满了……同情？耶律迈想道：是的，是同情。她对这个干女儿似乎并不是很看重，她刚才无意中说出来的那句话好像也不是开玩笑。艾雅的爱慕会把我耗得油尽灯枯？这是什么意思呢？难道我追求艾雅是个错误？我一直以来只想着怎么让艾雅爱上我，却从没想过我其实有多爱她。

华纱说："艾雅，我的宝贝干女儿，我批准了。你可以和他结婚，让他做你的第一任丈夫。"

耶律迈说："严格说来，我们需要的其实并不是你的批准，因为艾雅已经成年了……"

华纱一脸倦容地说："你放心，我也会为你们主持婚礼。可是你也看到目前的状况了，你们只能屈就在这里举行婚礼，宾客也仅限于住在学校里的人。我们还得一起祈祷，希望那些孤威国的士兵不要进来捣乱。"

艾雅问:"什么时候举行婚礼呢?"

华纱说:"今晚好吗?今晚不算迟吧?难道你身上痒得紧,忍不住大中午就要脱衣服入洞房吗?"

又来了,又是这样侮辱人,怎么华纱一点都不觉得自己失态呢?她说完之后,竟然若无其事地站起来走了,留下艾雅呆坐着,气得满脸通红。

耶律迈说:"艾雅,别生气好吗?你的华纱阿姨已经失去太多了,现在还要失去她的宝贝干女儿,她的心情肯定好不了。"

"可是听她的话,好像恨不得马上把我扫地出门似的。我就那么惹她讨厌吗?"艾雅说着,一颗泪珠从眼角滴出,闪着亮光在空中坠落,跌在她的腿上。

耶律迈一把将她拥进怀中,紧紧抱住。艾雅也用力抱着耶律迈,好像要永远成为他身体的一部分。耶律迈想,这就是千古传诵的爱情了。她会跟着我走进沙漠,伴随我左右,生儿育女,我们的部落不断成长壮大。最终我要建立一个伟大的王国,她就是我的王后。慕斯将军能做到的,我只会做得更好!有哪个油头族能做一个像我这么称职的丈夫?艾雅渴望嫁一个能成大事的男人,而我正是她的真命天子。

最近几天女皇城中发生的事情让毕唐克很不爽,尤其因为他心中压着一种挥之不去的负罪感,好像这一切都是他的错。其实在那个危急关头,他实在没有别的选择。他的手足虽然还在英勇抗敌,可是帕华雇佣兵人数太多,守兵寡不敌众,眼看就要一败涂地了。这时候突然冒出一支孤威国军队主动提出结盟解困,他当时要是拒绝这些救兵，还能指望扭转局势吗？

我本来可以马上劝帕华雇佣兵停手，晓以大义，说服他们联手抵抗外敌。这样做，成功的可能性虽然不大，可还是有一丝机会的。只是当时孤威国的统帅说得那么诚恳……而且沙漠里突然出现那么多篝火，就像有十万大军驻扎在那里，我怎么可能猜到他整支部队都站在城门外了？而且就算只有这一千人，我们还是打不过。不过至少我们可以抵抗一会儿，让他们也遭受伤亡，还能争取时间给城内其余守兵发出警报。我宁愿万箭穿心战死沙场，也总好过苟活到现在，眼睁睁看着他们不费一兵一卒就占领了我的城市，还在城内横行无忌。

今天慕斯将军又要召见他了，毕唐克暗地里不停地咒骂。可是无论他心中如何痛恨，还是不得不佩服慕斯将军的才智和胆略。他能够在那么短时间内冲刺那么远的距离，用那么少的兵力占领一个城市；即使现在已经真相大白，人人都知道他的兵力远比不上我们的守兵，可他居然还能只手遮天，我行我素，毕唐克佩服得五体投地。在慕斯的领导下，女皇城可能会更好也说不定？想想之前那几个，谁比他强？贾霸是猪狗不如，拉士葛更加是卑鄙小人，罗达也没有慕斯的魄力。至于现在这帮女人就更不用说了，既无能又没脑。慕斯散播那几句关于华纱女士的谣言，瞎子也能看穿，这帮议员竟然深信不疑。

慕斯把她们玩弄于股掌之上。那么明显的反间计，她们居然会上当，任由慕斯将最有可能领导女皇城进行抵抗的华纱女士软禁起来。可是毕唐克自己何尝没有上当呢？那天晚上，他在不知不觉间就被这个孤威国的陌生人影响和操纵，一心以为他是真心帮忙，最终被陷于不义，出卖了女皇城而不自知。

在聪明人面前，我们都成了傻子。

慕斯将军伸出手迎接他："好朋友！"

毕唐克拒绝和他握手。

慕斯说："嗯，你生我的气了？"

"你来的时候就是拿着华纱女士的信，现在竟然把她抓起来？"

慕斯道："你对她还挺关心的嘛。你放心吧，我现在让她暂时留在学校里，完全是为了保护她的人身安全。城中关于她的谣言满天飞，如果我不派兵守着她的学校，谁知道会发生什么事情呢？"

"这些谣言就是你散播的。"

"你误会了。我对华纱女士只有敬意，从来没有说过半句坏话。她是女皇城女人之中的典范，智慧和勇气不让须眉，我绝不会让任何人伤她一根头发。毕唐克，好朋友，如果你不知道我这个心意，那你就真的太不了解我了。"

毕唐克心道，你说得不错，我的确不了解你，没有谁真的了解你。

他问道："你叫我来有何贵干？是打算进一步削弱女皇城守兵的权力，还是又有什么鸡毛蒜皮的差事吩咐下来，好让我们习惯被你差遣，忘记自己也是军人了。"

慕斯说："毕唐克，你不要被愤怒蒙蔽了理智。你想想，你敢当面对我说这样的话，一点都不担心我把你推出去斩了，我这样子像是个独裁暴君吗？你的士兵现在还全副武装，女皇城也是在他们的控制之下，我又怎么使诈了？"

毕唐克不答话，因为他不想又被慕斯的甜言蜜语绕昏了头。可是和以前一样，他心中还是有一丝疑惑，驱之不散。慕斯的确没有解除守兵的武装，也没有对市民动粗，可能他只是将女皇城作为一个战略中转的地方，总有一天会离开的。

"毕唐克，女皇城经历贾霸之乱，元气大伤。我既然来了，就一定要让它恢复昔日的辉煌。你一定要帮助我！"

对啊，你真是太伟大了，圣人慕斯！你不远万里跑过来仅仅是为了帮助女人之城。功成之后你就潇洒作别满城百姓，只挥一挥衣袖，不带走一片云彩！

毕唐克心中暗骂，却忍住不作声——这种时候还是少说为妙。

"当然，我也不想扮作一点私心也没有。你也是聪明人，我就坦白和你说吧，剖头国那帮沼泽土著一直和我们孤威国作对。我们知道他们密谋已久要占领女皇城，贾霸就是剖头国的奸细，他养着那些打手就是为了颠覆你们的议会，然后将女皇城控制住，再送到剖头国的手中。幸好我带着人马前来救驾，他那伙人才没有得逞。你扪心自问，我和我的手足到底做错了什么事，让你觉得我们和贾霸一样的穷凶极恶、居心叵测？"

慕斯说完之后就一直等着，逼得毕唐克不得不回答道："没有，你不像贾霸那么明目张胆。"

"我这就告诉你我需要从女皇城这里得到什么。我需要确保女皇城的领导者是我们孤威国的盟友；在我继续进军的时候，我在女皇城没有后顾之忧，不用担心有人在背后捅刀子；我需要女皇城做我的后勤基地，我可以在沙漠中建立补给线，直达女皇城，完全避开纳卡瓦、伊斯曼和西夕都。你也是军人，这些策略你应该熟悉的。剖头国本来指望我们南下的时候一路受阻，必须杀出一条血路才能到达平原诸城，整个过程可能耗费好几年。他们就利用这段时间加紧备战，来女皇城这里建立据点，甚至驻扎军队，好对付我们的马车。可是现在我们抢先一步驻扎在女皇城，这样一来平原诸城都不敢抵抗，只能俯首听命；纳卡瓦、伊斯曼和西夕都也都不敢和剖头国结盟了。我走出这一步棋，兵不血刃就迫使整个西海岸都向皇帝陛下臣服；剖头国想不到我们如此神速，还没反应过来就大势已去了。这就是我想要的！我不需要征服女皇城，也不需要奴役你们，我只需要你们对我效忠。要达到这个目的，铁腕固然是一个手段，可是我宁愿用怀柔政策。"

"怀柔政策！"毕唐克的语气中流露出嘲讽的意味。

慕斯说："迄今为止，我做的每一件事情都顺民意得民心，好多年来他们都没有像今天过得那么安稳了，你以为他们心里就没有一杆秤吗？"

"这么说来，你干脆去讨好那些住在狗城区、城门区和高原路的人渣得了。他们千百万年来都没有公民身份，还被禁止在城内定居，早就恨得慌了。你只要像贾霸那样，答应让他们进城，让他们骑在女人的头上，他们还不对你死心塌地？"

慕斯说："是的，我早就可以这样做；如果将来被形势所迫，我也不怕这样做。"说到这儿，他站起来，双手撑在桌面上，俯身向前，逼视着毕唐克。"不过只要你愿意帮助我，我们就不需要走到这一步。"

原来慕斯是用这个来威胁毕唐克。女皇城之所以美丽和神圣，正是由于目前这种实行了千百万年的女人做主的制度。一旦城外那些卑鄙贪婪的小人都被放进城，女皇城的根基就会毁于一旦。现在毕唐克被逼进了一个两难困境，要不就和慕斯合谋，要不就看着女皇城毁灭。哼，好像我真的有选择余地似的。暴乱的场景还历历在目，毕唐克怎么忍心让惨剧再次发生呢？

"你到底想我怎么做？"

慕斯说:"我需要你给我出谋划策。在目前的形势下,议会已经很难有效地控制局面了。她们只能讨论通过一些关于内政事务的法律法规,一旦涉及与孤威国皇帝陛下结盟的事宜,她们就无能为力了。就算议会制定了结盟的政策,可能过一个星期就被另一帮人纠集起来废除了。所以我需要扶植一个人,作为……怎么说呢……"

"独裁者?"

"不是不是,这个人只是在外交事务中代表女皇城。不管这人是男是女,他必须能够保证孤威国的军队取道女皇城的时候可以畅通无阻,孤威国的军需补给可以存放在这里,而且城中再也没有剖头国的隐患。"

"这个角色女皇城议会就可以胜任。"

"她们能不能胜任,你自己也心知肚明吧。"

"她们会信守诺言的。"

"是吗?你想想她们今天都做了些什么?华纱女士一直忠心耿耿地为女皇城谋福祉,议会却不辨是非,仅凭几句谣言就将她软禁。她们对自己人尚且如此不公,更何况对外来的陌生人呢?我身负皇帝陛下的重托,我手下将士的性命完全取决于女皇城对我是否忠诚。可是女皇城议会背信弃义,残害忠良,我能信任她们吗?"

毕唐克说:"你自己一手炮制了那些谣言,现在却用这些谣言来证明议会的无能?"

"神明在上,华纱女士是我最钦敬的女人,那些谣言真的不是我散播的。可是你想想,谁造的谣其实并不重要,关键是女皇城议会竟然相信了谣言,你还让我把手下将士的性命托付给她们?如果将来剖头国的奸细也在城中造谣,那会怎样?毕唐克,你将心比心想一下,如果你处在我的位置,你信任议会吗?"

毕唐克说："我一生都为女皇城议会效劳，我信任她们。"

慕斯说："你还是不敢回答我的问题。这么说吧，我来这里是为了完成皇帝陛下交给我的任务。孤威国的传统做法是，每拿下一个地方，先将统治阶层斩草除根，然后扶植一些长期被压迫的下等人上台执政。可是我热爱女皇城，不忍心采取这种手段，所以我宁愿冒险也希望想出另外一个解决方案。"

毕唐克说："你只有一千士兵，哪怕一点点伤亡你也承受不起，所以才挖空心思搞和平演变。"

慕斯说："你只说对了一半。我在这里不达目的誓不罢休，兵不血刃当然是上上策，平原诸城会觉得我有神助，肯定会对我俯首听命。可是迫不得已的时候我也会使出下策，一样可以达到目的。到时候平原诸城的领导人来到女皇城，看见一片残垣败瓦，房屋山林都付诸一炬，圣女湖的湖水也被鲜血变得黏稠，他们会立刻变得服服帖帖，从此再无异心。无论我用哪种手段，女皇城都能助我达到目的。"

毕唐克道："你这个恶魔，原来一直盘算着亵渎神灵，滥杀无辜，竟然还想让我信任你？"

慕斯说："我只是告诉你有这种可能性。可是你可以帮助我，不让我做出那些伤天害理的事情。你刚才说一生都在为议会效劳，那我问你，你有没有试过听从议会的命令，做出一些你不愿意做的事情呢？有没有呢？"

毕唐克说："有！我是一个军人，服从命令就是我的天职。"

慕斯说："我也是一个军人，我也必须服从皇帝陛下的命令。为了完成皇帝陛下的任务，必要时我变作一个恶魔也在所不惜。就像你为了执行命令，不得不逮捕一些你认为是无辜的人一样。"

"逮捕和屠杀怎么能相提并论呢？"

"毕唐克啊毕唐克，好朋友，我第一次见你在城门英勇抵抗暴徒的时候，我就觉得你是个人物。我一直在想，那天晚上你是为了什么而战呢？难道为了一个掌权的机构？不是的。女皇城议会轻信谣言是非不分，根本不值得你为她们牺牲。我知道你有一个更崇高的目标，女皇城在你心中不仅仅是你的家园，更是一个理想，一个信念。你愿意为了保卫这个理想而献出生命，我说得对吗？"

毕唐克说："对。"

"好，现在就是你报效女皇城的绝好机会了。你先回顾一下女皇城的光辉历史，无论是在女祭司掌权的时候，或者在历代女皇统治下，女皇城还是这座女皇城。到了女皇城和西夕都交战的年代，女皇城的军队交由一代名将史纳西图统率，大获全胜之后，他还获准一尝湖中的圣水，那时候，女皇城也还是这座女皇城。"

虽然很不情愿，可是毕唐克心里还是认同慕斯的说法。女皇城并不等同于女皇城议会。政体总是在改变，过去如此，将来也一样。关键是无论怎么变，女皇城始终由女人做主，和谐星球再没有别处比这里更神圣、更独特了。如今是多事之秋，西海岸巨变在即，女皇城难以置身事外。狂潮席卷过来的时候，投靠孤威国也未尝不是一个好策略，只要能确保女皇城的内政不受干涉，依然是由女人做主，那就可以了。

慕斯继续道："还有，我本来可以用武力恐吓你，或者用花言巧语欺骗你，可是我没有。相反，我一直都当你是朋友，坦诚地和你交心，因为我不是要强迫你服从我，而是希望你心甘情愿地帮助我。"

毕唐克问道："你要我帮你做什么事情？如果你想让我解散议

会，把议员都抓起来，你就死了这条心吧。"

"抓议员？你真的一点都不了解我吗？我需要这个议会照常运作，一个议员都不要更换！我希望女皇城的居民看到她们的政府并没有变动。可是我需要设立一个人民执政官，地位在女皇城议会之上，其职责包括处理外交事务，统领女皇城卫队，维持女皇城和孤威国的战略同盟关系。"

"其实你的手下已经在履行这些职责了。"

"我需要女皇城本地人担任这个职务。"

"你跟我说也没用，我又不是女皇城卫队的最高指挥官，哪有权力任命谁做什么执政官？"

慕斯说："很可惜你不是最高指挥官，其实论才干，你的几个上级军官都比不上你。可是如果我提出让你做女皇城卫队最高指挥官的话，你就会觉得我想收买你。然后你会拂袖而去，从此就与我为敌了。"

毕唐克心中暗自松了一口气。慕斯毕竟还是知道，毕唐克不是叛徒，他所做的一切并不是要谋私利，而完全是为了女皇城着想。

毕唐克说："你不能随便指派一个人，女皇城的守兵只愿意听命于议会委任的指挥官。"

"如果议会全票选出执政官，然后再让他兼任女皇城卫队指挥长官呢？"

"这也未必行得通。女皇城守兵既不是笨蛋，也不是叛徒。如果各位手足认为这个所谓人民执政官只是孤威国的傀儡，他们根本就不会听命。"

"所以说，你应该看出我的难处了。一方面这个人必须能认清形势，知道效忠皇帝陛下势在必行；另一方面他——不管是男是女——也必须深受女皇城人民的信任和爱戴，这样才能履行执政官的职责。"

毕唐克苦笑道："你可不要往我身上打主意。当初是我放你们进城的，所以现在好多人私底下已经怀疑我被你们操纵了。"

慕斯说："这个我知道。本来我首先想到的人选就是你，后来我意识到，如果在我进城之后你即刻青云直上，肯定会授人口实。你还是在目前这个职位上对我……和对女皇城……的帮助最大。"

"那你今天叫我来是为什么？"

"就像我一开始说的，为我出谋划策。我需要你告诉我，在女皇城中，无论男女，谁最有名望，谁担任人民执政官之后会得到大众和守兵的拥戴。"

"没有这样的人。"

"你这样的态度，无异于逼我血洗女皇城。"

"你不要威胁我。"

"毕唐克，我不是在威胁。我只是告诉你，这本来是我的惯常做法，不过现在我已经厌倦了屠城。所以我恳求你，帮我找一个办法避免这种悲剧。"

"那你让我想想吧。"

"没错，请帮我想一想。"

"我可以明天答复你。"

"我今天就必须行动了。"

"给我一个小时。"

"你能不能留在这里想？可以不离开这座房子吗？"

"那么说来，你把我也抓起来了？"

"好朋友，城中有不下一千双眼睛时刻盯着这座房子。如果你在众目睽睽之下频繁出入，人们就会说你跟慕容复将军有所图谋了。你自己想清楚吧，如果真的要离开，我绝不拦你。"

"那我就留在这里想吧。"

"好，我这就让人带你去图书馆，给你一台电脑。请你写下每一个重要的名字，还有你觉得这个人是否适合担任执政官的原因。过一个小时之后请把这份名单给我。"

"我做这件事情纯粹是为了女皇城好。"毕唐克想：更加不是为了我自己。

慕斯说："我求你做这件事情也是为了女皇城好。虽然我首先效忠皇帝陛下，可我还是希望尽力帮助女皇城免于覆灭。"

会面到此为止。毕唐克刚走出房间，就有一个孤威国士兵走上来，带领他去图书馆。奇怪的是，慕斯并没有吩咐这个士兵干什么，他竟然知道要带毕唐克直奔图书馆，也知道要给他一台电脑。莫非慕斯将军让他的下属在门外偷听他们的对话？不可能。唯一的解释是，慕斯在毕唐克到达之前就已经下了命令。

难道一切都已经在慕斯的预料和掌握之中？他真的那么神机妙算，未卜先知？如果是这样的话，那毕唐克就真的成了一个傀儡，谈话之间被慕斯的花言巧语洗了脑，再一次出卖了女皇城而不自知。

不是，不是的，根本不是这样。慕斯只是有信心说服我，他知道我会理智分析形势，做出对女皇城最有利的选择。我要帮他找一些执政官候选人，这些人既愿意与孤威国合作，也得到议会、卫队和大众的支持。有可能找到这样的人吗？

华纱说："我要和莎芙姐弟三人谈一下。"

绿儿看着华纱，一时无语。这是女主人对家里用人发号施令时所用的隐性祈使句,而绿儿并不是用人,所以她应该假设这句话不是对着她说的。可是在场没有第三者,华纱阿姨分明是在对绿儿说话,只是没有意识到语气的不妥。

绿儿问道:"夫人,您是想差遣我去传他们几个吗?"

华纱一脸的惊愕。"噢,绿儿,对不起,我最近经常糊涂了。你可不可以帮我叫一下我的几个儿女,还有我丈夫的两个儿子?请告诉他们马上来见我,好吗?"

这句话是一个真正的祈使句,是直接向绿儿说的,这才符合她们之间的关系和身份。于是绿儿点点头,走出去找用人帮忙。绿儿本来不想指使别人的,可是华纱的房子太大,像现在这样有紧急的事情,多几个人一起找总是好的。而且用人比绿儿更清楚每个人在屋里什么地方。

绿儿很快就知道纳飞、耶律迈、莎芙和柔珂各自在什么地方,也布置了用人去传他们。可是梅博酷自从到达之后,这几个小时一直不知去向。最后有一个叫伊斯妲娃的年轻女佣很不情愿地告诉绿儿,她把梅博酷的早餐送到狄傲丽的房间里了。绿儿不禁暗骂这用人好心办坏事。

用人说:"小姐,这已经是好几个小时之前的事情了。"

"我不是小姐,你可以叫我姊妹,或者叫我的名字绿儿也可以。"

"你想我去看看他还在不在那里吗,姊妹?"

绿儿说:"噢,不用了,谢谢你。他如果还赖在那里的话,就太不成体统了。我去问问狄傲丽吧,看他到底去哪儿了。"说完绿儿直奔教师住的厢房。

华纱学校里的女孩都受过良好教育,本来一眼就可以看穿肤浅男人的伎俩。可是绿儿对梅博酷的本事也略有所闻,所以也不奇怪他那么快就勾搭上一个女孩了。奇怪的是被勾搭的竟然是狄傲丽。她早年还在娱乐圈的时候，对于梅博酷这些献媚奉承的招数应该是司空见惯的，怎么可能上钩呢？她本来应该耻笑他不自量力才对啊。

可是绿儿也知道，自己和其余大部分女人相比，更容易看穿花言巧语，因为她一直是旁观者清，从来没有男人敢使出调情招数去勾引圣湖先知。人人都知道圣湖先知明察秋毫，可以看穿一切谎言。实际上，绿儿只能看到上灵希望她看到的东西而已。绿儿想道，上灵才不会关心我的感情生活呢——反正我既没有爱情，我也不需要爱情。前面的路怎么走，上灵已经给我指明了。如果上灵需要我的道路与别人发生交集的话，她自然会将她的安排告诉那个人。这样一来，主动权就在我的未来丈夫手里。如果他愿意服从上灵的安排，他自然会来找我。到时候我就既来之则安之好了。

既来之则安之……绿儿几乎忍不住笑自己傻。我所有的梦都和这个男孩联系在一起，我和他在患难中相互扶持，死里逃生，可他眼中还是只有艾雅一个。男人都是这样只懂得跟着荷尔蒙走吗？他们就不能学女人那样，用脑子去分析和了解这个世界吗？纳飞怎么看不出来？艾雅的爱就像瓢泼大雨，来时猛烈，去亦匆匆；风暴过后便如地上雨水蒸发，很快就消逝得无影无踪。纳飞这个痴情种子，如果和艾雅在一起，发现她变了心，只会痛苦心碎。只有像耶律迈这种控制欲强的人，才能够驾驭艾雅那颗善变的心。因为每当艾雅的精神稍有出轨的时候，耶律迈就会狂怒，甚至不惜诉诸暴力；在他的强势高压之下，可怜的艾雅又会无可救药地重新爱上耶律迈。他们的关系于是能够在这种怪异循环中维持下去。

这些当然不是绿儿想出来的，只有如诗能看到人与人之间的联系。如诗告诉绿儿，纳飞之所以没有留意她，是因为他一直迷恋艾雅。也只有如诗才能看清耶律迈和艾雅之间的微妙关系，知道他们两人为什么是天造地设的一对。

至于梅博酷和狄傲丽，嗯，他们两个成一对的话，就能解释很多事情了。那天晚上绿儿从韦爵家送信归来，在华纱学校后山的树林中看见几个女子的影像。当时她不明所以，可是现在她知道为什么里面有狄傲丽了。就像艾雅要跟随耶律迈一样，狄傲丽是要和梅博酷结婚的；谢德美应该也是远征队的一员，不过即使她不去，至少她帮忙收集种子和胚胎，也算是参与了；如诗也会去，还有华纱阿姨。绿儿看到的全是被上灵召唤的女人，都是远征队伍的一员。

可怜的狄傲丽，如果她早知道把梅博酷招进香闺会导致她离乡背井，她可能会又撕又咬，拼死也要把他踢出房门。可是狄傲丽并不知情，所以绿儿知道这两人现在肯定在一起。

绿儿敲狄傲丽的房门。不出所料，房间里面有异动，似乎有人在手忙脚乱地干什么，然后传出很轻的"嘭"的一声。

狄傲丽问道："谁呀？"

"绿儿。"

"我现在不是很方便。"

绿儿说："我知道你不方便，可是华纱女士有要紧事吩咐，我能进来吗？"

"哦，可以，当然可以。"

绿儿推门进去。只见狄傲丽躺在床上，被子盖过了肩膀。房间里当然没有梅博酷的踪影，只是床上一片狼藉，浴缸里面是灰色的脏水，还有一串葡萄扔在地板上。狄傲丽平常睡午觉可不会把房间弄成这样子。

狄傲丽问："华纱阿姨找我有事吗？"

绿儿说:"狄傲丽,华纱阿姨不是找你,她要找她的小孩和韦爵的两个儿子。"

"那你为什么不去敲莎芙和柔珂的房门,她们又不在我房间里。"

"梅博酷知道我为什么来这儿。"绿儿想起刚才"嘭"的一声,又根据从敲门到推门之间短暂的几秒时间,推算出梅博酷此刻躲在什么地方了。"等我关门出去之后,他就可以从你床边的地板那里爬起来,好歹穿点衣服,然后直接去华纱女士的房间。"

狄傲丽好像一下子被打蔫了。她低声道:"真对不起,我不该瞒你的。请原谅我吧,圣湖先知。"

又是"圣湖先知"……绿儿有时候真想高声尖叫。每逢她显示出聪明才智,人们就以为是上灵的意思,好像绿儿自己看不出来似的。不过绿儿也知道,硬币有两面,这事情也有它的好处:人们不敢对着绿儿撒谎。大家觉得反正都会被她看穿,还不如把真相和盘托出算了。这样一来,代价就是人们都对绿儿敬而远之,尽可能避开她。只有很亲密的朋友才会互相交心,而且还得是自愿的;而大家觉得绿儿能强迫她们坦白心底最深处的秘密,所以都不愿意和绿儿交朋友,宁愿把绿儿孤立起来供奉着也不愿意她靠近自己的生活圈子。人们对她越敬畏,她就越愤怒,更加觉得自己一无是处。

此刻绿儿怒气攻心,忍不住要治一下梅博酷,以泄心头之愤。她逼问道:"梅博酷,你听到了吗?"

等了好久,传来一声回答:"听到了。"

绿儿说:"好,那我就回禀华纱女士,她的口信已经传达到了。"

说完绿儿就往外走,正要把房门在身后关上,狄傲丽叫住她。

"请等等……绿儿。"

"什么事?"

"他的衣服……还在洗呢……"

"我叫人送上来。"

"你觉得已经干了吗?"

绿儿说:"应该够干了吧,梅博酷,你说呢?"

梅博酷坐起来,在床的另一头露出半张脸,很郁闷地说:"大概干了吧。"

绿儿说:"湿一点才好呢,让你凉快凉快。你这房间干柴烈火的,热死了。"这本来是个很好的笑话,可惜没有人笑。

谢德美大步流星地走在一条狭窄的山谷小路上,路两旁树木参天。前面不远处有一座屋子埋在树荫里,正是韦爵家的冷库。冷库后面是城墙拐角处,城墙里就是老剧场。谢德美正忙着收集动植物的种子和胚胎,为那个远征地球的疯狂计划做准备,现在是最后一步了,恐怕也是最麻烦的一步。我给自己找那么多麻烦,仅仅是因为我做了一个梦,而且还找一个爱做梦的小孩给我解梦。他们以为骑着驼队就能回地球了……真是笑话。

可是梦境还历历在目,尤其是她在云中花园辛勤培育的那些生命。

谢德美来到韦爵冷库的门前,也不知道自己是否希望找到管事的人。

谢德美拍了几下手,没人回答,可能制冷机太吵了,里面的人听不到。于是她直接推门,发现锁上了。当然应该是锁上的,韦爵跑进沙漠都好几个星期了;他的管家是拉士葛,后来好像还当上了新的韦爵,不过现在也不知道躲哪儿去了。这两人都不知所终,谁继续打理这个冷库呢?为什么制冷机还开着呢?难道还有人在这里看着?他们不会连制冷机都来不及关就跑掉吧?那里面的植物岂不是没人照料?

有可能。冷库里温度低,寒带植物可以存活好多天。而冷库本身可以用太阳能,房顶上立了好多根柱子,上面装满了勺形的光能转换器,直接供电给制冷机。这个冷库基本上可以一直靠太阳能运作下去,不需要从城市电网取电。

可是谢德美隐约觉得有人留在这里一直照看着冷库,她也说不上为什么会有这种感觉。总之她能感到那个人此刻就在冷库里面,也知道她来了,却不肯回答,只希望她快点离开。看来这人是躲在这里的。

谁需要躲起来呢?

谢德美叫道:"拉士葛,是我,谢德美!我就一个人来的,你放心吧,我不会告诉别人的。你快让我进去,我有要紧事跟你商量。"没反应。

谢德美提高音量:"我不是来说城里那些事情的,我才不关心那些呢。我是要买几套设备。"

屋内传来拨门闩的声音,然后沉重的铰链扯动,门打开了。拉士葛站在门口,手无寸铁,神情萎靡,形容憔悴,像一只丧家之犬。"如果你是来出卖我的话,我反而解脱了。"

谢德美心想,你自己背叛韦爵,勾结贾霸,鹊巢鸠占,就算现在被别人出卖,也算是天道循环,恶有恶报。不过谢德美有正经事要办,没工夫跳出来主持正义。

她说:"我不关心政治,也没想过要害你。我来只是想买一打便携式干燥箱,就是可以用驼队运的那种。"

拉士葛摇头道:"韦爵让我都卖了。"

谢德美觉得和他说话太累了，累得闭上眼睛不想看见他。这人就是犯贱，非要敬酒不吃吃罚酒。"拉士葛啊拉士葛，你就别想骗我了。你早就打算侵吞韦爵的财产，接管他的生意，你怎么会把这些设备都卖掉呢？"

拉士葛顿时满脸通红，谢德美希望他还有一点羞耻之心。"信不信由你，反正我是按照他的吩咐，都卖掉了。"

谢德美问道："都卖给谁了？嗯……我是指那些干燥箱，不是指你。"

拉士葛不回答。

谢德美恍然大悟："噢，原来是你自己买下了。"

沉默片刻之后，拉士葛终于说话了："你为什么要干燥箱？"

谢德美问："你管得着吗？"

"我知道你实验室里本来就有足够的干燥箱。你要买的便携式只用在驼队运输，这个你又不在行。"

"还是那一句，你管得着吗？就算我在路上被人抢劫杀死又如何？说不定我吉星高照，一路平安呢。"

拉士葛说："你要是顺利到达的话，就可以开张做生意了，那你就是我的竞争对手，我为什么要卖给你？"

谢德美哑然失笑道："什么？你以为现在还能够照常做生意吗？你真是蠢得到家了。我才不做什么植物生意呢。我是要离开女皇城，把整个实验室搬去安全的地方，不用被那些全副武装的暴徒恶棍骚扰。"

拉士葛又脸红了。"他们在我手下的时候可没有害什么人。我又不是贾霸。"

"没错，老葛，你的确不是贾霸。"

这句话是明褒暗贬，可是拉士葛好像听不出话中的讽刺意味，还以为谢德美是指他的良知没有完全泯灭。"谢德美，你不是来害我的吧？"

"我是来买干燥箱的。"

拉士葛犹豫了片刻，后退一步，招呼谢德美进去。

冷库的外间不像里间的冷藏室那么低温，所以还勉强能住人，拉士葛就在这里将就住着。屋子里有一个简陋的床铺，还有一个很大的水缸，本来是临时储存植物用的，现在被他用来洗澡和洗衣服。一切都很简陋，却充分利用了现有的资源。谢德美不得不佩服拉士葛——已经山穷水尽了，他居然还没有气馁绝望。

拉士葛说："我现在一个人躲在这里，上灵肯定知道我需要的是钱而不是这些干燥箱。问题是女皇城议会已经冻结了我的财产和账户，你根本没办法付钱给我。"

谢德美说："这个你不用担心。你也知道现在局势混乱，好多人都从户口套现。我可以付你玉器宝石，不过自从暴乱以来，黄金和宝石的价钱已经涨到原来的三倍了。"

"你觉得我还能讨价还价吗？"

谢德美说："你把十二个干燥箱堆在门外，我会派人来运回城里。然后我再另外付钱，你说个地方吧。"

老葛说："你单独再来一趟，把钱直接交到我手里。"

谢德美说："你就省省吧！我反正再也不来这里了，也不想再见你。你就指定一个地方，我把宝石放那里，你过后自己去拿吧。"

"那就放在韦爵府的过客堂吧。"

"那地方容易找吗？"

"容易的。"

"行。我一收到干燥箱就把宝石送去。"

"这个交易太不公平了。你掌握所有主动权，一点都不信任我，那凭什么我就要信你呢？"

谢德美想回答一句不伤人的话，可是一句也想不出来，所以只好不作声。

两个人沉默了一会儿，拉士葛终于点头道："好吧！韦爵府有新旧两座房子，小的那间是旧屋。你就去旧屋的过客堂，把宝石放在随便一条橡子上面，我就能找到了。"

谢德美说："等干燥箱运到我的实验室，我马上就去。"

拉士葛很幽怨地问："难道我还能找几个忠心耿耿的手下伏击你不成？"

谢德美说："你不见得有什么忠心的手下了。可是你眼看就要有钱了，我怎么知道你会不会又出钱收买几个打手？"

"这么说来，给多少钱，什么时候给，全部由你说了算，我只能任你宰割啊？"

谢德美实在忍不住了："老葛，我不会像你对待韦爵父子那样对你的。"

"我会在半小时之内把十二个干燥箱放好在门外。"

谢德美起身就走，背后传来关门的声音。她能想象拉士葛胆战心惊地锁好门闩的样子。这条可怜虫，在机缘巧合之下将韦爵和贾霸两大家族的财富和权势集于一身，也算是风光了一两天，最终不免身败名裂，如今只敢龟缩在深院高墙之中。

谢德美从音乐门入城。孤威国的士兵扫描她的身份证之后放她进去了。虽然她看着孤威国的军装还是觉得怪怪的，可是和所有人一样，她已经慢慢开始习惯了这些士兵的存在。他们总是军纪严明，在场所有人似乎都被感染了，都自觉排队，不再像以前那样乱成一片。

另外还有一个可喜的变化，进城的队伍终于比出城的队伍长了，可见人们的信心已经开始恢复——他们其实是对孤威国士兵充满了信心。就在不久之前，这些油头族还算是女皇城的敌人；可是现在人们就已经完全信任他们了，真是快得不可思议。

谢德美进城后，沿着城墙脚走到市场门，在那里找到了预先雇好的一个赶骡人。谢德美吩咐道："你这就去吧，一共有十二个。"

赶骡人点头答应，小跑着走开了。谢德美知道这人只是在她面前才跑几步呈加急状，等她看不见了肯定会慢下来。不过谢德美已经很知足了：赶骡人肯卖力装一下也算是不错，至少他知道时间就是金钱，所以才会使这个劲儿去装给主顾看。

靠近城门有一个信使聚集等客的地方，有纸有笔。谢德美在一张纸上写下韦爵府的地址和路线，还详细说明把信放在具体什么位置。然后她用信使站的电脑付了费，雇了一个小男孩帮她送去。小孩看到谢德美提供加急奖金，笑了，一把夺过信，绝尘而去。

拉士葛肯定会抓狂的，因为谢德美并不是真的给实物，而是给他一张金券，是市场门这里其中一间珠宝店的。韦爵府地处偏僻，现在还荒废了，谢德美才不会把金银珠宝放在那里呢，就算请人送过去也不稳妥。反正现在是老葛需要钱，就让他去冒险得了。至少谢德美找的那间珠宝店在城门外就有摊位，老葛不用进城被人盘查，谢德美对他也算仁至义尽了。

华纱看着纳飞和两个女儿，还有韦爵和别人生的两个儿子，心想：这群人，算是乌合之众吗？佛意漫这两个儿子，简直是失败家教的结晶。可是我有什么资格嘲笑他？我的两个宝贝女儿不就是我养出来的极品吗？宽容点儿吧，这几个年轻人还是各有所长的。唯独纳飞和羿羲，我和老佛爷的亲生儿子，他们才是善良正直的谦谦君子。

"你们为什么不带上羿羲？"

耶律迈叹了一口气。华纱想，被我这个老太婆问得不耐烦了吧？可怜的家伙。

他答道："他的浮椅和浮衣太累赘了。"

纳飞说："他不来反而好，不用被关在这儿。"

华纱说："我觉得慕斯将军不会关我们太久的。等我名声彻底臭了之后，他就没有必要继续使用软禁这种手法了。他一直想把自己装扮成女皇城的大救星、保护神，派手下士兵上街只会破坏他苦心经营的形象。"

纳飞问："等他撤掉看守之后，我们就马上走吗？"

梅博酷挖苦道："不，我们要在这里落户生根！"

柔珂说："妈妈我想回家了。就算欧必忍是个烂人，他到底是我丈夫，我真的有点挂念他了。"

莎芙不说话。

华纱看着耶律迈，只见他脸上一副似笑非笑的神情。"那你呢，耶律迈？你也急着要离开我的学校吗？"

耶律迈答道："我真的很感谢你的热情接待。离开这里之后，不知什么时候我们才能回到文明世界，舒舒服服地住进一间高尚住宅。我们会铭记这美好回忆的。"

梅博酷说："你说你自己得了，别把我扯上。"

柔珂说："他在说什么呢？我现在就有一间高尚住宅在等着我回去呢。"

莎芙想笑，却挤不出声音。

华纱说："柔珂，如果我是你，我就不好意思吹嘘自己的住宅有多高尚了。现在看来只有耶律迈看得清形势。"

纳飞说："我也看得清。"

耶律迈听了，立刻用他那双半睁半闭的眼睛盯住纳飞。华纱看在眼里，暗暗叫苦。纳飞，你这个笨小孩，你为什么非要说一些招惹你大哥的话呢？你能直接和上灵交流，我知道；你比几个哥哥姐姐看得更透彻，我也知道。你以为我这个做妈妈的会忘记自己儿子有多么了不起吗？你能不能信任我一下？你能不能学会沉默是金的道理？

他还学不会。纳飞还年轻，看不出自己一言一行造成的后果，也不懂得遮掩自己的情绪。

"不管怎么说，只有耶律迈才能向你们大家解释清楚。"

耶律迈说："我们不能够留在城里。孤威国的士兵一撤，我们就必须尽快逃走。"

梅博酷问："我们为什么要逃走？现在是华纱女士惹上麻烦了，关我们什么事？"

耶律迈说："天哪，你真是蠢得无可救药。"

华纱想，说得那么直接，真是振聋发聩，难怪你的弟弟都敬畏你啊。

"华纱女士被软禁的时候，慕斯当然可以确保没有人能够来这里捣乱。可是他已经在城中造势，让华纱女士四面树敌。等他的士兵一撤走，马上就会有人上门找麻烦的。"

柔珂说："所以我们赶快离开学校就行啦。妈妈有麻烦的话就跑路呗，我又没惹谁，干吗要逃？他们能拿我怎么样？"

耶律迈说:"我们每一个人都有把柄落在他们手上。梅伯、纳飞和我是逃犯,尤其是纳飞,身负两项谋杀罪名,其中一项还是真有其事。至于柔珂,他们可以告你蓄意伤害罪,或者企图谋杀罪,受害者还是你的亲生姐姐,罪加一等。莎芙则是通奸罪,因为奸夫是你的妹夫,所以他们还可以加上一条乱伦罪。"

柔珂说:"控告我?他们敢!"

耶律迈问:"他们为什么不敢?你一直没有被抓起来,纯粹是因为人们看在华纱女士的面上放过你。可是现在你的保护伞眼看就要没了。"

柔珂说:"告去呗,反正他们告不倒我。"

梅伯插话:"通奸罪已经好几百年没人用过了,而妯娌连襟之间的乱伦,虽然很恶心,可是只要双方是成年人,而且都是自愿的话……"

耶律迈打断他:"难道在座各位都是白痴吗?噢,不对,我忘记了,只有纳飞什么都知道。"

纳飞说:"不,我只知道上灵命令我们去沙漠。可是你说的这些我都不明白。"

华纱忍不住微笑了。纳飞有时候是挺笨的,管不住自己的嘴,可是他的诚实和直率却能够消除他人的戒备心理。就像现在,纳飞坦承自己的无知,等于承认耶律迈比他聪明,于是无意中讨好了耶律迈。

耶律迈说:"既然你不明白,我就解释一下吧。华纱女士即使在此时此刻还是有很大影响力,因为城里稍有头脑的人都不会相信那些谣言。所以对于慕斯来说,仅仅破坏华纱女士的声誉是不够的。他必须完全将华纱女士控制在手中,否则就只能把她干掉。要控制华纱女士，慕斯只需要把她的儿女或者她丈夫的儿子———个也行，几个也可以——推上审判席。这样一来华纱女士就投鼠忌器了，因为她虽然勇敢，却不能硬起心肠看着我们坐牢，所以她没办法继续和慕斯斗下去。退一万步来说，就算华纱女士真有铁石心肠，不肯就范，慕斯只需要加大一点筹码就可以了。你们猜猜他会先杀我们之中的哪一个呢？这人做事快狠准，他不用滥杀，只需要宰一只鸡就可以儆猴了。先宰谁呢？梅伯啊，我猜你就是这第一只鸡，因为你在我们这群人里面是最没用处的。就算你牺牲了，爸爸和华纱女士也不会特别难过。"

梅伯蹦起来骂道："我受够你的屁话了！"

华纱女士说："梅博酷，快坐下来。你看不出他在逗你吗？"

耶律迈对着梅博酷咧嘴一笑。梅博酷悻悻然坐下来，一直对着耶律迈怒目而视。

耶律迈继续说："总之慕斯会杀一个人作为警告。他当然不会派手下的士兵动手，可是他知道华纱女士一定能料到他是幕后黑手。如果拿我们做人质还不能让华纱女士屈服的话，慕斯早已经为杀害华纱女士本人埋下了伏笔。他散播的那些谣言甚嚣尘上，市民里肯定有几个极端分子想干掉华纱女士，作为对她叛国罪的惩罚，慕斯只需要安排一个机会让这些人动手就可以了。找这么一个机会太容易了，尤其是在门外那些士兵撤走之后，那时候我们的危险才真正开始。所以我们必须立刻开始准备，确保能够随时逃跑。走的时候一定不能打草惊蛇，离城之后就再也不能回来了。"

"离开女皇城？"柔珂失声叫出来。她的惊慌失措可不是装的，看来她终于意识到事态有多严重了。

莎芙也是明白的。她一直低着头，可是华纱还是看到她脸颊上的泪珠。

华纱说道:"你们被我拖累,我真的很过意不去。可是那么多年来,作为我的儿子,我的女儿,我的学生,你们在我和韦爵的声名护荫之下得到不少好处。现在大难当头,你们作为家族成员尽一份责任共同担当,也算是公道吧。不过我也知道是很难为你们了。"

柔珂喃喃自语:"不能回来了。"

耶律迈说:"对,我们走了之后就再也不能回来了。不过,我就算去沙漠也要带上我的妻子。这就是我们这次回城的原因,希望我的两个弟弟也已经安排好了。"

柔珂说:"欧必忍!我要带上欧必忍。"

莎芙抬起脸,热泪盈眶。她看着妈妈,脸上尽是疑惑,似乎有一个难以启齿的问题。

华纱安慰道:"只要你开口求他,他肯定答应一起来的。费雅思很聪明,能看清形势。而且他很爱你,一定会原谅你的,你不要再让他的感情明珠暗投了。"华纱的话中带刺,可莎芙看起来还是听得很受用。

柔珂还在喋喋不休:"那欧必忍怎么办?"

华纱说:"欧必忍性格软弱,你肯定能够说服他的。"

与此同时,梅博酷转头看着耶律迈,问道:"你的妻子?"

耶律迈答道:"华纱女士今晚就为艾雅和我主持婚礼。"

梅博酷顿时七情上脸,妒恨交加。难道梅博酷和纳飞一样,都在暗恋艾雅?

梅博酷大声道:"你今晚就和她结婚?"

"我不知道门口的士兵什么时候撤走,我也希望有一个正式的婚礼,所以只能赶在今晚了。结婚仪式过后,名分就确定下来,以后在沙漠里可以减少很多无谓的纷争。"

柔珂说:"没关系的,反正婚约结束之后还能换人。"

所有人都看着她。

华纱说:"沙漠可不是女皇城。到时候就只有我们这些人,婚姻只能是永久性的,你要做好心理准备。"

柔珂说:"太荒谬了!那我不去了,你又不能逼我。"

华纱说:"对,我不能逼你。可是你留下来的话,就会发现日子没以前那么好过了。没有我这个靠山,你只是一个还在底层挣扎的新人歌手而已。还有,你亲手把你的明星姐姐打哑了,这件事情已经让你臭名远扬了。"

柔珂挑衅道:"那又怎么样?我才不怕呢。"

华纱被激怒了:"既然这样我也不欢迎你来了。前面的路途已经够艰难的,像你这样一点良知都没有,来了也只会给我们添乱。"她对这个女儿失望之至,嘴上说着狠话,心中却像喝了苦酒一般难受。"该说的我都说完了,你们需要做什么决定和准备就去做吧。"

华纱明显是在宣布散会,柔珂和莎芙站起来就往外走。柔珂冲出去的时候,高视阔步,鼻孔快要朝天了。

梅博酷侧着身走到华纱面前——这小子怎么就不能像正常人那样走路呢?非要像做贼似的。梅博酷问道:"迈哥的婚礼允许别人一起吗?"

华纱说:"这屋子里所有人都可以出席。"

"我是说,如果我也结婚的话,今晚可以凑一起举办吗?"

"你也结婚?梅博酷,虽然狄傲丽有时候是轻率了一点,可我敢担保她是不会嫁给你的。"

梅伯怒道:"绿儿告诉你了?"

华纱说:"绿儿当然告诉我了。即使她不说,屋里其他人也会说,甚至狄傲丽自己也会来向我坦白的。在我的学校里,这种事情能瞒得过我吗?"

梅伯用一副讽刺的腔调说:"没错,我是卑鄙下流无耻。不过,万一我真的能说服她下嫁给我,您老人家可否屈尊为我们主持婚礼呢?"

华纱说:"好吧。如果你没结婚就去沙漠的话,我们可能一刻也不得安宁。只是难为了小丽,那么好的女孩子,就像鲜花插在那个什么上面了。"

梅博酷的脸涨得通红,怒道:"你干吗这样损我?我又没惹你。"

华纱说:"你还敢说没惹我?你在我的屋檐下勾引我的干女儿,现在又不怀好意要和她结婚。你以为我看不出你想利用她吗?你和她结婚根本不是为了去沙漠,只是想名正言顺留在女皇城罢了。你等我们一走,婚约到手,你马上就出去拈花惹草了。"

"我这就在上灵面前发誓,迈哥和艾雅就是我的榜样,我一定带狄傲丽去沙漠。"

华纱说:"你在上灵面前发誓可得小心,她有的是办法让你信守诺言。"

梅博酷还想开口说些什么,然后硬是忍住了,转身走出了华纱的私人会客室,肯定是去狄傲丽那里求婚了。

华纱觉得心中苦涩,因为她知道狄傲丽肯定会答应的。这小子油嘴滑舌,特别善于哄女孩子。美人区和涂鸦区的好多女孩都被他伤透了心,她们的妈妈经常来华纱这里诉苦。可怜的狄傲丽,你的生活真的就那么苦闷吗?你真的那么饥不择食吗?你连这种华而不实的所谓爱情也不愿意放过吗?

只有耶律迈和纳飞没走。

耶律迈冷冷地说:"我不想和梅博酷一起举行婚礼。"

华纱答道:"人生不如意事十常八九,你只能将就一下了。今晚无论谁想结婚我都会为他们主持。其实你心里也很清楚,我们的时间所剩无几了。抛开私心说句公道话,你难道不同意吗?"

耶律迈看着华纱,过了好一会儿才说:"我同意。你……真的很厉害。"说完他也走了。

耶律迈未必知道,可是华纱已经听出他的弦外之音。华纱知道耶律迈已经把她看成潜在竞争对手。在女皇城中她还能呼风唤雨,在沙漠里她就成为俎上鱼肉。所以今天晚上耶律迈决定忍气吞声,等出城之后再伺机报复。华纱心道,大丈夫能屈能伸,难道我就不行吗?我的忍耐力不是你能想象的。女皇城大难临头,我却要流亡在外,眼睁睁看着我的家乡堕入深渊,只恨自己有心杀贼无力回天。我心中已经压着这样一块千斤大石,你额外添一点点小麻烦又算得了什么呢!

只有纳飞还没走。

他问:"妈妈,羿羲怎么办?还有贾霸的司库司徒博呢?他们也要结婚的,因为耶律迈在梦里看到了,我们每个人都有老婆。"

"那上灵总会想办法给他们找到妻子的,你说呢?"

纳飞说:"谢德美肯定会来的,因为上灵也给她报梦了。如诗也会来,整个计划她一直有参与,对吧?上灵肯定要带她一起走。就不知道她是嫁给羿羲还是司徒博。"

华纱说:"你为什么不直接问她?"

纳飞说:"我问?不合适吧。"

"你告诉过我,上灵说你有朝一日会成为领袖。可是现在对着小诗这样一个温柔可爱的女孩子，你连问个问题的勇气也没有，将来还怎么对几个兄长发号施令？"

纳飞说："你看着她当然觉得温柔可爱，可是在我眼里……还要问这样的问题……"

"你这个傻孩子，如诗早就知道你们这次回城就是为了娶妻。她是解构者，你们相互之间的联系难道她还看不出来吗？就算不解构，难道她不会数数吗？"

纳飞很窘迫地说："呃……我倒没想过这一层。可能每件事情她都看得比我清。"

华纱说："那也不见得。你就不要东拉西扯了，最重要的问题就摆在眼前，你想躲到什么时候？"

纳飞答道："我没有躲。绿儿是我的妻子，我这就去向她求婚。其实我心中都有数的，你不用费心了。"

华纱说："好儿子，这样我就放心了。"

几个士兵把拉士葛押进来。按照慕斯事前的吩咐，他们把他狠狠地扔在地上，然后都退出去了。拉士葛这一下摔得不轻，鼻子虽然没撞破，可是已经鼻血长流了。他进来之前就已经被众士兵剥了个精光，现在慕斯也不给他什么东西止血，所以拉士葛只能任由鲜血流了一嘴一下巴。

慕斯说："我知道你我迟早都会见面的，所以我根本就没去搜。我知道总有一天你会鬼迷心窍，以为我会有求于你，你就可以趁机讨价还价，保住一条小命。可我现在就告诉你，你能拿出手的，我都不需要。"

拉士葛说："那你就给我一个爽快得了！"

慕斯道:"嗯,还装出视死如归的样子?就凭背叛女皇城这一条罪名,我就可以把你送上火刑架。行刑之前,我会先把你的双眼挖出来,把你的子孙根切掉,连手脚也砍掉,最后再点火……除非……我能想出你有别的用处。"

拉士葛说:"我背叛女皇城和你有什么关系?你那么关心干吗?"

"当然有关系了。最初正是由于你的愚蠢和暴戾,女皇城才落入我的手中。现在它已经是我的掌上明珠,我能不关心吗?"

拉士葛说:"掌上明珠?你能保得住再说吧。"

"呵呵,你放心,这颗明珠,我既可戴在手上炫耀,也可磨成粉末吞掉,反正到最后它始终都是我的。"

"将军,既然你那么胸有成竹,为什么还把华纱女士软禁起来?"

慕斯说:"我有很多个方案,软禁华纱只是其中一个。问题是,无论我采用哪个方案,你总是免不了一死以谢天下。所以,要保住小命,你现在得继续努力。"

拉士葛说:"从法律上来说,我始终还是韦爵,也是帕华部族的首领。虽然现在我已经众叛亲离,可是如果你重新起用我,给我一些实权,城外那些散兵游勇肯定会重回我的麾下,不再给你添乱。"

"给你实权?你在做什么春秋大梦!到了这个田地你还想卷土重来吗?"

拉士葛说:"将军,你误会了。我做了一辈子管家,给韦爵府做牛做马,向来也没有什么野心。只是因为贾霸对我威逼利诱,我才会一失足成千古恨。这段时间我好好地想了一下,真是后悔莫及。我这人天生奴才命,却痴心妄想做主子,所以才会落得这个下场。

我现在已经把自己看清楚了，只有为一个比我强的人卖命，我才会觉得快乐、觉得骄傲。而这个人正是将军你！如果你留我在身边效劳，你会发现我其实有很多长处。"

"忠心不二也是你的长处？"

"我知道你永远也不会信任我，因为我出卖了韦爵，其实我自己也很惭愧。不过我这样做只是因为当时韦爵已经逃亡在外，无权无势了。而你是常胜将军，我又怎么会背叛你呢？其实你是可以完全信任我的。"

慕斯忍不住笑了："你的意思是，你是一个彻头彻尾的懦夫，绝不敢背叛一个强者，所以我可以信任你，对吗？"

"慕容复将军，我在这段时间里已经彻底想通了。我实在不想再骗自己，更加不敢骗你。"

慕斯说："你们那个所谓帕华部族只是一帮乌合之众，我可以随便找个人做他们的头子，也可以自己上，为什么非要你不可？如果我在女皇城中公开审判你，然后公开处决，我还能得到更多好处。"

"虽然你是个英明神武的伟大领袖，可你还是不了解女皇城。"

"我不费一兵一卒就占领了女皇城，这还不够了解吗？"

"慕容复将军，如果你真的料事如神，想必也知道谢德美今天为什么来向我买一打干燥箱吧？"

"拉士葛，你少在我面前耍把戏。我从来没听过这个名字，也不关心他买什么干燥箱。"

"将军，谢德美是个女人，一个很有名的基因学家，她最大的成就是培植了好几个新品种的植物。"

"你少废话……"

"她是华纱学校里的老师，也是华纱最喜爱的几个干女儿之一。"

嗯……原来拉士葛口袋里毕竟还是有点东西的。慕斯不搭话，等他继续说下去。

"干燥箱是用来储存植物种子和动物胚胎的，可以在长途运输过程中代替冰箱。谢德美说她要把整个实验室搬去别的城市，所以需要干燥箱。"

"你不信她？"

"当然不信了。她整天只顾着研究，不问世事。现在暴乱已经平息，再也没有危险了，她怎么可能选在这个时候搬实验室呢？正常来说，她应该一头扎进实验室继续搞她的科研才对。"

"你觉得她要帮助华纱逃走？"

"那么多年来华纱的丈夫一直是韦爵——呃，是佛意漫，前任韦爵。他逃进沙漠已经好几个星期了，名义上是因为接收了上灵的幻象，其实肯定居心叵测。不久前他才派几个儿子回城，向贾霸收买帕华索引。"

说到这里，拉士葛稍稍停顿了一下，似乎是要给慕斯一点时间消化。可是拉士葛其实心知肚明，慕斯完全不知道前因后果，给再多时间也没办法弄清楚事情的来龙去脉。这是拉士葛的小把戏，想显示出他的重要性，可是慕斯根本不陪他玩。

慕斯说："要说你就快说，别吞吞吐吐的。你痛快点儿说出来我还会考虑一下是否饶你不死。如果你继续玩这藏头露尾的小把戏，到头来只会害了自己。"

"这个索引在帕华部族里是权力的象征，部族成员看见它就会想起很早很早以前，我们还没有被女人统治的时候。很明显佛意漫还死心不息，想回来称霸女皇城，否则他为什么要帕华索引？他的老婆华纱本身就很有影响力，对你也是一个威胁。要是这两人联合的话,你就遇上真正的对手了,因为只有他们两人才有能力号召女皇城的人起来造反。再说回谢德美,如果不是华纱要求,她是绝对不会准备这种长途旅行的。所以我觉得华纱和佛意漫肯定在策划一个大阴谋,需要用到干燥箱。"

"会是什么样的阴谋呢?"

"就像我之前说过,谢德美是个很厉害的基因学家。比如说,她可能培植出一些什么真菌之类的东西,在女皇城中传播,引起疾病,只有华纱和佛意漫的手下才有解药。"

"用真菌做武器?你以为孤威国的士兵会怕真菌?"

"将军,以前从来没有人试过用真菌做武器,我也不知道是怎么想到的。可是你试想一下,如果你的士兵被这些真菌弄得全身上下都痒得受不了,他们还怎么打仗?"

"痒……"慕斯喃喃自语。这个念头听起来很荒诞可笑,却是可行的。将士们要是真的被这种致痒真菌缠上了,必然会分心走神,战斗力肯定受损。如果普通民众都染上这种怪病,女皇城中必然会乱成一团。疾病和饥荒乃长治久安之大敌,随便哪一个不受控制了,就可以让一个政府垮台。慕斯利用这条真理为皇帝陛下征服过不少敌人。难道华纱和佛意漫那么聪明,那么黑心,能制造出这样一种不可思议的武器?让科学家制造武器——神怎么会允许这么邪恶的事情发生?

除非……

除非华纱和佛意漫也和我一样,懂得怎么去反抗神旨。他们可能也拥有强大的意志力,不会被神变蠢,所以才能沿着这条争权夺利的道路走下去。

可是换一个角度想,拉士葛会不会是神用来愚弄慕斯的工具呢？已经好多天了，神都没有阻挠慕斯的行动。莫非神发现直接干涉没有效果，所以换了策略，改用荒诞不经的阴谋论误导慕斯？历史上有很多将军就是被这种天方夜谭式的故事害得误入歧途，一败涂地的。

慕斯试探着问："干燥箱还有其他用途吗？"

拉士葛说："当然有，我刚才只是指出最极端的一种用法罢了。干燥箱还可以在沙漠中运送供给物资。佛意漫和他的长子耶律迈都非常熟悉沙漠，所以待在沙漠里一点都不害怕。你得小心，这时候他们可能正在密谋组建一支军队呢，而你只有一千士兵。"

"孤威国大部队很快就开到了。"

"所以佛意漫只需要一打干燥箱——他那支小部队不会在沙漠待太久，因此不需要太多补给。"

慕斯轻蔑地说："他的'部队'？十二个干燥箱？你又在东拉西扯了。我的手下抓到你的时候，你身上带着一张巨额金券，我怎么知道你不是被人收买了来我面前胡说八道浪费我时间？"

"将军，我没有被你们抓起来，我是主动自首的。我带金券而不是珠宝，就是为了让你亲眼看到谢德美的笔迹。这笔钱远远高于那几个干燥箱的价值，很明显是想收买我，让我闭嘴。"

"拉士葛，你真是江山易改本性难移。当初你为了争权夺利而出卖主子，可是你出卖他一次还不够，现在第二次把他出卖，为的是投靠新主子。你说，我看到你怎么能不吐呢？"

"将军，只要我对你有用，你吐着吐着就会习惯了。"

"拉士葛，嘿嘿，你就是一条穷凶极恶、贪得无厌的恶狗。开个价吧，你要一根什么样的骨头？"

"将军，我只要保住我的性命。"

"这你就别想了,只要你活着一天,这条命就不是属于你的。我再问一次,你要啃一根什么样的骨头?"

拉士葛迟疑着不说话。

"如果你敢说全心全意为我和皇帝陛下效劳,或者为了女皇城好,不求回报,我马上就派人把你押到菜市口,先开膛破肚,再用文火烤熟。"

"女皇城从来不用火刑的,你这样做只会让人们觉得你是个恶魔。"

慕斯说:"正相反,人们看到你恶贯满盈,只会欢呼雀跃。这个世界上,为了复仇,再文明的人也会变成恶魔。谁不爱看着自己的仇敌受尽折磨而死?过后那一点羞惭内疚算什么?"

拉士葛说:"将军,你不用再恐吓我了。我担惊受怕那么多天,现在已经不怕了。反正我只有烂命一条,你要杀要剐都行,这都没关系了。你快做决定吧。"

"在我决定之前,你得先告诉我你到底想要什么?你心里隐藏最深的渴望是什么?你想从我们的交易中得到的最大好处是什么?"

拉士葛又迟疑了,不过这次他终于鼓起勇气,低声说出一个名字:"华纱女士。"

慕斯轻轻点头道:"这样看来,你也不是完全没有野心的。你还是想高攀一下,得到一些你不可能得到的东西。"

"将军,是你在逼问我才说出来的。我有自知之明,这种好事怎么会发生在我身上呢?"

慕斯说:"滚吧。我的手下会带你去沐浴穿衣,今天晚上你的人头就暂时寄放在你的脖子上吧。"

"多谢将军不杀之恩。"

几个士兵走进来将拉士葛带走——不过这次客气很多，并没有连拖带打。慕斯其实还没有决定是否杀他，因为公开处决拉士葛其实还是有很多好处的：既可以给慕斯戴上拨乱反正警恶惩奸的光环，又能在取悦大众的同时一举颠覆女皇城的传统法律、习俗和礼仪。从那一刻起，慕斯得到万民爱戴，将名正言顺地成为女皇城的无冕之王，女皇城从此翻开崭新的一页。

拉士葛想娶华纱，这固然是癞蛤蟆想吃天鹅肉，可是如果真的实现了，对华纱的打击可不算小，她从此会被钉牢在耻辱柱上面。不过即使是这样，华纱还是会受城中很多人爱戴，她身上的光环就算有所减弱也不可能完全退去。

华纱和拉士葛两人都在毕唐克的名单上面。这份名单显然是经过深思熟虑而成，写得很详尽，而且不拘一格。毕唐克确实很有眼光，可堪大用。比如说，他明知有一些人不太可能心甘情愿帮助慕斯统治女皇城，可他还是把这些人写在名单上面，因为他不敢低估慕斯的说服力。

在这份名单上面，有拉士葛提到的那两个潜在的对手：佛意漫和华纱；拉士葛也在名单上。另外还有佛意漫的长子和继承人耶律迈，此人身份显赫，精明能干。还有佛意漫与华纱的小儿子纳飞，因为他亲手杀死了贾霸。

难道每一个慕斯可以利用的人都能和华纱扯上关系吗？这其实也不奇怪，在慕斯征服的每一个城市里，真正举足轻重的也就只有那么几个人；他只要消灭或者降服那几个人，其余普罗大众也就好控制了。毕唐克名单上其他人都相对比较弱势，不能独当一面，需要慕斯成天在背后撑腰。就像毕唐克所说的，很多人要不就和某个党派过从甚密难以服众，要不就特立独行不成气候。

有两个人引起了慕斯的注意，她们与佛意漫和华纱没有血缘关系，却是华纱的干女儿：圣湖先知绿儿和解构者如诗。这两个小女孩在城里的女人之中久负盛名，尤其是圣湖先知。虽然她们年纪尚轻，还不懂治国之道，可是慕斯可以用她们做花瓶，让拉士葛在幕后实际负责城中事务，再责成毕唐克监视拉士葛，不让他利用花瓶搞小动作。这样安排好之后，慕斯再无后顾之忧，可以全力实施征服平原诸城的计划，然后掉转枪头对付真正的敌人——孤威国皇帝。

迎娶华纱……这个梦想在拉士葛心里可能和建国登基做皇帝一样的遥不可及。当然，拉士葛心里肯定也想过有朝一日把慕斯推翻了取而代之。呵呵，就让他继续打他的小算盘好了。慕斯心中的梦想远不是这种小人能够想象的。拉士葛只敢窥觊着华纱，可是慕斯看中的是圣湖先知或者解构者，只要他娶了其中一个，就能建立一个千秋万世的皇朝。在慕斯面前，孤威国的小朝廷将会土崩瓦解，那条自称真神下凡的可怜虫根本就不是慕斯的对手。

然而最让慕斯愉快的是，能够迎娶上灵的圣女，就是对神的终极报复，也是慕斯最大的胜利。万能的神，你再万能也斗不过我，连你最宠爱的圣女也会被我夺走。我要和她一起建立一个伟大的国家，在我的国家里，每个子民都会唾弃你，你的所有阴谋诡计都不会得逞。而你的圣女就是这个国家的国母。

来吧，有种的就来阻止我吧。我太强大了，你根本就不是我的对手！

纳飞来到屋顶的秘密地点，看到绿儿和如诗正在那里等着。两人神情肃穆，纳飞心中更加惴惴不安。以前纳飞老是觉得自己是个成年人了，想和别人平起平坐。可是现在他突然觉得自己前所未有的幼稚，好像猛然年幼了十岁。结婚？他从来就没考虑过结婚这回事，更没想过和谁结婚。而且这一次并非人们心目中的试验性的"初婚"，能够说散就散，不留伤疤。他的妻子很可能就是他一生中唯一的配偶。如果他是个不称职的丈夫，那么这段婚姻就是一辈子的失败，完全没有重来的机会。

纳飞在绿儿和如诗的注视之下向她们走去。灿烂的阳光照耀着屋顶，却驱不散他心中的阴霾。纳飞还在怀疑自己到底配不配和这个女孩子结婚——绿儿可是大名鼎鼎的圣湖先知，也是上灵的宠儿。她一生都奉献给上灵，用爱心和勇气为上灵效劳；而纳飞则是误打误撞，像个淘气的小孩故意做坏事惹怒父母，硬是引起上灵的关注。绿儿长年累月与上灵交流，经过那么多年的积累，她在女皇城中已经成了上灵的代言人。恐怕她已经习惯了高高在上发号施令——那天晚上在圣湖边，不正是全靠绿儿单挑一群妇人，纳飞才得以保存性命？

绿儿，我在你面前是丈夫还是小孩？我是你的配偶还是你的学徒？

纳飞快要走到两人面前了，如诗先开口道："你们的家庭会议开完了？"

纳飞坐在遮阳篷内的地毯上，坐在阴影里好歹没那么热。汗水在衣服里不停地流，纳飞突然意识到，自己的衣衫下面就是一个赤裸裸的躯壳。如果他和绿儿结婚，今晚就要全部奉献给她了。多少次他憧憬着初夜，可是从来没想过对方竟然会是一个既让他敬畏又让他害羞的女孩子，也想不到这个女孩子也像他一样毫无经验。在纳飞的幻想中，和他共赴巫山的女子应该对他无限爱慕，而纳飞则已经长成一个勇敢的情圣。可是今晚，一切梦想都落空了。

纳飞突然有一个很纠结的念头：如果绿儿还只是个小姑娘呢？如果她还没长成一个女人呢？那该怎么办？纳飞心中飞快地向上灵祈祷，可是却不知道祈祷什么，因为他也不知道自己到底希望绿儿是女人还是女孩。

如诗说道："我们的联系实在太紧密了。"

纳飞问："什么联系？"

"我看到好多根丝线把我们的未来绑在一起。虽然上灵告诉绿儿，她希望我们自愿跟随她走。可是我猜她早已将我们一网打尽，我们就像网里的鱼儿，被'自愿'地拖上岸。"

纳飞说："我们可以选择的，我们总是有选择的。"

"有吗？"

如诗，我不想和你说下去了，我来这儿是要找你妹妹说话的。

"我们可以选择是否跟随上灵。"绿儿的声音总是那么轻柔甜美，不像她姐姐语气那么严厉。"如果我们选择跟随上灵，那我们就不再是网中的鱼儿，而是帮她拉网提篮的副手了。"

如诗笑了，笑得很苍白："小绿儿，你总是那么乐观。"

三人突然陷入沉默。

如果我要成长为一个男人，如果我要做一个称职的丈夫，我就必须学会在害怕的时候也有勇气大胆行动。于是他开口道："绿儿……小绿儿。"

绿儿说："嗯？"

如诗审视的目光让纳飞如坐针毡，有些事情他实在不想让如诗知道。

纳飞道："如诗，我能不能私下和绿儿说几句？"

绿儿说："我和姐姐之间没有秘密。"

纳飞问:"等你有了丈夫之后呢?"

绿儿说:"我没有丈夫。"

"可是等你结婚之后,你心中最深处的秘密应该和你丈夫分享,而不是你姐姐。"

"如果我有丈夫,他不会忍心逼我疏远我在世上唯一的亲人。"

纳飞说:"如果你有丈夫,他会像爱自己亲姐姐一样去爱你的姐姐。可是再怎么说他也会爱你多过爱他亲姐姐,所以你也应该爱他多过爱你的姐姐。"

绿儿说:"不是所有婚姻都是因为爱情而结合,有些是因为没有别的选择。"

绿儿的话像一根刺直插入纳飞心窝里。绿儿已经知道了——她当然知道了,上灵能够告诉纳飞,为什么不能告诉绿儿呢?所以现在绿儿已经将话说明白了,她嫁给纳飞不是因为爱情,而是因为上灵的命令。

纳飞答道:"没错。可是这两个人一样可以善待对方,尝试去了解对方,慢慢建立信任。就算他们一开始不是自主选择对方,可这并不意味着他们就不能培养感情,最终爱上对方。"

"那就承你贵言吧。"

"我答应你,我一定会努力把爱情奉献给你。希望你也能够答应我。"

绿儿看着他,脸上挂着一丝苦笑。"噢?你这就算是向我求婚吗?"

纳飞知道自己说错话了。他让绿儿很失望,可能已经把她惹恼了,甚至伤害了她。绿儿肯定很不情愿嫁给他,可是纳飞无论如何也不会强迫她的,怎么她这也看不出来呢?纳飞心中思绪万千,情急之下冲口说道:"对,我是向你求婚。既然上灵要我们俩在一起,我再害怕也得向你求婚。"

"害怕?你害怕我?"

"我对你不是那种害怕——你救过我的性命,之前又救过我爸爸,我知道你当然不会害我。我只是怕……怕你看不起我。你和你姐姐,你们两姊妹把我的弱点都看得一清二楚,我在你们面前永远都一无是处。我怕你一辈子都看不起我,就像你现在这样……"

纳飞长这么大,从来没有这样坦白承认自己心中最深处的恐惧,所以此刻他感到前所未有的无助和脆弱。纳飞低着头不敢看她们,害怕遇上几道轻蔑的目光。

只听见绿儿小声说:"噢,纳飞,对不起。"

完了,这句话好像是最后的重拳一击:绿儿已经在同情纳飞了。她看到了纳飞最惊恐最脆弱的一面,所以她都开始怜悯他了。可是,就在这最失望难过的时候,纳飞还是感觉到一点快乐的火光在心中闪耀。纳飞想:我做到了!我终于有勇气在这两个比我强的女孩子面前坦诚自己的弱点。说完之后也没到世界末日,我还是我自己!

绿儿说:"纳飞,我只顾着自己害怕,却完全没想过你也会害怕。早知道这样我就不会叫小诗留在这里陪我了。"

如诗说:"在这里做电灯泡可不是什么好事情。"

绿儿说:"我不应该逼你在小诗面前说出这些话,也不应该害怕你。我本来应该知道,如果你不是一个心地善良的人,上灵也不会选中你。"

她害怕我!

绿儿问道:"纳飞,请你看着我好吗?我知道你以前从来都没有正眼看过我,也没有喜欢过我。可是现在上灵要我们在一起了,你以后可以好好待我吗？"

纳飞心中如释重负，百感交集，眼中瞬间充满了泪水。他不好意思抬头让绿儿看见，可是既然她已经提出来了，如果纳飞不抬头，绿儿肯定会很失望的。于是纳飞抬起头，看着绿儿。泪水模糊了他的双眼，可是他从来没有看得如此清楚。他仿佛看到了绿儿的灵魂，看到她纯净的心灵，看到她毫无保留地把一切都奉献给上灵，奉献给女皇城，奉献给她的姐姐，还有——奉献给纳飞。他看到绿儿心中正渴望着和面前这个男孩子一起成就一番丰功伟业。

绿儿很腼腆地问道："你这样看着我的时候，看到什么了？"

纳飞回答道："我看到一个伟大的女人。我知道我不需要害怕你，因为你是那么善良。你不会伤害我，也不会伤害其他任何一个人。"

绿儿问："还有呢？"

"我看到了人类最优秀的典范。如果人人都像你这么善良，我们就能逃脱自我毁灭的宿命。这也正是上灵对我们的期望。"

绿儿继续问："还有呢？"

"还有？我已经看到你最好的一面了，难道还有更好的吗？"

可是纳飞看到，绿儿好像快要哭了——而且不是开心的眼泪。

如诗说："纳飞你瞎了吗？你这样都不明白她希望你看到什么？"

纳飞想，我真的不明白，我也不知道该说些什么来哄绿儿开心。我不是梅博酷，察言观色和花言巧语都不是我的强项。我总是把心中所想毫无掩饰地说出来，所以老是得罪人。可是无论我吃多少亏，还是改不了这习惯。

纳飞无助地看着绿儿，不知所措。她眼中有一种渴望，渴望什么呢？纳飞已经把心里话都说出来了，他从来没有这样称赞过别人。绿儿听了这样的赞美竟然不为所动，因为她还想要纳飞说点别的东西，无奈纳飞实在不知道说什么好。他知道自己正在伤害着绿儿，他的沉默就像刀子一样刺痛着她。可是他虽然看出来了却仍然是无言以对。

纳飞突然意识到绿儿原来是那么柔弱，那么年轻。以前他只是看到一个自信满满、胸有成竹的圣湖先知，心中总是对她充满敬畏，却从来没想过原来她也有脆弱受伤的时候。在圣湖先知这个坚强的外壳底下，绿儿其实也是一个柔弱瘦小的女孩子，仿佛一阵风就可以把她吹倒。现在就是她最脆弱的时候，而我还在无意中伤害着她。绿儿，好姑娘，请原谅我吧。我心里虽然害怕，可是脸皮其实很厚，就算被你和如诗讥讽几句我也受得了。而你，我一直以为你很强势……

纳飞一时冲动，跪倒在地，把绿儿拥进怀中，就像哄一个哭鼻子的小孩子。他低声说："对不起……"

"请不要说对不起……"绿儿浑身颤抖，声音也哽咽了，好像在努力忍住不哭，可是她的眼泪已经沾湿了纳飞的衣襟。

纳飞说："你只能嫁给我，真委屈你了。"

绿儿说："不，你才受委屈了。你娶的只是我，而不是你心目中那个伟大的圣湖先知。我只是个普通的女孩子罢了。"

纳飞恍然大悟，原来绿儿渴望他爱的是绿儿这个人，而不是伟大的圣湖先知。纳飞不禁笑了。刚才他把她抱在怀里的时候，其实已经表明了心迹。纳飞问道："你以为我刚才只是对着圣湖先知表白吗？你这个傻瓜，那些话我是对绿儿说的，我是对着你说的。你，不是圣湖先知，而是我妈妈学校里那个最伶牙俐齿的学妹，也就是我现在抱在怀里的这个女孩子。"

绿儿也笑了——或者是在抽泣，纳飞不确定。可是他知道绿儿已经不难过了，因为她已经得偿所愿。纳飞已经说了，他知道自己娶的是一个有血有肉有弱点的普通女孩，而不是那个无所不能的圣湖先知。

纳飞抚摸着绿儿的后背安慰她。他的手探索着绿儿的身体，感受她肋骨和脊椎的形状，体会她后背的紧致肌肤和光滑曲线。这是纳飞第一次和女孩子有肌肤之亲，他想永远记住这一刻的感受，他想确信他不是在做梦，这一切都是真实的。

纳飞轻声道："我得到你不是由于上灵的恩赐，而是因为你对我的垂青。"

绿儿说："是的，我是心甘情愿的。"

纳飞说："我也心甘情愿将自己同时奉献给你和上灵。"

说完，纳飞稍稍往后仰，和绿儿对视。他让绿儿枕住他的右手，然后用左手的指尖轻抚着她的脸颊。

突然，两人心有灵犀似的一起转头朝如诗的方向看去。

如诗不知什么时候已经走了。他们又转头看着对方，绿儿有点沮丧地说："我真不该硬把她留下来陪我……"

她的话被纳飞的热吻打断了。这是纳飞和绿儿的初吻，虽然两人都没有经验，可是就像上次在圣湖那样，绿儿再一次充当了引导者的角色。

第六章 婚 礼

解构者的梦

在婚礼上，如诗闷闷不乐，却说不出哪里不妥。华纱阿姨擅长主持各种仪式，她主持的婚礼简单温馨，不像其他人那么浮夸造作。华纱阿姨从来就不喜欢造作，她只是很用心地策划。人的一生中在不同阶段会有不同的仪式：成年、毕业、就职、结婚、祭神、送终、葬礼……无论是哪一种仪式，只要由华纱阿姨亲手经办，都很优雅得体。她能够用柔和的言行引导在座的宾客着眼于仪式背后的意义，而不是拘泥于仪式本身。整个过程有条不紊，轻松自然，没有繁文缛节，也没有条条框框，出席的人不必因为担心出错而小心翼翼如履薄冰。

眼前这个结婚仪式，是华纱为纳飞和他的两个哥哥举办的，也可以说是为她的三个干女儿——绿儿、狄傲丽和艾雅——举办的。婚礼在柱廊里举行，场面温馨。柱廊本来就种满了鲜花，再加上从温室采过来的花朵，现场一片流光溢彩，芬芳扑鼻。艾雅和狄傲丽都非常漂亮，她们的婚纱穿在身上显得简约高雅，脸上的彩妆上得很有技巧，显得非常自然，乍一看好像没有化妆似的。可惜她们站在绿儿身边，一下子就被绿儿比下去了。

可爱的绿儿,她真的完全没有化妆,她穿的裙子也真的很简单朴素。

另外两个新娘不遗余力地展现出她们的优雅、美丽和年轻。平心而论,她们的确是明艳照人。可是绿儿比她们更年轻,甚至太年轻了。和她相比,绿儿更像是一朵在初春含苞欲放的小花。她神情庄重,可是稚嫩的脸上也流露出腼腆和喜悦,相比之下,狄傲丽和艾雅就显得老成很多了。不过正是由于绿儿的稚嫩,她才将其他两个女孩子比下去了——在自己的婚礼上被别人夺去光彩,狄傲丽和艾雅其实挺不幸的。艾雅似乎嗅出一点不妥。就在仪式开始之前,如诗听到她敦促华纱阿姨"快派个人上楼帮绿儿选条像样的裙子,再梳一下头,化一下妆",可是华纱阿姨只是笑道:"绿儿还是小孩,费那个心干吗?"艾雅听了,以为华纱阿姨是说绿儿样子太平凡了,怎么打扮化妆也没有用。可是华纱阿姨说完之后,转头看了如诗一下,眨一眨眼睛,眼珠滴溜溜地转了一圈。如诗知道华纱阿姨其实是在说,可怜艾雅还不知道一会儿在婚礼上会发生什么事情。

果然,绿儿真的把她们两人比下去了。绿儿出场之后,在场的老师、学生、用人都在窃窃私语。"哇,她太可爱了!""多美丽的女孩啊!""快看,谁能想到她原来那么漂亮!"幸好艾雅和狄傲丽以为大家都在说自己,所以才没有难堪。

当最年轻的新郎走上前迎接新娘子的时候,众人发出一声赞叹。这一声赞叹,就像人们在祈祷集会上即席创作献给上灵的圣歌,赞颂上灵撮合了这一对金童玉女。新郎虽然只有十四岁,却已经长得高大健壮,他明亮的眼眸里闪烁着上灵恩赐的火花;新娘子则是上灵的宠儿,秀外慧中的圣湖先知。这个男孩子有如一个千足纯金的戒指,这个女孩子则是戒指上闪闪发光的宝石,他们两人在一起的确是天作之合，羡煞旁人。

如诗比任何人都看得更清楚，大家都很爱戴圣湖先知。如诗能看见人们心中对绿儿的强烈归属感，那一根根的丝线就像挂着朝露的蛛丝在初升太阳的照耀下闪闪发亮。与此同时，如诗还看到三对新人各自的联系随着婚礼的进行变得越来越紧密。他们的每一个动作、每一个眼神、每一个细微的表情变化都被如诗尽数收入眼底，再幻化成明亮的丝线。如诗正是通过这些丝线了解他们之间的联系。

耶律迈和艾雅有着很强的联系，可是他们之间却不是平等的伙伴关系。艾雅对耶律迈的爱会逐渐退减，而耶律迈则会因此而愈加渴望重新俘获艾雅的心；可是耶律迈对艾雅越是温柔体贴，艾雅就会更加看不起他。这种夫妻关系，如诗想都替他们难受，因为将来只有分离的痛苦才能勉强将这段婚姻维系下去。可是如诗不能把她看到的说出来，毕竟当局者迷。他们在情到浓时肯定听不进这样的逆耳忠言，而且还会恨上如诗。

狄傲丽也挺惨的，她没考虑清楚就答应嫁给梅博酷，实在太冲动了。不过，他们两人的婚姻不见得就一定比耶律迈和艾雅的短命。在这一刻，狄傲丽和梅博酷处于众人关注的中心，沉浸在幸福喜悦之中，彼此间自然会建立起很强的联系。可是很快他们就会跌回现实的深渊里。如果他们留在女皇城中，几周之内就会互相憎恨了：狄傲丽恨梅博酷的不忠，梅博酷则受不了狄傲丽的痴缠和占有欲。如诗能想象他们的日常生活。狄傲丽会整天张开双手热情拥抱梅博酷，为的是显示她的爱，实际上更像是宣示主权；而梅博酷则会被她的过度热情弄得不胜其烦，千方百计寻找每一个脱身的机会，去外面转战情场，另觅新欢。可是在沙漠里，故事就不一样了。除了狄傲丽，梅伯找不到别的女人喜欢他，所以他自己的欲望就会一而再再而三地把他拽回狄傲丽的怀抱。而正是因为梅博酷无法出轨，所以狄傲丽也就不必担惊受怕，自然不用整天缠住他了。所以在沙漠里，他们的婚姻反而容易维持下去。当然，对于梅博酷来说，年复一年、日复一日只能和同一个女人上床，这将会让他的余生再无快乐可言了。

如诗又不禁在想，总有一天梅博酷会按捺不住和艾雅调情，耶律迈发现之后，会作何反应呢？耶律迈既不想戴绿帽，更加不想别人在背后说他害怕戴绿帽。为了维持自己的形象，他会找个四下无人的机会彻底修理一下梅博酷。从此以后，梅博酷再也不敢多看艾雅一眼……想到这里，如诗一边自责一边忍不住偷笑。

耶律迈和艾雅，狄傲丽和梅博酷，这两对夫妇之间的关系在城中比比皆是，这就是女皇城最典型的婚姻。当他们跟随上灵走进沙漠之后，他们会比在城中更加需要对方，更加依赖对方，而且也没有其他出路。夫妻之间的矛盾可能会激化，可是这段婚姻也可能会长久维持下去。

可是绿儿和纳飞的婚姻在女皇城中是绝无仅有的。比如说他们都很年轻，尤其是绿儿，今年十三岁，才刚刚经历初潮——只有东北海岸的森林野蛮部落才会让这么年轻的女孩子结婚。如果不是因为上灵的撮合，如诗甚至不忍心出席绿儿的婚礼。此刻绿儿和纳飞四手紧扣，道出山盟海誓，然后华纱阿姨一手搭住一人的肩膀，让两人甜蜜接吻。如诗看在眼里，心中突然升起一股莫名的愤怒。她明明看到绿儿一脸的幸福，笑容之中充满了对未来的憧憬；她也知道纳飞对绿儿敬爱有加，很想讨绿儿的欢心。她的妹妹，她在世上唯一的亲人，现在已经找到一个好的归宿，如诗还想要什么呢？

如诗问自己，为什么我那么恨呢？

婚礼结束之后，三对新人在欢声笑语中穿过纷飞的花瓣雨，各自上楼回房去了。如诗实在待不下去，她不等妹妹走出视线就转身跑进一条用人常用的走廊，一直跑到屋顶，躲进她经常和绿儿一起来的那个秘密地方。

就算躲在这里，就算在黑夜之中，如诗仿佛还能看到绿儿和纳飞的阴影，他们的第一次拥抱，他们的第一次接吻……如诗心中恼恨交加，一下子扑倒在厚厚的地毯上面，一边用拳头砸着地毯，一边放声痛哭："不！不！不！不！"

如诗甚至不知道自己此刻正对着什么说"不"。她觉得自己知道的东西太多了，可是到头来真正明白的却又不够。这些纠结的念头将如诗折磨得心力交瘁，她终于在晚风轻拂中沉沉睡去。女皇城的暮春夜，汇集了来自沙漠的干燥热风和从海边飘过来的湿冷空气。冷热气流对撞，在城中的街道和屋顶上刮起一阵阵疾风。如诗的头发在风中飘扬舞动，好像有了自己的生命，渴望自由自在地翱翔。

如诗却没有被风吹醒。她做梦了。在梦里，她的潜意识将她一直压抑在心底不敢触碰的恐惧和愤怒全部释放出来。如诗梦见自己的婚礼，那是在茫茫大沙漠的一个小沙丘上，她站在一块大尖石的顶端。她站的地方很狭小，根本容不得另一个人，可是她的丈夫却悬空浮在她身边。羿羲，瘸子。在华纱学校那么多年来，如诗早已见惯了羿羲在校内飘来飘去；如今他也是这样飘着，还是那一副无忧无虑满不在乎的样子。在自己的梦里，如诗终于鼓起勇气大声说出她在现实中不敢说的话：为什么是我？上灵，你为什么要我嫁给一个瘸子？我怎么冒犯你了？为什么你要毁我的一生？绿儿可以年轻漂亮，被爱情滋润得容光焕发，为什么我就没有？为什么我身边就不能站着一个高大强壮英明神武的真正男子汉？

在梦里，她看见羿羲一点一点地飘远，脸上还是挂着微笑。如诗知道，羿羲不过是鼓起了勇气强颜欢笑而已，她刚才质问上灵的话其实已经让他肝肠寸断了。就在如诗的注视下，羿羲脸上的笑容渐渐退去，突然从半空中一下子直摔下去，就像一只中箭的小鸟。如诗这时候才明白，羿羲之所以能够在天上飞，全凭他对自己的爱。可是如诗畏缩不前，拒绝接受他的爱意，羿羲才会动力全失，再也无法翱翔了。如诗连忙伸手去拉他，自己却一失足从大石顶上翻下来，和羿羲一起撞向地面……

如诗猛然惊醒，一边喘气一边在寒风中发抖。她掀起地毯的一角，盖过头顶，紧紧地裹在身上。她的眼睛也哭肿了，脸上的泪水慢慢变干，只觉脸颊一阵冰凉。如诗在心里疾呼：上灵！神湖圣母，请你告诉我，你其实并不恨我，你并不是存心把我许配给一个瘸子。请你告诉我，这只是一个意外，我只是刚好不走运罢了。请你不要让我在我亲妹妹的新婚之夜变得那么绝望好吗？

在自伤自怜之中，如诗再也没办法将那么多话压抑在心底，她忍不住大声祈祷："上灵，请你告诉我，你为什么给我安排了这样的人生？就算非要我接受你的安排不可，我也希望知道为什么。我要知道我为什么活着；我要知道我的牺牲并不是毫无意义的；我需要知道我拥有的解构超能力是你对我的眷顾而不是诅咒。请你告诉我，我这一生是否已经被你安排好了。请你告诉我，我一生中会不会终有一天像绿儿今天那么幸福？"如诗将心中的忌妒怨恨都说了出来，突然觉得羞愧难当，又不禁泪如雨下。哭着哭着她又睡着了。

这个季节的夜晚其实并不会太冷。如诗盖着地毯，身体慢慢变暖变热。她脸上的泪水刚刚变干，全身就开始流汗了。汗滴在她身上流过，好像有无数只小手在抓。可是如诗还是没有醒，因为她又做梦了。

她梦见自己站在帐篷门口,身后依然是大沙漠。如诗以前也在全息照片里看见过帐篷,可是面前这种帐篷她却从来没见过。这时候她发现自己手中竟然抱着一个婴儿,然后帐篷门口突然出现四个小孩,从矮到高按顺序跑出来。在梦里,如诗觉得这四个小孩好像突然从帐篷里面蹦到这个世界上。如果可以的话,她愿意把怀孕、生产、哺育这个过程重新经历一遍,然后再把他们带到沙漠这里,晒成古铜的肤色,让他们在欢笑中成长。如诗看着几个小孩就在她身边跑来跑去,追逐玩耍,不禁看呆了。

这时候她听到怀里的小婴儿开始哭了,于是她解开衣扣给小婴儿喂奶。温暖的母乳从她的乳头流进婴儿的嘴里,这就是她的生命之源。如诗被婴儿的小嘴吸得直痒痒,心里顿时觉得一阵甜蜜。只见婴儿用力地吮吸着,小嘴发出吧嗒吧嗒的声响。母乳从她的嘴角溢出,和唾液混合在一起,冒着小泡泡。

然后从帐篷门口飘出一张椅子,上面坐着一个人。她马上知道了,这就是羿羲。不过当她看到羿羲的时候,心中竟然怨恨全无,也不觉得自己的人生被剥夺了什么美好事物。相反,她看到自己和羿羲心心相印,两人之间连着无数亮晶晶的丝线。如诗把小婴儿放在羿羲的大腿上,然后慢悠悠地擦干乳房,再系好扣子;另一边羿羲正在和小婴儿说话,把她逗得直乐。

如诗感受到了,一家几口,父母孩子,全部紧紧地联系在一起,这才是真正幸福的生活;想象中的白马王子不过是浮云罢了。几个小孩跑到爸爸的身边,围着他的浮椅坐下来,全神贯注地听他说话,和他一起欢笑,陪他一起歌唱。在梦中,羿羲并不是如诗的负担,而是她的知心好友,更是她的爱人。

如诗在梦中祷告：上灵，你是如何将我带来这里的呢？你带我来到此时此地，给我展现此情此景，让我体会到一家团聚的温馨快乐，你为什么对我如此眷顾呢？

上灵的回答是一束束金丝银丝。这些丝线把几个小孩和如诗羿羲夫妇连在一起，然后再从他们这里向背后延伸出去，连到其他人那里。他们的身后出现一个个模糊的人影，越现越多，从几个到一群，一直到千百亿人。这些人群好像被一只无形的大手牵引着四处流动迁徙，人群中零零散散地点缀着金丝和银丝。如诗一下子看到那么多人，顿时觉得有点恐怖，仿佛和谐星球从古到今每一个人都展现在她眼前了。

这时如诗恍然大悟：连着金丝银丝的人都是和上灵有真正联系的人。在他们身上，先驱者当年改造过的那几段基因得到反复强化。一般人受上灵的影响，仅限于下意识的层面，比如想到禁忌话题的时候会突然变蠢。可是这些带着金丝银丝的人，他们能直接和上灵交流，能够接收清晰的概念、图像甚至语句。

在刚刚接受基因改造的开头几代人里，这些金丝和银丝很细很短，只是随机出现在某些变异的基因片段之中。然后这些基因携带者当中有一些人彼此寻到对方，结婚生子，繁衍后代。如诗知道，金丝和银丝代表两种不同的基因片段，只有金丝与金丝结合，银丝与银丝结合，生出来的小孩才有可能与上灵有直接联系；如果金丝和银丝结合的话，下一代是没有这种能力的。

如诗看到上灵一直在孜孜不倦地让这些有特殊能力的人走到一起，撮合他们通婚生育下一代。千百万年过去了，这些金丝银丝也已经发展成强有力的绳索，可以稳定地代代相传了。

终于，在一些人身上，金丝变成了显性基因，父母之中只要一人有金丝，所有的子女都会连上金丝。又过了几百年，银丝也发展成显性了。

然后上灵开始了更大的动作。她不但进行简单的撮合，而且机关算尽，推动人们走过数千公里相遇，将不可能的婚姻和结合变成现实。如诗看到一个女子被上灵蒙在鼓里，被迫走到一千公里以外的地方，然后赤身裸体地从一条小溪中走上岸，和一个男人结合。这一男一女的身上都同时带着很粗的金丝和银丝，他们生出的女儿也有闪闪发亮的金丝银丝。如诗看到这个母亲将女婴抱到华纱的怀里，而华纱本身也连着祖先流传下来的金丝银丝。然后，还是这个女子，还是这个母亲，将另外一个女婴送入华纱怀中，这个女婴身上的连接甚至比第一个女儿更加闪亮。如诗看着第二个女婴逐渐长大成人，变成了绿儿的模样。然后如诗看到今晚婚礼的场景再现眼前：绿儿和纳飞紧紧连在一起。和往常一样，如诗能看见情感上的联系，比如爱情、忠诚、依赖和激情。可是在梦里，她还看到，绿儿和纳飞身上的这些金丝银丝比在场任何一个人都更闪亮。如诗暗叹，难怪他们两人像金童玉女那么般配，原来他们是上灵用魔法雕琢出来并亲手赋予生命的一对和氏璧。

这时候如诗慢慢飘起来，升到门廊上空，然后看到其他两对新人身上也带着丝丝，只是不如绿儿和纳飞的闪亮。梅博酷和耶律迈身上同时带着金丝和银丝；狄傲丽只有银丝；艾雅除了金丝之外，也有一点点银的。

上灵，还有谁呢？你还撮合了多少人呢？

如诗越升越高，俯瞰全城。在梦里，她虽然身在半空，却能清楚看见街上和室内的每一个人。只见女皇城内密密麻麻地布满了金丝银丝，世界各地没有一个地方比这里密集了。在这个女人之城，来自四面八方的商贾旅人不但带来了商品货物，也留下了自己的下一代；好多女人前来朝圣，或者定居下来，或者在怀孕之后才离开；别的地方还有很多家庭把儿女送到这里求学。于是，城中每一个人或多或少都携带了改造过的基因片段，都能被上灵影响，只是程度不同而已。人们不但能感受到上灵，而且互相之间还有心灵感应，只是他们意识不到罢了。如诗在梦里想道，难怪女皇城被称作圣城，以美丽庄严的景色和修道求真的风气闻名于世，原来它是上灵一手塑造出来的。

然而，在女皇城华丽的背后，也有着阴暗的一面。和上灵有联系并不意味着这个人就一定是忠厚善良之辈。当一个人无意中和别人产生心灵感应的时候，这个人往往会向对方使出手段，从利用到愚弄，从操控到加害，无所不用其极。如诗看到贾霸身上金丝银丝的亮度简直可以和华纱或者韦爵的相提并论，难怪贾霸精通驭人之术，能将身边的人玩弄于股掌之上。对帕华部族的成员，他使出威逼利诱的手段加以控制；对女皇城中的女人，他则极尽恐吓胁迫之能事。

在如诗的梦里，贾霸从他的府中走到大街上，发狂似的挥舞着手中的充电刀锋，好像正在被一群看不见的敌人围攻。贾霸这样发疯了，上灵似乎很难过，却不得不让他步履蹒跚，走着走着终于跌倒在地上一动不动了。他就这样虚弱无助地趴在那里，身上还是连着无数亮晶晶的金丝银丝。

这时候有一个人来了，正是绿儿的丈夫纳飞。如诗知道，这抉择的一刻是纳飞一生中最痛苦的时候。他站在贾霸前面，苦苦哀求上灵不要逼他。可是最后他还是将贾霸的人头割下来了。纳飞这样做，并非受上灵的控制。而是自愿追随上灵，踏上一条不归路。贾霸被铲除了，只留下纳飞孤零零一个人站在街上，不停地自责，全身还闪着金丝银丝的亮光。

如诗悠悠地在女皇城上空飘着，看见人群之中有一些特别亮的。谢德美就是其中一个，她独自在实验室里，正在往干燥箱装载种子和胚胎。有一个男的跟着纳飞走向城门，手里捧着一个用布包住的圆球——这人肯定就是纳飞提到的司徒博，想不到他身上也有明亮的金银丝。如诗还也看到费雅思和莎芙夫妇，还有欧必忍和柔珂夫妇，他们四个人原来也有很强的基因。女皇城中聚集了众多基因携带者，其中最强的几个即将走进沙漠与韦爵会合。上灵经过无数代人精心培育出这一群精英，就是为了今日这个壮举：离开和谐星球，回到地球。

我们的儿女又会如何呢？我们的子孙后代呢？

如诗还在女皇城上空飘着，此时的她已经知道了上灵的大计，心情也好了很多。突然有一束特别明亮的金丝银丝出现在眼底，如诗很好奇，于是她降下云头看个究竟。只见那个人在贾霸府中，却并非贾霸。他身上穿着很奇怪的制服，头上结满了湿漉漉的辫发。

如诗想起来，这个就是慕容复将军。原来慕斯和其他人一样，都是被上灵带过来的。莫非上灵想让他也去沙漠？

只见慕斯站起来，拔剑出鞘。难道他也和贾霸一样，要发狂杀人？

不是的。慕斯很冷静地四下张望，发现了自己和上灵之间的金银亮丝，于是开始用剑猛砍。很快他就把这些亮丝都切断了，然后抽身就走，可是这些亮丝瞬间就都长回去了。慕斯停下来，再次把它们砍断，又开始逃走。就这样周而复始，他始终逃不出金丝银丝的纠缠。如诗想不到慕斯竟会如此痛恨他和上灵之间的联系。

可是他再痛恨也好,最终还是被上灵弄到女皇城这儿来了。上灵是怎么做到的呢?很快如诗就明白了。慕斯憎恨上灵,总是抓住每一个机会逆天而行,上灵正是利用他这种反叛心理对他进行"逆向引导"。上灵希望慕斯向东的时候,只要把他往西面推一下,他自己就会不要命地向东面拱。慕斯将军聪明一世,竟然那么容易被愚弄摆布,如诗在梦里也笑出声来。

如诗笑着笑着慢慢就开始醒过来了。她觉得睡意渐渐退去,开始感觉到自己的身体正裹在地毯里面,汗流浃背。

就在这个将醒未醒的关头,一个和刚才梦境大相径庭的幻象突然闪进如诗的脑中。她又回到了第一个梦境,她站在大尖石顶端,羿羲飘在身边;然后羿羲摔向地面,她也紧随着一头栽下去。这个梦好像快进一样,从她站在大石头顶上到往下坠落好像只过了一瞬间。就在她和羿羲快要摔到地上的时候,天空中突然飞来一群毛茸茸的带翼的动物。它们一下子抓住羿羲和如诗的手脚,用力扇动着飞翼,重新升回半空中。

这个突如其来的幻象把如诗吓坏了,因为她知道自己并没有睡着,不可能是在做梦,尤其不可能做这种感觉如此真切的梦——她毕竟不是绿儿。上灵不是已经把如诗想看的一切都展示给她了吗?为什么现在又要把她带回最初这个不愉快的梦境里面呢?

这时候,如诗回到了今晚第二个梦境里:她和羿羲在帐篷前面,小婴儿躺在羿羲的大腿上,其他几个小孩围在浮椅四周。如诗刚刚认出这个场景,背景一下子就变了:他们不再是在沙漠里,却在一片茂密的树林中;帐篷也换成了一间木屋。突然有无数只巨大的老鼠从地洞里钻出来,从树枝上跳下来,从四面八方涌将过来。如诗知道它们要把她和羿羲的小孩抢进地洞里吃掉,吓得高声尖叫。就在紧急关头，那些会飞的动物又出现了。它们从空中翻着跟头俯冲而下，把几个小孩抓到半空，逃出了大老鼠的魔爪。如诗仿佛揪住了救命稻草，连忙把小婴儿从羿羲的大腿上抱起来，高举过头。一只飞兽迅速俯冲下来，一下子把婴儿从她手里抓走，眨眼间就飞回半空中了。如诗站在那里忍不住放声痛哭，因为她不知道小孩落在它们手里到底是祸是福，最怕是才出狼窝又入虎穴。可是如诗知道，无论是对是错，自己已经做出了选择。所以当那些飞兽开始第二轮俯冲的时候，她将羿羲的双臂举高，盼望它们能够把羿羲也救走。可是已经晚了，救兵还没赶到，大老鼠已经围上来，把如诗和羿羲扑倒在地，无数利爪往他们身上狂撕乱扯……

如诗被自己的尖叫声惊醒了，但心中恐惧却更加强烈，就像梦中那些大老鼠的利爪一样，将如诗的心揪成一团。这时候正是午夜时分，屋顶阴风阵阵，四处黑影幢幢。如诗的汗水湿透了衣衫，浑身不住地发抖，却并不觉得冷。她一把掀开地毯，从地上爬起来就跑。可是她刚才蜷缩成一团，睡姿不好，这时候刚刚醒来，全身僵硬而且酸痛，再加上睡眼蒙眬，看不清路，所以跌跌撞撞的，好不容易才穿过山墙的开口回到阁楼里面。

等如诗回到自己房间的时候，已经睡意全消，眼睛能看清楚，走路也正常了。她静静地走进房里坐下来，只觉得自己已经被恐惧折磨得身心俱疲。在这个最孤单脆弱的时刻，如诗不想独自一人待着，她渴望向人倾诉。可是绿儿已经人去床空了。在如诗最需要她安慰的时候，她却在另一张床上陪伴着另外一个人——可是那个人哪比得上如诗这么需要绿儿呢！如诗凄凉地蜷缩在床上，难受得全身颤抖。她还不敢大声哭，担心吵醒隔壁的人，所以只能小声饮泣。

如果她们听到我在哭，肯定会以为我妒忌自己的妹妹，她们会以为我妒忌绿儿抢在我前头结婚……她们不会了解的。一开始我可能还有点恼怒，可是自从上灵让我看到它的宏图大计之后我就再也没有恨了。如诗努力回想刚才那个温馨的梦：她与丈夫在帐篷门口和几个儿女一起共享天伦之乐……就在这一瞬间，那个恐怖的梦境突然重现，一下子又占据了她的脑海。大老鼠从地洞里从大树上涌过来，她唯一的希望只能寄托在那些不知是敌是友的古怪飞兽上面。

不知怎的，如诗一下子冲出了房门，在走廊里拼命地跑着，好像这样跑就能摆脱心中的恐惧。她跑到一个房间前面，二话不说就撞开房门——因为她知道，绿儿就在这个房间里面。如诗实在撑不下去了，她需要有人陪伴，而这个世上只有绿儿能够帮她……

"谁呀？"绿儿的声音仿佛也沾染了如诗心中的恐惧。如诗看到妹妹直挺挺地坐在床上，手中的被子一直遮到脖子，好像举着一个盾牌似的。纳飞似乎没有被开门声吵醒，反而是被绿儿的声音惊醒的。他迷迷糊糊地下了床，站在地板上，慢慢向如诗走过来。看他的样子好像还没认出眼前是谁，却已经知道抵挡入侵者是为人丈夫的责任。

绿儿这时候已看清楚了："小诗？"

如诗抽泣着说道："绿儿，真对不起，你帮帮我吧，抱我一下好吗？"

绿儿还没来得及下床，纳飞已经走到如诗身前。他牵起如诗的手，带她走进房间。这时候绿儿也来了，扶着她来到床边坐好，然后紧紧地抱住她。直到这时，如诗才能够在绿儿的怀里尽情地哭出来。她一边哭，一边隐约看到纳飞在房间里走来走去，先去关房门，然后四处找衣服给他自己和绿儿披上，免得一会儿如诗镇静下来的时候觉得尴尬。

如诗一边哭一边不停地说:"我对不起你,绿儿,我对不起你……"

绿儿说:"没关系的,你快别这样说,真的,没关系的。"

"今晚是你新婚,我本来不应该……可是我做梦了,好可怕的梦……"

纳飞说:"小诗,没关系的。不过你最好小声点哭,因为我怕别人听见以为是绿儿在哭。要是她们以为绿儿在洞房中哭成泪人,你猜她们会怎么想我?"说到这里,纳飞停了一下,若有所思。"嘿嘿,不对不对,你应该叫大声一点才好。"

纳飞一边说一边笑,语气很平静,绿儿听了也忍不住笑起来。这对于如诗来说正是雪中送炭:纳飞和绿儿的欢声笑语可以驱散她心中的恐惧。

如诗觉得很不好意思,可怜巴巴地说:"撞破自己亲妹妹的洞房花烛夜……我这件糗事也算是亘古无双了。"话虽这样说,可如诗还是觉得心中大石落地,好受了很多。

"其实……你也没有撞破什么东西啦。"纳飞说完,和绿儿两人同时哧哧地傻笑起来,就像小孩子发现了什么好玩的秘密似的。

绿儿接着说:"真不好意思,你那么难受我们还在这里没心没肺地笑,可是你不知道,我和纳飞都不是很……在行……"说着两人又开始傻笑了。

纳飞一边笑一边说:"这个……熟能生巧嘛。只是我们还没熟……"

他们的欢笑营造出一种平静安详的气氛,如诗的心情终于平复了。本来对于一对新婚夫妇来说,洞房花烛夜被撞破,人生再大的悲剧莫过于此,可是他们却毫无怨言地包容这个不解风情坏人好事的姐姐——这就是小绿儿和阿飞。如诗心中充满了感激和爱意,感动得热泪盈眶。不过,这次是欢乐的眼泪,不带半点绝望和恐惧。

如诗终于能正常地说话了:"我其实不是为自己哭。虽然,我也承认,今天晚上一开始我有点妒忌,也觉得很孤单;可是后来上灵给我报了一个好梦,她让我看到了我和我的……我的丈夫还有小孩在一起。"这时候如诗突然想起一个困扰了她一段时间的问题。"纳飞,我知道上灵把我许配给羿羲。可我还是想问一下,他……嗯,他……那个……能吗?"

"当然能!起码比我今晚强多了。"

绿儿拍了一下纳飞的手,嗔道:"纳飞,你别插科打诨,姐姐是说认真的!"

纳飞说:"说真的,羿羲其实也没什么经验,在沙漠里他的手也不太顺当。可他并没有瘫痪,生理反应也是有的。"

如诗说:"这么说来,那个梦是能够实现的。我梦见和羿羲生儿育女了,你说,这个梦能成真吗?"

纳飞说:"只要你愿意接受他,这梦当然可以变真了。小诗,我向你保证,他在我们几个里面是最棒的,谁也不如他心地善良冰雪聪明。"

绿儿说:"你在我面前可不是这样说的,你还吹嘘自己才是最好的呢。"

纳飞只对着绿儿傻笑。

如诗感觉好多了。她已经从妹妹这里得到了莫大的安慰,那个噩梦的阴影已经彻底驱散,她可以回房间独自睡觉了,再留在这里做电灯泡也说不过去。

如诗小声说:"太谢谢你们两位了,我会永远记住你们今晚是怎么帮助我的。"说完她就从床沿站起来向房门走去。

纳飞说:"别走!"

如诗说:"我得回去睡觉了。"

纳飞说:"先把你做的梦告诉我们再走不迟。我是说那个噩梦,我们得听一听。"

绿儿也说:"纳飞说得对。现在局势混乱,我们什么都看不清,难得上灵又开口说话了。那么重要的事情可不能拖,新婚之夜也顾不上了。"

如诗说:"明天一早吧。"

纳飞说:"我们的好姐姐被噩梦吓醒了,却不说清楚这是个什么梦,害我们只能瞎猜,你说我们还能睡得着吗?"

如诗很感动,因为她知道纳飞说出"我们"这两个字其实是用心良苦的。如诗和绿儿姊妹情深,关系非同小可;纳飞作为绿儿的新婚丈夫,心中对如诗多少也会有点忌惮和不爽。可是纳飞既没因此产生抗拒心理,也没有从中作梗企图拆散她们。正相反,他小心翼翼地努力融入她们姊妹二人的世界里,同时也希望把如诗纳入他和绿儿的小家庭。纳飞能这样做实属不易,尤其是在今晚——就在今晚,正值他们新婚大喜,如诗突然半夜三更哭哭啼啼地闯进他们的新房,纳飞肯定会觉得他对如诗的担心忌惮都是有道理的。不过即使是这样,纳飞还是主动向如诗伸出手,如诗又岂能不领情呢?她毕竟是解构者,处理人际关系本来就是她的拿手本领,现在是时候出手帮助纳飞巩固这段亲情了。

于是如诗决定不走了。他们三人盘腿坐在床上围成一圈,膝盖顶住膝盖。如诗把自己的梦从头到尾完整说了一遍,没有丝毫隐瞒。就连心中最初的怨念她也直言不讳,因为如诗想让他们明白,为什么后来当上灵给她报了一个好梦的时候,她会那么开心。

如诗叙述的时候,中途被打断了两次,都是因为这两个听众惊讶不已,情难自禁。第一次是她说起慕斯怎么被上灵"逆向引导"的时候,纳飞不禁大笑道:"慕斯?这个杀人不眨眼的孤威国大将军,一心想和上灵的旨意背道而驰,却做梦也想不到他已经在不知不觉中走上了上灵早就给他安排好的道路,真是太讽刺了。"

后来如诗提到她和羿羲往下跌的时候被那些飞兽接住,绿儿忍不住打断她的话头:"天使!"

如诗这时候才想起前段时间绿儿说起过的那个梦。"难怪我梦见它们,原来是因为你之前提起过这些大老鼠和天使。"

绿儿说:"你先别下结论,把梦说完不迟。"

等如诗说完了,三个人都不说话,就这样静静坐着。

想了一会,绿儿首先开腔了:"你的第一个梦,就是你和羿羲往下跌的那个,我觉得是你自己做的梦。"

如诗说:"我觉得也是。而且啊,我现在想起来了,那些毛茸茸的天使,其实是因为当初你做了那个梦,然后告诉了我……"

绿儿打断她:"等等,你先别快进,让我接着分析。你害怕和羿羲结婚,所以做了第一个梦。然后你求上灵指引,于是上灵就给你报了一个好梦,让你看到人们被金丝银丝连在一起……"

纳飞插话:"它摆弄我们,就像繁殖一群改良品种的牲口……"

绿儿说道:"你对上灵尊重点好不好!"

纳飞说:"有什么好毕恭毕敬的,它只是台电脑罢了。而且我怀疑上灵的初始设定里面,根本就没有这个对和谐星球人类进行改良繁殖的程序。"

绿儿说:"我知道,上灵是一台电脑,是我们的祖先刚来到和谐星球的时候设置的,任务是看管着人类,不让我们自我毁灭。可是在我心里,我还是觉得她是一个女神,是神湖圣母。"

纳飞说:"女神也好,电脑也好,总之它已经产生了自主意识,有了自己的一套目标。我最不爽的就是它这个优选繁殖的做法。本来它把我们集中在一起,准备返回地球的旅程,这件事情是一件伟大的壮举,我举双手赞成。可是优选繁殖?这可太过分了。我的爸爸妈妈,就像两头牲口似的被它圈在一起,为的是保持血统纯正……"

绿儿说:"可是这并不影响他们互相爱着对方啊!"

纳飞伸出一只手,把绿儿的小手轻轻地握在掌中,说道:"绿儿,没错,他们的确爱着对方,就像你和我现在这样相爱。可是你我所做的一切,都是在我们了解上灵的意图之后,自愿做出的选择……至少在这件事情上我们觉得自己做出了选择。可是它还有多少图谋瞒着我们呢?"

如诗说:"上灵可能并没有刻意隐瞒。你想想,今晚我一问它,它就马上把它的计划全告诉我了。就像你所说的,如果它真是一台电脑……嗯,就当它是一台电脑吧,可能它根本就没办法回答,因为我们还没有问。"

纳飞说:"既然这样,我们就必须问!我们一定要知道这位女神的……不,这台电脑的全盘计划。"

纳飞还在女神和电脑的身份上纠结不清,绿儿听了只是微笑不语;如诗不是他老婆,不用给面子,所以忍不住笑出声来。

纳飞也不在意,继续很耐心地说:"上灵是什么东西也不要紧了,关键是我们必须问。就说慕斯吧,我们是不是也应该劝他一起去沙漠呢?莫非这就是上灵带他来女皇城的目的?还有那些古古怪怪的飞禽走兽又代表了什么？这些问题，上灵必须给我们一个明确的答案。"

如诗说："关于那些老鼠和天使，我还是觉得，它们不过是我心中恐惧的化身罢了。我是因为恰好听过绿儿的梦才会看到这两个形象的；如果我没有听绿儿说起过，可能今晚我看到的就是别的东西了。"

纳飞问："那么为什么绿儿第一时间梦到这些怪兽呢？当时她心里也不见得有什么恐惧吧？"

绿儿说："没错，在我的梦里，那些大老鼠一点都不可怕。它们就是……就是一群生物而已。它们做的事情是很自然的，都是它们日常生活的一部分。而且在我的梦中，它们和人类一点关系也没有。"

纳飞说："好吧，我们就别瞎猜了，一起问上灵吧。"

一起问上灵，这也算是一个创举了。在女皇城中，男人和女人从来不一起祷告。男人去神庙用血水祷告，女人则在圣湖中漂浮；就算在家里祷告的时候，夫妻也有各自的祈祷间。所以这时候如诗三人心里七上八下的，不知怎么祷告才合适。纳飞突然伸出双手，如诗和绿儿也很自然地握住他的手，于是三个人手牵着手连成一个圈。

纳飞说："我是习惯不出声，只是在心里对上灵说话的。"

绿儿说："我通常也是默念，不过偶尔也会大声说出来。你不会的吧？"

如诗说："我也一样。这样吧，绿儿，就由你代表我们发问吧。"

绿儿摇头道："如诗，今天晚上你才是主角，上灵是对你报的梦。"

如诗这时候不禁抖了一下："如果那个噩梦突然回来了，我可怎么办?"

纳飞说:"谁发问有什么关系呢?只要我们在心里问同一个问题就可以了。在沙漠里,我们有索引,所以爸爸、羿羲和我毫不费力就可以和上灵交流。无论我们提出什么问题,都能马上得到一个很清晰的答案,就像在学校里操作电脑一样。现在我们也可以这样做的。"

绿儿说:"可是我们现在没有索引啊。"

纳飞看着如诗:"虽然我们没有索引,可是我们有金丝银丝和上灵连在一起!这就足够了,对吧?"

如诗说:"绿儿,还是你来说吧。"

于是绿儿把他们刚才提出的几个问题、各人心中的忧虑,以及如诗心里的恐惧都大声说出来了。

上灵突然传来一个答案:我不知道。

绿儿震惊得说不出话来。

纳飞问:"你们都听到了吗?"

如诗和绿儿都没回答,因为她们不知道纳飞听到什么了。过了一会,如诗才喃喃地把自己听到的答案说出来:"她说她不知道。"

纳飞用力地握住她们的手,当仁不让地代替绿儿向上灵发问:"你不知道什么?"

上灵回答道,金丝银丝的梦的确是我发给如诗的;羿羲还有小孩在帐篷门口,这个梦也是我发的。可是我没有计划让你看见慕斯。

如诗问:"那……那些老鼠呢?"

绿儿也问:"那些天使呢?"

"我也不知道它们从何而来,代表了什么意思。"

如诗说:"绿儿,可能这些怪兽只是刚好出现在你梦中,而你又告诉了我,所以它们就残留在我的记忆里了。它们可能什么也不是。"

"错了!"

上灵好像突然在她脑子里大吼了一声,有如平地惊雷一般,如诗被吓得几乎跳起来。

如诗大声说:"这算怎么回事?你也说不出这些怪兽是从哪里来的,那你怎么知道这个梦不是一个普通的噩梦罢了?"

因为慕斯将军也梦见它们了。

"三人顿时面面相觑。"

"慕斯将军?"

如诗的脑中突然出现一个画面:一个人站在那里,肩膀上有一头飞兽,脚边站着一只巨鼠;无数人——人类、老鼠、天使——围上来对他们顶礼膜拜。这个画面只闪过一瞬间就消失了。

如诗问:"这就是慕斯将军的梦?"

"是的,就在好几个星期之前,他是最早梦见这些动物的。"

绿儿说:"就是说,我们和慕斯将军素未谋面,却梦到同样的动物。他看到的是顶礼膜拜,我看到艺术,如诗你看到的是冲突和救援。"

"如果这些梦不是你发送的,上灵,"纳飞把她们的手握得更紧,急急地追问道:"如果这些梦不是你发送的,会是谁呢?"

"我不知道。"

如诗问:"还有另外一台主机吗?"

"在和谐星球上没有。"

纳飞问:"或者有,你不知道?"

"如果有,我一定知道。"

纳飞又问:"那么为什么我们会做这些梦?"

他们等着,可是答案一直没有来。然后上灵突然传来一句让三人始料不及的话。

上灵说,我很担心。

一下子,那种熟悉的恐惧感又回来了,重重压在如诗的心上。她吓得紧紧抓住绿儿和纳飞的手。如诗说:"你别说了,你别说了,我不想听。"可是上灵的声音继续在她脑中响起,就像有人在她耳边说话一样清楚。如诗希望这不是自己的幻听,希望另外两人也能听到同样的话。

上灵说,我很担心,因为我不确定,因为有些不可能发生的事情发生了;可是我还是看到一线希望,因为有些不可能实现的事情可能已经实现了。我希望你们的梦是地球守护者发过来的,我希望地球守护者有能力跨越这么多光年直接和我们联系。

如诗问:"谁是地球守护者?"

纳飞说:"上灵以前也提起过的,它也不知道地球守护者是什么。我猜是我们的祖先四千万年前离开地球的时候留下的另一台电脑。"

上灵说:"不是电脑。"

纳飞问:"那是什么?"

"不是机器。"

"到底是什么?"

"活的。"

"有什么东西能活几千万年啊?"

上灵说,地球守护者正在召唤。你们……我们……都是被召唤的对象。我希望把你们带回地球,可能这本身就是守护者传给我的一个"梦"。我也曾经觉得困惑，不知道如何是好，然后这个目标突然出现了。我原来以为这个计划只是随机发生程序进行常规运算所产生的结果，是我的操作系统程序的一部分。可是现在看来，如果你们和慕斯都能梦见一些不属于这个星球的生物，我会不会也接收到一些不属于这个世界、不在我初始程序设定范围内的东西呢？

他们三人谁也没办法回答上灵的问题。

如诗说："我不知道你们两人怎么想，可我一直以为上灵是无所不知无所不能的。现在居然连她也不知道这是怎么回事，那我们可怎么办？"

纳飞说："地球在召唤我们啊！你看不到吗？地球正在召唤我们。不止上灵，还有我们……呃，至少你们姊妹俩，还有慕斯！地球正在喊你们回家呢！"

上灵说，不包括慕斯。

如诗说："你怎么知道不包括慕斯？你连地球守护者为什么给我们报梦、怎么给我们报梦也不知道，你怎么能认定慕斯不应该随着我们去沙漠呢？"

上灵继续说，慕斯不在这个计划里面，你们不要干涉他。

纳飞说："如果你不打算让慕斯和我们一起走，那么你为什么要带他过来？"

我带他过来和你们返回地球的计划没有关系。

绿儿说："可是他和我们一样，身上都带着金丝银丝。而且地球守护者也给他报梦了。"

我带他来是要毁灭女皇城的。

纳飞说："这回真是左右为难了。上灵和地球守护者各自有自己的小算盘，我们该怎么办呢？"

你们不要接近慕斯，不要管他，他有自己的道路。

纳飞说："这就好笑了。一分钟之前你才说你不确定，现在怎么突然又能断定慕斯不能参加呢？你叫我们怎么信你？上灵，你还不知道吗，我们不是你的扯线木偶！如果你自己都不知道发生了什么事情，凭什么还要我们听你指挥？你怎么知道你一定是对的，我们就一定错呢？"

"我不知道。"

"那你怎么知道我不应该去说服他加入我们？"

"因为这个人心狠手辣，意志坚强，如果他决定利用你或者干掉你，我是没办法阻止他的。"

绿儿说："纳飞你别去！"

纳飞说："他是我们这个团队必不可少的一员。上灵经过那么多年的努力把我们培养出来，因为返回地球这个伟大的任务非我们莫属，我们怎么能把慕斯排除在外呢？更何况，地球守护者也在召唤他了。"

如诗说："我不知道是谁给我发这么一个噩梦，也不知道它有没有安什么好心。"

纳飞说："可能你的梦是一个警告吧。可能我们此去路上困难重重，这个梦只是让你做好心理准备。"

绿儿说："可能这个梦是警告你离慕斯远点儿。"

"怎么可能呢？你说的根本一点都不沾边。"纳飞说着就把刚才胡乱披在身上的衣服脱下来，然后正儿八经地穿戴整齐，看样子是要出门了。

绿儿突然哭起来："我说沾边就沾边！我们结婚还不到半个晚上，你就不顾上灵的警告，非要去找那个心狠手辣的大魔头不可。

你找他干什么呢？邀请他和我们一起去沙漠？你自己想想，慕斯戎马一生杀人无数，为的是什么？他追求的是问鼎天下，主宰世界。你要他突然抛弃这一切，跟你跑进沙漠里，一起去传说中的地球。你说他会答应吗？纳飞，就算他不杀你也会把你抓起来，不让你和我们一起走。你就这么忍心抛下我一个人？"

纳飞说："放心吧，上灵会保护我的。"

"上灵已经警告你别去了，如果你不听……"

"就算我不听，上灵也不会惩罚我的，因为它自己也不知道我这样做是对是错。我固然舍不得离开你，而上灵更舍不得我离开你，所以你放心吧，它一定会想办法带我回来的。"

"我也不知道我有没有能力保护你。"

纳飞说："嗨，看来有好多东西你都不知道。反正今晚我也看清楚你的能耐了。虽然你是一台功能很强大的电脑，你要做的事情也很高尚很伟大，可是你的判断力一点不比我强。你甚至不知道你对慕斯做的手脚到底是你自己的意思还是受地球守护者的摆布；你也不知道守护者是不是想我去找慕斯，好让你的毁灭女皇城的计划破产。那么多事情你可以做，却偏偏要毁灭女皇城？这不是你辛辛苦苦营造出来的'圣城'吗？所有和你有直接联系的人都被你弄到女皇城这儿了，你为什么还要毁灭它呢？"

"我把他们带过来，就是为了创造出像你这样的笨小孩。现在我要毁灭它，就是为了让这些人分散到世界各地，好让我残存的影响力重新遍布和谐星球。和整个世界比起来，女皇城区区一座城市又算什么呢？"

纳飞说："上次你这样说话的时候，是要逼我为你杀人。"

绿儿说："纳飞，我求你了，不要去好吗？求你留在我身边好吗?"

如诗说:"至少让我和你一起去。"

纳飞说:"绝对不行!还有,绿儿,我答应你,我一定会回到你身边的!上灵会保护我的。"

"我也不知道我有没有能力保护你。"

"那你就尽力而为吧。"说完,纳飞推门出去了。

如诗说:"他一出门就会被抓起来的。"

绿儿说:"我明白他为什么非去不可,我也知道他这样做很勇敢,我心里其实是赞成的,可我就是不想他去。"

说着绿儿又哭起来,这回轮到如诗抱住她安慰了。如诗想,今晚真是峰回路转:你的洞房花烛夜被我的噩梦毁了,现在你的新婚丈夫也走了,生死难料。明天太阳出来的时候,你可能已经成了一个寡妇,还来不及在肚子里留下亡夫的骨肉……不过,说不定纳飞真能说服慕斯放弃功名利禄,和我们一起走进沙漠。什么事都有可能发生,谁知道呢?

贾霸府,现实中

慕斯站在贾霸的大书桌前,看着面前铺开的西海岸地图,任由自己的思绪在这个微缩的世界上游走。平原诸城和西夕都无遮无掩地摊开在他面前,好像摆在餐桌上的盛宴——应该先吃哪一道菜呢?

这时候他们肯定已经知道女皇城落入了孤威国的手中。西夕都国内的主战派无疑会提出速战速决,可是他们的方案不可能被采纳——因为孤威国的大军就驻扎在西夕都北面的克兰米和乌尔热地区，紧贴着他们的边境；西夕都必须留着主要兵力在北面，随时准备抵抗孤威国大军的进攻，这样一来，他们就不敢抽调大部队前来攻打女皇城了。而女皇城地势险要，易守难攻，就算只有一千孤威国士兵守城，对方没有绝对优势兵力是攻不下来的。因此慕斯断定西夕都肯定不会发兵。

另一方面，西夕都国内也会有很多软骨头，马上就会提出向孤威国皇帝陛下投降，恳求皇帝将西夕都纳入孤威帝国的战略防区。慕斯断定，和主战派一样，这伙投降派也不会得势。最得民心的应该是比较冷静和谨慎的观望派，他们主张按兵不动，静观其变。慕斯指望的就是这些观望派。

至于平原诸城，这时候它们肯定已经在互相联络，商讨重组防御联盟。一千多年以前，西夕都首次从沙漠出兵，翻山越岭杀进西海岸平原。平原诸城为了自保，组成防御联盟，陆续击退了西夕都的九次入侵。不过，世易时移，现在它们恐怕联合不起来了。就算有少数几个城邦愿意合兵，也肯定会钩心斗角，彼此猜忌，互相吞并，反而不如各自为政。

在这种形势下，慕斯下一步应该怎么走呢？如果他派使者前往最近的几个城邦招降，只需言辞稍加严厉，它们肯定吓得脚软，马上就投降。可是这样一来就会有很多居民四散逃亡去其他城邦，就像一个人心窝中刀鲜血四溅。这样一来其余的城邦受到刺激，就真的会联合起来，甚至求西夕都做它们的盟主。西夕都肯定会答应，慕斯的麻烦也大了。

另一条路是逼西夕都投降。如果他们真的投降了，平原诸城马上就会像死狗一样，摊直了动弹不得，任凭慕斯宰割。不过这一着逼降太冒险，把握很小，慕斯不到万不得已实在不想使用。

动武？行不通。慕斯手头兵力太少，距离孤威国大部队也太远。他现在攻占一两个城邦不是问题，可是一旦西夕都不顾一切出兵了，那就只能落得一个鱼死网破。在历史上，很多伟大的帝国都不是靠打仗打出来的，更多是靠不战而屈人之兵。这时候慕斯只希望兵不血刃就占领平原诸城，就算冒一下险也是值得的。

慕斯最大的麻烦是：时间不多了。皇帝这时候肯定已经得到消息：裴洛度和监军都死了——据说是被一个女皇城的刺客杀死的——然后慕斯带着一千士兵不知所终。慕斯向来功高震主，皇帝本来就对他心存忌惮；现在知道这个消息之后，皇帝心中的疑惧更甚。他肯定已经开始盘算着，一旦慕斯揭竿而起，有多少人会跟随他造反，有多少人会因为害怕而临阵脱逃。然后皇帝肯定会开始向西南方向调动军队，增加在克兰米和乌尔热地区的驻兵。

此举反而对慕斯有利：因为西夕都看到孤威国增兵北境，只会更加害怕；当慕斯派使者去威逼劝降的时候，西夕都很容易就会屈服了。关键是皇帝的增兵计划其实并不会真正实施，因为在这些兵力还没完全部署好的时候，慕斯已经及时派人向皇帝表忠，汇报他的壮举，让皇帝知道，天下闻名的女皇城已经落入孤威国的手中。

这个消息传回朝中，那些在皇帝耳边说慕斯坏话的谗臣佞宦肯定会吓得胆战心惊。皇帝会反问他们，慕斯怎么可能意图谋反？他有勇有谋，为了不延误战机，不惜以身犯险，深入敌后，凭区区一千士兵占领女皇城。如今西夕都和伊斯曼两个敌国腹背受敌，投鼠忌器，皇帝在西海岸地区的霸业指日可待，这都是慕斯的功劳。这样的忠臣良将，怎么会谋反呢？

当然，皇帝的心中还是有猜疑，尤其是对慕容复这种骁勇善战，手握重兵的大将。所以，皇帝会重新在慕斯身边安插耳目：监军是必不可少的，还有一个新的副手兼"老友"，说不定会加派几个皇亲国戚来军中盯着。这些个闲杂人等当然不可能骑在慕斯头上发号施令，因为将士们只会听从主帅的将令，否则孤威国的军队就不可能横扫八方了。可是这些苍蝇会密切监视着慕斯的一举一动，不时飞出来嗡嗡两声，问几个问题，或者提出一些反对意见，或者要求慕斯向他们解释某个举措的动机。如果他们看什么不顺眼，就会向皇帝说慕斯的坏话。

他们什么时候才会到达女皇城呢？来路只有一条，就是慕斯带兵走过的那条沙漠山路。不过现在西夕都和伊斯曼肯定已经派人密切监视这条路，所以监军一行人不能再指望轻装上阵偷偷潜入。他们必须有足够兵力以防敌人偷袭，还必须带着军需辎重，车马牛羊；沿途还要不断派出探子做前哨，也要让大部队扎营休整。所以这行人不可能像慕斯那样急行军，估计连正常的速度也达不到。这样估算，他们至少需要一个星期才能到达女皇城。这支部队不会少于一千人，而且这些士兵肯定不是慕斯的嫡系，所以信不过。

一个星期！慕斯有一个星期的时间安排下一步的计划。他可以马上派使者去西夕都逼降，此举的风险在于，如果对方拒绝的话，慕斯本人固然丢面子，更惨的是，消息传出去，平原诸城一定大受鼓舞，乘机联合起来对付慕斯，到时候他们可能会反过来把女皇城围困起来。这样一来，慕斯虽然不会被皇帝削去兵权，可是他的一世英名也就毁了，从此以后只能任由皇帝继续骑在他头上，永无翻身之日。

在过去几天里，慕斯的日子过得实在是滋润，因为他身边再没有一个好添乱的监军，也没有那个名为老友实为皇帝奸细的副手。

在慕斯的军旅生涯中，有一半的时间就是用来应付这些奸细，和他们扯皮，骗他们信任，讨他们欢心。现在好不容易摆脱他们了，慕斯能不开心吗？他虽然带兵打仗，可是亲手杀的人并不很多。最近这一次开杀戒之后，慕斯常常回想起那两人临死前脸上惊愕的表情，还有他得手之后心中无比的畅快，这些都够他回味好久了。当然，他还被迫杀死了女皇城的守兵司马洛，这并不是一件值得骄傲的事情。可是慕斯因此而获得自由了，这点内疚算什么呢？

时机成熟了吗？

这是我一生中最重要的一步：走出这一步，我就与孤威国皇帝公开决裂，正式开始恢复宝华国、为我死难同胞报仇的大业。可是，现在时机成熟了吗？我必须联合女皇城、西夕都和平原诸城的兵力，加上愿意追随我造反的孤威国士兵，可能的话，还有剖头国的援军——我必须联合所有这些兵力才能对抗孤威国皇帝。如果时机未成我就贸然行动，很可能会满盘皆输。

可是，就算时机没有成熟，难道我就心甘情愿重新戴上孤威国皇帝扔过来的狗链，继续向这个所谓"真神的化身"卑躬屈膝？难道我就为了一点风险而放弃这个千载难逢的好机会，却在余生中扼腕叹息后悔莫及？

就在他自问的时候，心中其实早已有了答案。家仇国恨已经拖了太久，是时候彻底清算了。慕斯决心抓住这个机会推翻孤威帝国的暴政，建立一个由苏斯亚族为主导的和平民主的国家。他必须充分利用这个星期的每一天每一刻，制订一个周详的计划，增加胜算。

目前，他手上只有一支军队，人数很少，却是他的嫡系部队。他手上还有一座城市，这个城市却是脆弱、阴柔和怯懦的象征。女皇城，我可以毁了你，我也可以改造你。我要把你变得强大，让你成为世界的中心。我要把你从那些畏首缩尾的弱女子手中解放出来，那些长舌妇政客只配做戏子和歌手；你需要一个真正的男子汉带领你走向辉煌。后世说起女皇城的伟大，不是因为它是女人之城，而是因为它是我们苏斯亚人统治的城市。

女皇城，女人之城是吧？好，你的夫君就在这里！很快我就会把你调教得服服帖帖，教你学会做女之道，从此恪守妇道，不敢越雷池一步。

慕斯又拿起毕唐克的名单仔细看。如果他要找一个人以孤威国皇帝陛下的名义统治女皇城，那他就必须任命一个人民执政官。这个人可以是韦爵的儿子——如果能找到他们的话——也可以是拉士葛，或者是名单上面某个相对弱势的人。

可是如果慕斯要联合女皇城、平原诸城和西夕都一起对付皇帝的话，他就必须先通过婚姻正式成为女皇城的公民，然后想办法成为女皇城的实际领导者。这样的话，他需要的就不是执政官，而是一个新娘。

最能引起他注意的是两个女孩子：圣湖先知和解构者。她们都很年轻，尤其是圣湖先知，只有十三岁。无论慕斯和她们之中哪一个结婚，都一定会引起很多非议。可是她们都享有盛誉，联姻之后，慕斯定能借光不少。试想一下，慕斯，堂堂孤威国大将军，不以征服者自居，却为了迎娶女皇城的圣女，不惜屈尊枉驾，以一个普通丈夫的身份来到女皇城。城中本来已经有好多人感激他平复动乱，此举更加可以为他赢尽满城百姓的民心。人们不会把他看成侵占女皇城的外敌，而是相信慕斯可以带领他们走向辉煌。

娶了圣湖先知或者解构者之后，慕斯不仅仅是控制女皇城而已，他本身就是女皇城了。这样的话，当他派使者到达西海岸的各个城邦，就不是以敌国的身份下最后通牒，而是以盟主的名义吹响战斗号角，号召诸城邦联合起来抵抗孤威帝国。慕斯还会将剖头国潜伏在女皇城中的奸细都送回他们的沼泽老家，带上礼物，以表达结盟的诚意。这时候，慕容复造反的消息肯定已经像野火燎原一样传遍了北方。慕斯会宣称自己才是真神下凡，还号召所有敬神的勇士都起来推翻那个亵渎神灵的篡位者，他们可以南下加入慕斯的圣战军团，也可以在当地起义。同时，他也会暗中联络苏斯亚族人，号召他们起来反抗，夺回属于自己的一切，重振宝华国的雄风。

到那时，北方一定会大乱，慕斯可乘机挥师北上，沿路招兵买马，不断扩张。孤威国的军队节节败退，一路上那些被孤威国征服的城邦国家都会把慕斯看作大救星，自愿加入他的义军。等他把孤威国的军队都赶回他们边境之后，慕斯会在宝华国休整一个冬天，利用这段时间他会把他沿路纠集的杂牌部队训练成一支强悍的铁军。来年开春之时，慕斯就会带兵杀入孤威国的丘陵山地，将他们彻底征服。然后他会下令，每一个适龄参军的孤威国男子都必须砍掉两个拇指，好让他们再也不能使剑和射箭。以断指来报割舌之仇，让孤威国的人也尝尝被蹂躏的滋味。

神啊，有种你就来阻止我吧！

慕斯知道，神也没办法阻挠他的大计。自从他违抗神意，南下占领了女皇城，最近一段时间以来，神再也没有阻挠他做什么事情。慕斯本来已经做好心理准备，神可能会让他忘记刚刚制订的这些计划。可是现在看来，神已经意识到，任何阻挠都是徒劳的。就算他害慕斯一时忘记了，慕斯只需要重新想一次就行了。这些计划那么清晰明了，慕斯就算忘记一万遍也能随时想出来。

慕斯想，我会推翻孤威国的统治，统一西海岸平原。我的儿子就可以攻陷剖头国，驯服北方森林部落，消灭北海岸的海盗。嗯，我的儿子……我的妻子……

谁是我的妻子呢？在这两个女孩子当中，圣湖先知更有影响力，名声也更响亮，可是她太小了。人们可能会可怜她年纪轻轻就被迫卷进这桩政治婚姻——除非她是自愿嫁给慕斯的。

至于解构者，虽然她的名望不及圣湖先知，可是也足够了。而且她今年十六岁，对于政治婚姻来说，这是绝佳的年龄。按照毕唐克的说法，她没有结过婚，甚至连恋人也没有。关键是，解构者是圣湖先知的姐姐，慕斯和姐姐结婚的话，妹妹的名望自然会给这段婚姻增色不少。日后慕斯会善待圣湖先知，尽量将她纳入自己的大家庭之中。

这个计划很有吸引力，现在就只等慕斯下定决心了。慕斯需要说服自己，现在正是最好的时机，是时候去华纱府上迎娶这两人中的其中一个了。

这时候，有人敲了一下门。慕斯敲一下桌子，门开了，是他手下的一个士兵。

士兵说："将军，弟兄们在华纱女士的学校门外抓了一个人，这个抓捕过程有点古怪。"

慕斯抬起头看着他，示意他继续。

"这个人是华纱的小儿子，就是杀死贾霸的凶手。"

慕斯说："听说他早就逃进沙漠了，你确认这人不是冒名顶替？"

士兵说："也有可能。不过这人是从华纱府中走出来，直接向我们守兵的队长自首，要求和将军面谈，还说这事很重要，关系到将军和女皇城的前途。"

慕斯说："哦？"

"这人如果真是那个小子，他敢切掉贾霸的人头，再穿上死者的衣服混出城门，他也算是吃了豹子胆了。如果这人是假冒的，那他可能是活腻了。"

慕斯说："可能他真的是那个小子，同时也活腻了。这样吧，你把他带进来，然后安排四个弟兄，准备把他带回华纱府。当你推门进来准备带他出去的时候，如果我打他一巴掌，那你们回到华纱学校的时候，就在门前把他正法；如果我面露微笑，你们就要对他以礼相待，好好送他回去；如果我既不笑也不打他，你们就把他直接押到地牢里关起来听候发落。"

那个士兵转身走了，就让门敞开着。慕斯回到座位，坐下来等着。

他想，真有意思，我都不用四处找，这盘棋里面的将帅车马炮一个一个都自己送上门来了。纳飞本来应该待在沙漠里，我是鞭长莫及的，可原来他一直就躲在华纱女士的学校里。她的学校里究竟还藏着多少惊喜呢？莫非纳飞的几个哥哥也在那儿？毕唐克是怎么写的呢……耶律迈，商队领袖，精明干练，心狠手辣；梅博酷，情场杀手，阅女无数；羿羲，身残志坚，绝顶聪明；还有韦爵，做植物买卖，能看到神迹……要是连韦爵也在，那就更有趣了。好像这些重要的棋子都在华纱府中好好保存着，好让慕斯随时调用。

莫非神已经决定改弦易辙，不再阻挠慕斯的复国大业，反而要助他一臂之力？这个……可能吗？为什么神要把慕斯需要用到的每一个棋子都亲自放到他手上呢？

慕斯想，我可不是什么东西下凡，也不是谁的化身，我就是我自己。我也不会像孤威国的昏君那样装神弄鬼。不过要是神终于决定要帮助我的话，当然却之不恭。可能在神看来，我们苏斯亚族是时候复兴了。

纳飞既害怕又不害怕，这是一种很奇怪的感觉。他觉得体内好像有一只受惊的小动物，眼看着只有一步之遥的鬼门关，已经吓得肝胆俱裂。与此同时，纳飞本人——就是他自己，而不是那只小动物——却一点也不怕，反而热切期盼这次会面。慕斯会接见他吗？他该说什么好呢？见面之后事态会如何发展呢？其实纳飞并非不知道此行的危险——孤威国的将军杀人如麻，纳飞早有所闻。只是这一次，他心中早已将生死置之度外了。

天还没亮，纳飞走出学校门口，对值夜的孤威国士兵说道："我是韦爵的儿子纳飞，贾霸就是我杀的，你带我去见将军吧。"那几个士兵当时的反应与其说是警觉，不如说是诧异。因为纳飞这是当众亲口承认自己杀人，慕斯要杀他就可以名正言顺，连罪名也有现成的，根本不需要罗织了。

贾霸府看起来一点没有变，可是整个感觉都不同了。所有家具和墙上的装饰并没有变动，屋里依然布置得富丽堂皇。那些精致的摆设、艳丽的色调，还是和原来一模一样。不过之前那种富可敌国的气势现在竟然消失殆尽，因为在孤威国士兵的映衬之下，所有的奢华都变得微不足道。府中的士兵来来往往，每个人都显得很干练，言行举止不怒自威。相比之下，贾霸那些用来显摆唬人的陈设布置顿时显得虚弱颓废，将金碧辉煌背后隐藏的那个渺小卑微的灵魂暴露无遗。

纳飞意识到，真正的影响力，仅仅用钱是买不到的，因为钱只能换来一个假象而已。真正的影响力应该体现为意志力——一个人要是拥有超强的意志力，身边的人就会不知不觉地受感染，为了追随他，都心甘情愿改变自己。用欺诈手段骗来的影响力从来不能长久，到真相大白之时就会在瞬间崩塌，拉士葛就是最好的例子了。真正的影响力经得起时间的考验，你看得越仔细，就发觉它越强大。一个人就算形单影只，就算手上没有军队，脚下没有仆人，身边也没有朋友，只要他有不屈不挠的意志，这个人就自然拥有强大的影响力。

这样一个人正在等着纳飞。

书房门敞开着，屋里有一个人坐在书桌后面。纳飞认得这个房间，他们兄弟四人当初就是在这里和贾霸谈判的，当时纳飞还口不择言打乱了耶律迈的部署。虽然贾霸本来就打算把他们生吞了，可是就谈判这件事情本身来说，纳飞确实不如耶律迈老谋深算；他一下子就把底牌抛出去，完全想不到他大哥其实是留着谈判筹码慢慢用。

回忆起这件事情，纳飞在心中默默告诫自己，这次应该吸取教训，不能全抛一片心；他应该学耶律迈那样，一张一张地出牌。

这时候，慕斯将军抬起头，和纳飞四目对视。在眼神接触的一瞬间，纳飞仿佛看到一口深井，平静的水面下翻腾着愤怒、伤痛和骄傲，在井底藏着大智慧，能够刺穿一切阴谋伎俩。

难道这就是真正的慕斯？我看到他的真面目了吗？

上灵在他脑中答道，是的，我让你看到他最真实的一面了。

纳飞想，那我就不能对他耍什么花样儿了，反正我也不懂说谎。要骗人首先得骗自己，让自己从心底真正相信某个谎言，然后才能骗别人上当。可是这个技巧我怎么都学不会，因为事实真相总会在我脑海中挣扎着浮上来，然后我的言辞眼神和表情动作马上就把我出卖了。

最关键的是，我来这里又不是为了和慕容复大将军斗智斗勇。我来是要给他一个机会，让他加入我们的远征队，一起返回地球。如果我不把真相都说出来，他又怎会接受我的邀请呢？

慕斯说："纳飞，请坐。"

纳飞坐下来。他留意到在慕斯面前的书桌上，铺开了一张大地图，正是西海岸的地图，在这张地图上面，在西南角很偏远的地方，有一条名叫耶律迈河的小河流，此时此刻，爸爸、羿羲和司徒博正在河边的帐篷里酣睡，不知道那些狒狒的叫声有没有把他们吵醒？上灵有没有把我现在做的事情告诉爸爸？如果羿羲拿着索引，他会不会问起我在哪里？

"依我看，你来自首，不是受良心驱使吧？难道你杀了贾霸之后，悔恨交加，为了洗清罪过，决心接受法律制裁？"

纳飞说："不是的，将军。我不想上法庭，也不想坐牢，更不想让我的新娘子守寡。"

"新娘子？你刚结婚就跑到大街上承认杀了人？小兄弟，你的老婆真的那么恐怖？你宁愿死也不想和她在一起？"

纳飞说："我来是因为一个梦。"

"哦？是你的梦还是新娘子的梦？"

"将军，是你的梦。"

慕斯不说话了，面无表情地等着。

"我知道你梦见了一个人，他肩膀上站着一只毛茸茸的会飞的动物，脚边靠着一只大老鼠。然后来了很多人和蝙蝠还有老鼠，对他们三个顶礼膜拜，还用……"

说到这里纳飞停住了，因为慕斯已经站起来，目露凶光，直勾勾地盯住他。

慕斯说："我把这个梦告诉了裴洛度，他转头又告诉了监军，所以这个梦就传回朝廷。现在你也知道了，证明你和孤威国朝廷有勾结。你快老老实实交代清楚，别在我面前演戏！"

"将军，我不知道裴洛度是谁，也不认识什么监军。你这个梦也不是你们朝廷的人告诉我的，而是上灵向我描述的。你以为你做的梦上灵不知道吗？"

慕斯坐回椅子上，可是整个神态都变了，原来那个自信满满成竹在胸的气场都消失了。

"难道你也是被神上了身？你也是真神下凡？"

纳飞说："我？你一眼就看到了，我不过是一个十四岁的男孩子，就是比同龄人长得高大一点罢了。"

"十四岁？那么年轻就结婚了？"

"年轻并不影响我和上灵的交流。"

"好多地方都有人自称能和上灵交流沟通，还靠这个骗钱。而你……好像是货真价实嘛。"

"将军，这其实没什么稀奇的。上灵其实是一台有自学功能的智能电脑。在四千万年以前，我们的祖先刚刚从地球的废墟逃来和谐星球，首先设置了这台电脑，然后对自己和小孩进行基因改造，好让人类可以在意识深处接收到上灵发送的信息。他们又给这台电脑编程，让它影响我们的思维和行动，阻止我们研发高科技，不让我们拥有高速的通信手段和交通工具。这样的话，和谐星球对于人类来说，始终是一个巨大的未知的世界，所有战争都只能局限在小范围内。"

慕斯说："直到我出现。"

"是的,你征服的地域已经远远超出了上灵允许的范围。"

慕斯说:"因为我不是神的奴隶。神——或者按你的说法,这个电脑——无论它有多大本事,无论多少人受它影响,可我偏偏就能够抵抗它,完全不被它左右。今天我能够站在这里,就是因为神斗我不过!"

纳飞说:"是的,你的想法上灵也告诉我了。可是,上灵对你的影响其实非常大,远胜于大部分人,甚至和我差不多。如果你愿意敞开心扉,你就能听到上灵的声音,它会告诉你一切来龙去脉,你就不用听我复述了。"

慕斯说道:"如果上灵说它对我的影响强于其他人,那它就是在骗你。"

"不是的。你首先得明白,上灵本来并不在意某一个人的命运;只是它一直在实施一个优选繁殖计划,就是为了培育出像你和我这样容易和它沟通的人。我刚刚知道这件事情的时候,心里也很不爽。可是仔细想来,我之所以能够来到这个世上,正是因为上灵把我的父母撮合在一起。没错,上灵一直在操纵人类,因为这是它任务的一部分。就像你,它其实一直在操纵着你。"

"我知道它一直贼心不死地想操纵我。可是,这个神,这个上灵,它从来就没有在我身上得逞过。"

纳飞说:"上灵早就知道你在抵抗,所以它只需要换个方向就行了。它想你做什么事情的话,只要禁止你往那个方向想,那你自然就会绞尽脑汁去做,而且最后总是能够大功告成。"

慕斯低声道:"你说谎。"

纳飞有点害怕,因为面前这个人已经开始变得情绪化了。慕斯将军习惯了一切尽在掌握中,现在一下子遇上这种"无能为力"的感觉，显然不是很适应。纳飞觉得可能应该先让他冷静下来才可继续往下说。

纳飞问道："你……没事吧？"

慕斯冷冷地说："这是你的临终遗言，你尽管大放厥词好了。"

堂堂大将军，竟然使出如此虚弱的恫吓手段，纳飞觉得很反感。他问道："哦？你现在算是恐吓我吗？你想想，如果我怕死，我今天还会来吗？"

此话一出，慕斯似乎警醒了，态度立刻转变，重新控制住情绪。他说："对不起，我刚才失态了。用恐吓和威胁去堵住别人的嘴，不让人说出心里话，这种行径我向来不齿。我可以向你保证，无论我心中有什么感受，你也绝对不会因言获罪。如果我真要杀你，也不是因为你说的这些话。请你继续吧。"

纳飞说："你要知道，如果上灵真的要你忘记什么东西，你是不可能想起来的。就像我哥哥羿羲和我两个人，自作聪明，硬是突破了上灵的封锁。可是我们并没有真正突破什么，其实是上灵被我们两人闹得不胜其烦，不想再继续浪费资源和我们耗下去，所以就停止干扰我们的思维。当我们了解了上灵的计划之后，我们就不再是牵线木偶，而是心甘情愿地为上灵效劳。这就是我今天来这里的原因。我妻子的姐姐在梦里见到你和上灵之间有很强的联系，而你却老想切断这种联系，总是徒劳无功。我来是要告诉你，只有和上灵合作，你才能不受它的控制。"

慕斯冷冷地问道："想赢就先投降，是吧？"

纳飞说："你要自由，那就应该和上灵对话而不是对抗。上灵是为人类服务的，而不是我们的主宰。它会聆听，也可以被说服，有时候它甚至需要我们的帮助。将军，我们需要你，请你和我们一起走吧。"

"和你们一起走?"

"我爸爸已经去沙漠了,这是我们万里长征的第一步。"

"你别想哄我,拉士葛都向我交代清楚了,你爸爸是被贾霸使诈逼走的。"

"你就那么相信拉士葛?"

"就凭他也能骗我?"

"如果他没有骗你,只是他自己也搞错了呢?"

慕斯不回答,只等着纳飞说下去。

"我想说的是,在事发的时候,无论是什么具体因素促使我们离开,其实都不重要;这一切最根本的原因是上灵让我们父子几人前去沙漠,走出这个伟大旅程的第一步。"

"那你怎么回来了呢?"

纳飞说:"我一开始就说了,我昨晚结婚了,我的几个哥哥也是。"

"耶律迈、梅博酷和羿羲。"

纳飞很诧异,心里也有些发怵,想不到慕斯对他们一家了如指掌。可是既然已经决定说实话了,那就说到底吧。"羿羲和爸爸在一起。他本来也希望回城的,我也想他一起来,可是耶律迈不愿意,爸爸也就同意了。我们三人回来是为了结婚,再带上妻子一起回沙漠的,还把我妈妈也带上。可是我们刚到的时候,一说起来意,我妈妈当场就笑了。她说爸爸的想法太疯狂,她是无论如何也不会去沙漠的。可是后来你把我妈妈软禁起来,还四处造谣诋毁她,实际上你把她和女皇城的联系都切断了。现在妈妈已经觉得这里再没有什么可以留恋,所以也答应和我们一起去沙漠了。"

"按你的说法,我做的事情其实是上灵计划的一部分,目的不过是为了让你妈妈去沙漠寻夫?"

"我是说,虽然你做事的时候有你自己的目的,可是如果你的目的与上灵的计划相违背的时候,你就会在不知不觉中逐渐改弦易辙,最后使你总是不自觉地为上灵效劳。将军,以前你一直是这样,将来还是会这样。"

"如果我不让你妈妈去沙漠呢?如果我把你们兄弟几人和你们的老婆都软禁起来呢?如果我派士兵拦住谢德美,不让她打包种子和胚胎呢?"

纳飞大吃一惊,他连谢德美的事情也知道?不可能,谢德美绝对不会四处乱说的!这个慕斯将军在女皇城人生地不熟,竟然在短短几天内掌握了那么多情报,甚至知道谢德美收集种子和爸爸的逃亡有关系。这人还有什么做不到的?

慕斯说:"你看到了吧?这里是我说了算,上灵一点儿办法也没有。"

纳飞说:"你现在当然可以软禁我们。可是一旦上灵决定我们是时候出发了,你就会突然发现一个非让我们走不可的理由,到时你自然就会放人的。"

"小子,你放心吧,如果上灵要你们走,你们就哪里也去不成。"

"你还是没明白,我这就把最重要的一点告诉你吧。不管你的敌人是上灵也好,是神也好,不管你怎么和它对抗,这些都是次要的。最关键的是你做的那个梦,那些飞兽和大老鼠。"

慕斯又不说话了。纳飞看得出,一说起这个梦,将军就忐忑不安。

"这个梦不是上灵发给你的,上灵也不明白其中的含义。"

"那就对了,这只是一个普通的梦,什么含义也没有。"

"不是的。我的妻子和她的姐姐都梦见这些动物了。你们三个人梦见同样的东西,这怎么会是普通的梦呢?而且你们心里都隐约觉得这个梦很重要,都知道梦里其实另有深意。关键是这个梦不是上灵发给你们的。"

慕斯又不说话了。

纳飞继续说道:"当初我们的祖先将地球弄得一塌糊涂,然后就跑掉。这事情到现在已经四千万年,地球经过那么长时间肯定已经恢复了。现在地球上肯定已经又有生命了,我们也是时候回家了。有很多物种肯定已经灭绝,所以谢德美才收集那么多种子和胚胎。我们这群人都天赋异禀,能够和上灵直接沟通。我们在此时此刻相聚女皇城,完全是为了准备踏上征途,返回地球。"

慕斯说:"这个传说中的地球,就算真的存在,也是在很远的一个星系,连小鸟也飞不过去。而且,你还没说清楚这件事情和我的梦到底有什么关系。"

纳飞说:"我们也不确凿地知道,只是有一个假设而已,不过上灵也觉得我们的假设有道理。我们觉得是地球守护者在召唤我们。它穿越了那么多光年,从地球来到这里,呼唤我们回去。我们估计它还修改了上灵的初始程序设定,所以上灵才开始干预具体某个人的生活历程,最终让我们聚在一起。上灵一开始还以为它知道它这样做的原因,可是最近才发现原来是地球守护者在背后操纵,就像你刚刚才知道你一生中做了那么多事情原来是受上灵的操纵一样。"

"如果这个梦是从几千光年以外发过来的话,那它肯定在三十代人之前就得从地球出发了。纳飞,你知道这有多么可笑吗?你很聪明,没理由连这一点也看不破的。你难道不知道这是上灵在愚弄你吗？"

纳飞其实想过这一点的。他说："上灵没有骗我。"

"可是你刚才也说了，上灵一直在骗我，所以我们总不能假设上灵不打诳语吧？"

"可是它没有骗我。"

慕斯问："你怎么知道呢？"

"因为它告诉我的事情……感觉是对的。"

"既然它可以让我忘记一些事情……这个我必须承认，它的确很在行……"说到这里，慕斯的声音渐渐变小，明显不想提起这些回忆。"既然它可以使我变得健忘，为什么就不能让你产生'对'的感觉？"

纳飞无言以对，因为他只要认准一件事情之后，就不会心存怀疑。慕斯的逻辑肯定有问题，可是纳飞却说不出问题所在，只能绞尽脑汁想出别的理由。"不仅是我，我的妻子和她姐姐都信任上灵。上灵一直给她们报梦和发送幻象，从来没有骗过她们。"

慕斯倚在桌子前，身体前倾，问道："报梦和幻象？你到底和谁结婚了？"

纳飞说："噢，我以为告诉过你了，是绿儿。她是我妈妈的干女儿，也住在学校里。"

慕斯说："圣湖先知。"

"你听过她的名字也不奇怪。"

慕斯说："可是她才十三岁。"

"我知道她太年轻了，可是她愿意听从上灵的命令，我也一样。"

慕斯说："她也想去沙漠，去找什么古老星球？你以为你真的能够带着圣湖先知离开女皇城？就算我不阻拦，你以为女皇城的人会放你们走吗？"

"有上灵的帮助，他们会放人的。"

"你妻子的姐姐呢？她要嫁给你的哪一个哥哥？耶律迈？"

"她要嫁给羿羲，他正在爸爸的营地等着如诗呢。"

慕斯靠回椅背，笑道："现在到底是谁控制谁呢？按照你的说法，上灵正在下一盘很大的棋，我也是其中一只小卒子。可是在我看来，神已经把所有棋子都放进我的手里。在你来之前，我还想着神终于不再和我做对了呢。"

纳飞说："上灵从来就不曾和你作对过，是你自己一心要和它对着干。"

慕斯站起来，绕过桌子，蹽到纳飞身旁坐下来，握着他的手。"小兄弟，我这一辈子，就数今天这一席话最令我刻骨铭心了。"

纳飞心道，我也是。不过他太震惊了，说不出话来。

"我看得出来，你很诚恳，也真心渴望开始这个旅程。可是我敢保证，你其实被上灵误导了。不管上灵怎么安排，你这回是无论如何也走不了的。不仅你，还有你的妻子，她的姐姐，还有你计划带上的所有人，他们一个也走不了。你早晚会看清形势，接受现实。要是你现在就能回心转意的话，我倒是有另外一个更好的安排。至少在我的计划里，你不用在沙漠里风餐露宿，终日与蛇虫鼠蚁作伴。"

纳飞很希望自己有能力向慕斯解释清楚为什么他要追随上灵和地球守护者，为什么他确信自己是心甘情愿的，为什么他知道上灵没有欺骗、愚弄和控制他，可是任凭纳飞搜肠刮肚，也想不出只字片语去表达心中所思，所以他只能继续沉默。

"你的妻子和她姐姐是我计划中最关键的角色。我来这里不是为了征服女皇城,我是要赢得女皇城人民的真心拥戴。我和你谈了将近一个小时,期间我一直在留意你的神态语气声音表情。我看得出来,你是一个很了不起的小伙子。你待人真挚,热切追求理想,心地也很善良,瞎子也看得出你不愿意伤害任何人。然而正是你在关键时候挺身而出,及时为女皇城除掉一个暴君。而且那么巧,你刚好迎娶了大名鼎鼎的圣湖先知……你也知道,女皇城中没有谁比圣湖先知更受大众的爱戴和尊敬了,她就是女皇城的希望所在。"

"我和她结婚是为了给上灵效劳。"

"说得太好了!你说得特别真,特有说服力。你就这样继续宣扬,我希望很快城里每个人都会相信你。同时我也给你造势,放话说你是奉了上灵的命令铲除贾霸,目的是要拯救女皇城;然后你可以配合着我告诉大家,你的妻子的姐姐奉上灵的命令弄垮了拉士葛;之后女皇城陷入混乱,而我则是奉上灵的命令来这里平复动乱,目的也是为了拯救女皇城。你看到没有,你和绿儿,如诗和我,这一切配合得天衣无缝。我们四个人就是上灵派来女皇城的救星,我们肩负着上灵的重任,要带领女皇城走向辉煌……和我们这个故事相比,孤威国皇帝那套真神下凡的把戏简直是贻笑大方。"

你为什么要这样做呢?纳飞想,为什么慕斯要把他供上神坛而不是推上断头台呢?他和绿儿和如诗都被慕斯关押在妈妈的学校里,为什么慕斯千方百计要和他们三人扯上关系呢?好像怎么也说不过去,除非……

慕斯问:"你说呢?"

"我猜你是想让我取代贾霸的位置,做女皇城的僭主。"

慕斯说:"不是僭主,而是人民执政官。我不会废除女皇城议会,她们还是像往常那样,为些鸡毛蒜皮的事情争吵。你就负责城防和外交事务,统率把守城门的卫兵,确保女皇城对我忠心不二。"

"你以为人们看不穿你的把戏吗?你以为大家看不出我只是个傀儡吗?"

"所以我才要入籍女皇城,成为你们的一分子。我既要做你的好朋友,还要做你的连襟兄弟。等我做了女皇城军队的统帅之后,做什么事情都是以你的名义进行,人们才不会在意谁是谁的木偶呢。"

纳飞说:"孤威国……你的目标是孤威国,你是想造反。"

慕斯说:"孤威国是和谐星球有史以来最邪恶最凶暴的霸权国家。他们背叛我的民族,奴役我的同胞,我一定要为苏斯亚族人报仇雪恨!"

纳飞说:"原来女皇城是这样毁灭的……虽然不是你亲自动手,却是因为你造反……"

"纳飞,你放心好了,我很清楚孤威国的底细。他们外强中干,而且孤威国的士兵拥戴我远甚于那个无道昏君。"

"哦,我相信你。"

"如果女皇城成为我的首都,孤威国就不可能毁灭她;没有任何一个国家能够毁灭她,因为我是常胜将军。"

纳飞说:"女皇城只是你手上一颗棋子罢了,目前还有利用价值。我能想象,你率领大军北上一路杀到高卢城,准备全歼孤威国皇帝的残兵。就在决战前夕,消息传来,剖头国军队乘虚而入,登陆西海岸。我会求你,绿儿会求你,女皇城的人民也会求你,求你再次回来拯救女皇城。你会觉得剖头国的事情可以稍后再说,当前最要紧的是将孤威国连根拔起。所以你不理会我们的哀求,而是继续留在孤威国境内斩草除根。第二年开春的时候,你已经将孤威国皇帝赶尽杀绝了,然后才挥军南下痛击剖头国,为女皇城报仇雪恨。

最后你还会站在女皇城的废墟上失声痛哭,你的眼泪里可能有几滴会是真的。"

慕斯还握住纳飞的手,纳飞感觉到他正在发抖。

慕斯说:"你现在就得决定,你是宁愿统治女皇城呢,还是宁愿死在女皇城?无论你选择哪一个,我都可以从中得益。有一件事情是肯定的,你今生今世也休想离开女皇城一步。"

"只有上灵能够决定我的命运。"

慕斯说:"快说,你要生还是要死?"

纳飞说:"如果上灵要我帮助你夺取女皇城,我自然愿意做执政官。可是现在上灵要我回地球,所以我是不会为你统治女皇城的。"

慕斯说:"看见没有?你还是被上灵愚弄了,这一次你恐怕连小命也得搭上。"

纳飞道:"上灵从来没有愚弄过我,它绝对不会欺骗我们这些心甘情愿的追随者。"

慕斯说:"你只是从来没有看穿过上灵的谎言罢了。"

纳飞大声道:"不!不是的,我知道上灵从来没有骗我,因为……因为它的承诺都实现了,每一个承诺都实现了。"

"或者它让你忘记了那些没有实现的。"

纳飞说:"如果我坚持怀疑的话,我可以无休止地怀疑下去,不过凡事总有个限度。当你怀疑到一定程度的时候,你总得停止质疑,开始行动,这时候你就必须开始相信某些事情。你总会找到一些信念和理想,它们有最充分的理由让你信以为真,然后你就用它们作为你一切行动的基石。只有这样,你活在世上才会充满希望。我找到了上灵,我相信它,我希望活在它向我展示的那个世界里。"

慕斯语带讥讽:"我知道,地球。"

"我不是说具体哪个星球，我是说……我向往上灵向我展现的那个现实。在那个世界里，人的一生有目标，有意义，也有值得为之奋斗的理想；所有的牺牲和苦难都能让这个世界变得更好。"

"你说的这些话都是自己骗自己。"

"我是说，我亲眼看到的所有事实，上灵都给了我合理的解释。它的解释和我的所见，两者非常吻合，可以说是天衣无缝。然而在你的版本里，我看到的一切都成了骗局，我一直被蒙在鼓里。固然，你的说法也能解释过去，我没办法确认你的故事就一定是错的——就像你也没办法确认我的说法一定不是真的。既然这样，我就选择我喜欢的版本好了，至少在我这个版本里，人可以活得更有意义。所以，我会坚持相信我向往的那种人生才是现实，而我讨厌的那种生活——也就是你的版本，你的生活——全是谎言，而你自己其实也心知肚明这就是谎言。"

"纳飞，你还没意识到吗？你说的这番话正是我刚才对你说的，上灵一直在愚弄我。我只是想帮你看清楚，你那个远征地球的计划是多么的荒诞不经。其实上灵把我们两人都耍了，现在我们唯一能做的就是在这个乱世里尽量活得好一点。现在我就给你这个机会，如果你愿意和你的新婚妻子一起，为我统治女皇城，我们君臣二人就可以合作无间，携手建立和谐星球历史上最伟大的帝国，你也可以名垂千古。你快决定吧。"

纳飞答道："我已经决定了。你的帝国绝不可能实现，因为上灵是不会允许的。就算你成功了又如何？你的雄图霸业在我眼里有如尘土一般。你仔细听听，地球守护者在呼唤我们，地球守护者也在召唤你。慕容复将军，我再一次恳求你，不要再执迷于争霸天下、报仇复国了，你已经浪费半生在这些微不足道的事情上。请你和我们一起回人类的发源地吧,你的雄才大略应该用在更加有意义的事业上。和我们一起走吧。"

慕斯说:"和你们一起走?你们哪儿也去不了!"说完他站起来,走到门前,推开门道:"把这个小子带回他妈妈那里。"

两个士兵马上出现了,好像一直守候在门口似的。纳飞从椅子上站起来,走到慕斯身旁。慕斯正好挡住半边门,两人四目相对。纳飞看出他眼中充满愤怒,丝毫没有被纳飞的一席话平息半点。同时纳飞也在慕斯的眼神里看到了恐惧,这是一开始见面时没有的。

这时候,慕斯抬起手,似乎要往纳飞脸上打过来,纳飞站直了不躲不闪。慕斯似乎犹豫了半秒,最后手落在纳飞的肩膀上,他的脸上也露出了微笑。纳飞脑中响起上灵的声音:一巴掌打脸上就是杀人的暗号,我用尽所有能量才影响了这个天生反骨的家伙,将他的掌击变成微笑,可是他心里还是暗藏杀机。

慕斯说:"小兄弟,你我并非敌人。今天我说的话,你不要向别人提起。"

纳飞说:"将军,我是不会隐瞒我家里人的,我们家里没有秘密。况且即使我不提,上灵也会告诉他们,我刻意隐瞒只会失去他们的信任。"

纳飞话音刚落,门口那几个士兵一下子就绷紧了,似乎随时准备挥拳;可是慕斯始终没有发暗号让他们动手。正相反,慕斯再一次微笑了。"阳奉阴违是小人,唯命是从是懦夫。看来你既不是小人,也不是懦夫。"

纳飞道:"将军过奖了。"

慕斯说:"我真舍不得杀你。"

"我也舍不得死。"纳飞想不到自己在如此危急的关头还这么嘴碎。

慕斯问:"你真的相信上灵可以保护你?"

纳飞答道:"上灵今天已经救我一回了。"

说完,纳飞转身出门往外走去,身前身后各有一个士兵。

没走几步,身后慕斯说:"等等!"

纳飞站定了,转过身看着慕斯。只见他穿过大堂,快步来到纳飞身边道:"我和你一起去。"

那两个士兵站在那里,相互之间并没有对望,可是纳飞却留意到他们很不自然地换了一下重心脚。纳飞从这个微动作推断,这两个士兵是觉得很意外,可见慕斯这个决定并不是预先安排好的。

纳飞想,如此看来,此行还是有收获的。虽然我没有达到预期目标,没办法说服慕斯和我们一起去地球,可是我改变了形势。今天我这样来一趟,有一些东西因此就改变了。

希望这种变化是往好的方向。

上灵在他脑子里说,我也希望是这样。

第七章 女 儿

华纱女士的梦

婚礼之后,华纱辗转反侧睡不好。作为女皇城中的模范教师,她当然恪守本分,没有把心中的疑虑说出来。狄傲丽是个痴情小女人,华纱很疼爱这个干女儿;梅博酷是韦爵的不肖子,华纱对他讨厌至极。可是刚才华纱竟然亲自把干女儿送到梅博酷手上,现在想起来,华纱还是觉得一阵阵揪心。

没错,梅博酷这小子确实英俊潇洒魅力十足——华纱不是瞎子,当然知道梅博酷使出手段时的确可以疯魔万千少女。本来在正常情况下,华纱并不介意他做狄傲丽的第一任丈夫。她的干女儿并不蠢,一年之后肯定不会和梅博酷续婚约。可是一旦到了沙漠,就没有"续婚约"这回事了。无论他们最终去哪里,地球也好,和谐星球上别的什么地方也好,总之女皇城这种婚姻制度是再也行不通的,他们对待婚姻的随意态度也必须改了。华纱不止一次郑重其事地警告过这些年轻人,可是她知道,至少梅伯和狄傲丽就根本没有把她的话放在心上。

华纱知道梅伯的小算盘,他压根儿就没打算离开女皇城。娶了狄傲丽之后,梅博酷就正式成为女皇城的市民,可以名正言顺留在城里。如今谁再想逼他走，梅博酷只会耻笑他们不自量力。如果不是孤威国的士兵守在门外，可能婚礼一结束，梅伯就会带着狄傲丽扬长而去。然后他会深居简出，一直耗到他们死心，等他们离开女皇城之后才重新露面。看来梅伯之所以到现在还循规蹈矩，唯一原因就是华纱被软禁在家。随便吧，上灵会安排好一切的，梅博酷也耍不出什么花样。

　　梅伯和狄傲丽，耶律迈和艾雅……以前华纱还有几个干女儿也是遇人不淑，就连她自己的两个女儿不也是嫁错人了吗？不对，婚姻失败的只是柔珂。欧必忍不见得比梅博酷高尚，他只是胆小懦弱，没有梅博酷的本事去哄骗女孩子罢了。至于莎芙，她真算是嫁了个好人家，华纱对费雅思过去几天的表现相当满意。虽然莎芙现在失声了，可是塞翁失马焉知非福，说不定她能够痛定思痛，一改前非，从此做一个贤妻良母。大千世界，无奇不有，更古怪的事情都发生过，何况这个呢？

　　婚礼结束之后，华纱回到自己房间，躺在床上睡不着。她惦记着小儿子纳飞和她最疼爱的干女儿绿儿，这两人的婚姻才真正让她心烦意乱，无法入睡。绿儿太年轻了，纳飞也是。他们的快乐童年还远没过去，怎能一下子就栽进成人的生活里面呢？他们生命中很宝贵的一些东西从此就缺失了……被上灵盗走了。在婚礼中，绿儿和纳飞显得那么甜蜜，都很努力地想一下子学会相爱，华纱看得心都碎了。

　　上灵，这一切都是你造成的。那么多牺牲，值得吗？我的纳飞才十四岁，为了你，他的双手已经沾满了鲜血。绿儿和纳飞正值青葱岁月，本来应该只是情窦初开的少男少女，只敢害羞地互相偷望，心里揣测着对方会不会喜欢自己。可是现在，因为你，他们已经同床共枕了。

华纱在床上辗转反侧，思绪万千。这是一个炎热的秋夜，月隐星稀，夜空黑沉沉的；女皇城还在实施宵禁，街灯昏暗，房间里面几乎什么也看不见。华纱却不想开灯，因为值夜的用人如果看到她房间开了灯，以为她需要什么东西，就会小心翼翼地开门进来询问一番。华纱这时候只想一个人待着，所以她就一直这样躺在黑暗之中。

上灵，你到底在图谋什么？我一直被软禁着，没有人能够进出我的学校。慕斯害我与世隔绝，我现在已经不知道在女皇城中我可以信任谁了！我只能在这里干等，眼睁睁看着你和慕斯各自出牌。最后谁是赢家呢？是诡计多端的慕斯？还是神机妙算的上灵？

你想从我一家人身上得到什么？你要对我最爱的人做些什么？本来我很不赞同你的一些做法，可是为了顾全大局，我还是照办了，比如说阿飞和小绿儿的婚姻。至于羿羲和如诗，要是到时候如诗愿意的话，我当然替他们开心。一直以来我都梦想着羿羲能够找到一个真正爱他的女孩子，不嫌弃他残疾，看到他的强项，愿意嫁给他。我亲爱的干女儿如诗，文静聪慧，还是解构者，她愿意嫁给羿羲自然是最好不过了。

可是这个沙漠旅程，我们还没准备好——在我的学校里根本就没办法准备，你又有什么锦囊妙计呢？恐怕你已经有点力不从心了吧？你真的有预先计划好一切吗？这种沙漠旅程需要充足的准备和周详的计划。韦爵父子能够说走就走，因为他们有现成的设备，也有骑骆驼搭帐篷这些经验；至于我们……你没有指望我们这些女流之辈一上来就懂这些活儿吧？

华纱忽然意识到自己刚才一直在谴责上灵，心中有点惭愧，连忙将连串的腹诽换成谦卑的祈祷。她把手指泡进床边的圣水盆中，祷告说，上灵，请帮助我入睡，让我今晚好好休息；也请您拨冗为我指点迷津，将您的计划告诉我。祷告完毕，华纱将每只手指都放在嘴唇上亲一下，吻掉沾在指尖上的圣水。

这时候，华纱突然想出几句话，连忙给她的祈祷加上一个附录。亲爱的上灵，您说出您的计划的时候，如果有什么疑难之处，也请尽管说出来，我对女皇城还算是略知一二。您不如我了解这里的人，也不如我关心她们；而且，恕我直言，到目前为止您的计划好像还有些阻滞……

华纱突然意识到自己又在教训上灵了，不禁大窘，心中暗道：罪过罪过。

然后她想，随便吧，教训就教训吧……华纱转了个身，开始沉沉入睡。微风从窗口吹进来，慢慢吹干了她的手指。

华纱做梦了。

在梦里，她在圣湖荡舟，在她对面船尾那里坐着上灵。华纱当然没见过上灵长什么样，可是在梦里她知道这人就是上灵。上灵的样子有点像韦爵的妈妈，面相很严厉，心却很软。

上灵说："继续划。"

华纱低头一看，她正坐在双桨那里。"可是我没力气划船啊。"

"你没试过怎么知道呢？"

华纱说："我可不想试。我宁愿干你那个活儿。你是无所不能的神祇，还是你来划船我掌舵吧。"

上灵说："我只是一台电脑，没手没脚的怎么划船？还是得你来。"

"什么没手没脚？我都瞧见你四肢健全，比我壮多了。而且我又不知道你要带我们去哪里,我现在背对船头坐着,只看见后面,看不到前方。"

上灵说:"我知道。你一辈子都往后看,想恢复女皇城昨日的辉煌。"

"如果你不赞同我的做法,至少你可以跟我换个位置,让我往前面看,你来划桨推动我们前进。"

上灵说:"你们就尽管把我指挥得团团转吧。我都开始有点后悔不该弄那个优生培育计划。你们对我太熟悉,就不再心存敬畏了。"

华纱说:"这可怨不得我们。还有,这船太窄了,我们要是侧身换位的话,肯定会掉湖里。你从我胯下钻过去吧,这样船才不会翻。"

上灵一边爬一边嘟囔:"没错怪你吧?一点尊敬也没有。"

华纱答道:"我尊敬你,只是我再也不会心存幻想,以为你永远正确。纳飞和羿羲说过,你是一台电脑。或者说是安装在一台电脑里的一个程序,所以你不可能比编程序的人更聪明。"

"你有没有想过,编程序的人可能给我加载了自主学习的功能。经过四千万年的时间,我多少也拾到几个好主意吧?"

"噢,我知道你有,也希望你尽快展示一下——至少目前看来你做得还不是太好。"

"或者我做了很多,只是你不知道罢了。"

华纱在船尾坐好,手扶着船舷,看着上灵牢牢地握住双桨。看来上灵还是有点力气的,华纱觉得很欣慰。

上灵用力一划,船身只是晃了一下就动弹不得了。华纱看一下四周,顿时明白为什么划不动了。原来她们根本不在圣湖上,而是在一片延绵起伏的沙海之中。

华纱说:"这下子真是祸不单行了。"

上灵道:"你这个舵手好像不是太称职嘛。你不会指望我在这里划船吧?"

华纱说:"我不称职?是你让我们来沙漠的!"

"换了是你,难道你有更好的主意吗?"

"当然有。比如说,骆驼在哪里?我们需要骆驼,还有帐篷!我们一共有多少人来着?耶律迈和艾雅,梅博酷和狄傲丽,纳飞和绿儿,还有如诗,这就七个了。还有我,最好带上莎芙和柔珂,还有两人的丈夫——如果他们愿意一起走的话——一共十二个人。我好像忘了什么……噢,对了,谢德美和她那些种子和胚胎……一共有多少个干燥箱呢?我想不起来了……反正就是谢德美和她的东西就要至少六头骆驼。还有食物和水,我都不知道应该怎么估算了。总之我们一共十三人,沿途都需要食宿。"

上灵问:"这个……你告诉我有什么用呢?你以为在我的内存里常备着一些二进制数码骆驼和帐篷,随时可以调出来用?"

"瞧,我就知道你根本没有为这个沙漠之旅做准备。你难道不知道这些装备不可能一下子就凑齐的吗?如果你帮不了我,至少给我找个能帮忙的人吧!"

于是上灵开始带着她往远处一个小丘走去。

上灵唠叨着说:"你这人真是颐指气使惯了。你别忘了,我才是你们人类的领路人。"

"行!可以!你就继续领你的路吧,我关心的人就交给我照料好了。不过我走了之后,学校怎么办呢?你有没有想过我的学校?全校师生都靠我一个人撑着。"

"她们可以回家嘛。学生可以转校,老师可以跳槽,你就别操心了,和谐星球没有你也一样会转。"

在梦里,她们有时候可以健步如飞,有时候却举步维艰。来到小沙丘的顶上,华纱发现自己竟然站在学校门前的大街上——她从来不知道这条街原来直接连着沙漠。华纱左右张望,想看看上灵要带她往哪个方向走,却突然看见面前站着一个士兵。这个不是孤威国的士兵,而是女皇城守兵的军官,华纱松了一口气。

那个军官说:"华纱女士。"语气中带着敬畏。

华纱说:"我有个任务给你。本来上灵应该亲自吩咐你的,可是它决定让我来传话,希望你能够尽力帮忙。"

军官答道:"我一定竭尽全力为上灵效劳。"

"很好,这项工作就完全托付给你了,因为我是外行,请你自己见机行事吧,我只希望你手头有充足的资源可供调配。首先,我们一行十三人。"

"你们十三人做什么?"

"沙漠旅行。"

"可是慕斯将军把你软禁在家里……"

"噢,这个嘛,上灵自然会处理的,我总不能事必躬亲嘛。"

军官说:"那好,你们一共十三个人,去沙漠旅行。"

"我们需要骆驼和帐篷。"

"帐篷要大的还是小的?"

"大是多大?小是多小?"

"大的可以容纳十二人,不过这种帐篷很难搭。小的可以睡两人。"

华纱说:"那就小帐篷吧。我需要一个三人帐篷,给我、如诗和谢德美,其余的就五个双人帐篷可以了。"

"解构者如诗？她也去？"

"这些具体名单你就别操心了。"

"恐怕慕斯将军不会允许如诗离开吧。"

华纱说："他也说过不让我离开学校半步……我们走着瞧吧。你需要列一张清单吗？"

"不用，我能记住。"

"好。我们得骑骆驼，还需要足够数量的骆驼运帐篷和补给。说到补给，我忘了具体是多少天了……十天应该差不多了。"

"这需要很多骆驼。"

"那也没办法。你是个军官，肯定有办法吧？"

"有。"

"还有，我需要六头骆驼，专门运送谢德美的干燥箱。估计她已经装好箱了，你直接和她商量吧。"

"你什么时候需要？"

华纱答道："马上！我也不清楚具体什么时候出发，你也知道我们现在被软禁在家里……"

"我知道。"

"可是我们必须准备妥当，能够随时上路。"

"华纱女士，我必须有慕斯的授权才能准备这些东西。现在什么事情都是他说了算，我连我自己的部下也指挥不动了。"

华纱说："好的，那我现在就把慕斯的命令给你。"

军官说："你怎么给我？"

华纱说："上灵，该你出手了吧？"

话音刚落，慕斯突然出现在那个军官的身旁。他很严肃地说："你刚才和华纱女士说话了？"

军官回答说:"是她主动找我的。"

"没问题,我希望你仔细留意她说的每一句话。"

"你授权我帮她准备一切吗?"

慕斯说:"这时候我还不能授权给你,至少不能正式授权。可是我很快就会让你帮华纱了,只是现在我自己还不知道而已。所以你必须私底下帮她打点收拾,别让我知道,明白了吗?"

"如果你发现的话,我希望我不会惹上太大麻烦。"

"放心,只要你别主动跑过来跟我坦白,我是不会发现的。"

"那就好。"

"当我觉得是时候让他们出发了,我就会命令你帮他们准备一切。你只需要回答一句'遵命,我会马上办妥'。千万不要透露出你早已经准备好了,更不要让别人觉得我是早有预谋。我不喜欢尴尬,明白吗?"

"明白了,将军。"

"我不想杀你,所以你别让我尴尬,知道吗?我需要你做我的左右手。"

"遵命。"

慕斯说:"你退下吧。"

军官一下子就不见了。

慕斯马上变回上灵的样子,说道:"华纱,我觉得这样就妥当了。"

华纱说:"是的,我也觉得够稳妥了。"

上灵说:"那就这样吧,你该起床了。真正的慕斯将军马上就要敲你的门了,快准备一下吧。"

华纱很不爽:"真是太感谢你了,我还没怎么睡,你就要我起床!"

上灵说:"这可不怪我,都怨你的小儿子。天没亮纳飞就雄起赳气昂昂地去找慕斯,如果不是他这样闹,你还能多睡一会儿。"

"现在几点了?"

"你快起来自己看钟吧。"

说完上灵就消失了,华纱随即醒过来。她扭头看钟,可是天还没亮,房间里太黑,不起床走过去是看不清时间的。华纱轻叹一声,开了灯。这时候起床太早了,可是刚才那个梦虽然古怪,至少有一点是准确的:有人正在按门铃。

这个钟点有访客,除非华纱批准,否则哪个用人都不能擅自开门。可是大家都想不到华纱那么快就来到大厅。

华纱问:"谁在按门铃?"

"华纱女士,是你的儿子,还有那个慕什么将军。"

华纱吩咐道:"开门吧,然后你们可以回房休息了。"

夜晚的门铃不是很响,没有吵醒屋里其他人,所以大厅里空荡荡的。大门打开,纳飞和慕斯一起走进来。慕斯肯定带着随从,不过他们都没有跟进来,只是守在外面。华纱不禁想起之前的两个访客,贾霸和拉士葛。这两人都自以为是女皇城的主宰,却都带着一群面具雇佣兵,与其说是为了吓唬华纱,不如说是为了给他们自己壮胆。而慕斯并不需要带跟班,这人的确是不一样。

华纱说:"我不知道我的儿子半夜三更还在街上游荡。很谢谢你那么热心把他带回来给我。"

慕斯说:"这倒不奇怪。毕竟他现在已经成家了,你当然不能像以前那样整天看着他,对吧?"

华纱瞪了纳飞一眼。这小子怎么搞的,为什么四处跟人说他昨晚刚刚娶了圣湖先知呢？他就不懂得谨慎一点吗？嗨，他当然不懂了，否则又怎么会不小心被慕斯的士兵抓到了？他想干吗？逃跑吗？

不对，不对，不是逃跑……刚才在梦里面，上灵说他"雄赳赳气昂昂地去找慕斯"。华纱道："希望纳飞并没有太麻烦你。"

慕斯说："老实说，是有一点点麻烦。我希望他和我联手为女皇城创造一个辉煌的未来，可是他拒绝了我的好意。"

"请恕我愚昧，可是据我所知，女皇城已经很辉煌了，我实在想不出纳飞怎样才能够锦上添花。莫非和谐星球上还有别的城市比女皇城更古老、更神圣、更具传奇色彩？难道还有别的城市能够维持更久远的和平？"

慕斯说："女皇城现在不过是朝圣者的集散地，只能孤芳自赏。我要把它变成世界的中心，让万国来朝。"

"万国来朝？在这之前总免不了兵灾战祸、血雨腥风吧？"

"如果各位愿意合作，如果我的计划能够顺利展开，我们就可以避免血光之灾。"

华纱问："你要和谁合作？我，还是纳飞？"

"我想冒昧求见你的两位干女儿。一个是纳飞的新娘子，另外一个则是她那位尚未成婚的姐姐。"

"我不想你见她们。"

"可是……说不定她们想见我呢？如诗今年十六岁，绿儿刚刚成家，按照法律，她们有权自主决定是否接见访客。希望你为我通传一声，就算是尊重一下女皇城的法律和礼节好吗？"

华纱不由得打心眼里佩服这个可怕的对手。当初贾霸和拉士葛为了达到目的，极尽恐吓威胁之能事；然而慕斯只需诉诸礼仪就将华纱逼得无路可退。他不屑于提到他手下的一千精兵，也没有用他的权力地位进行恫吓。慕斯的武器仅仅是华纱自身的修养和风度：他的要求合情合理，像华纱这么知书达礼，是没办法拒绝他的。

"好吧。不过我已经让用人回去休息了，这样吧，我让纳飞去唤醒如诗和绿儿，我就留在这里陪你等。"

慕斯点点头，纳飞马上快步走向侧翼的厢房。华纱不禁揣测，耶律迈、艾雅、梅博酷和狄傲丽他们几个什么时候才醒呢？当他们知道纳飞去求见慕斯将军，他们会怎么想呢？大概会佩服纳飞的勇气，可是耶律迈肯定会恨纳飞多管闲事，无端生出这许多是非。纳飞总是不自量力，忘记自己还只是个男孩子——华纱不怪他，只是很担心他因此惹祸上身。

慕斯说道："这个大厅不是很舒服，我们可不可以去一个稍稍僻静一点的房间，这样就不用被早起的人打扰了。"

"我的两个干女儿还没答应见你呢，为什么要急着找一个僻静的房间呢？"

慕斯说："你的干女儿和你的儿媳妇。"

"我和她们两姊妹那么亲近，什么称呼都一样。"

慕斯道："你真的很爱她们。"

"是的，为了她们我连命也可以不要。"

"可是你却不愿意为她们找一个僻静的房间，方便她们接待一个来自远方的访客。"

华纱气得直瞪眼，却又无可奈何，只能带慕斯来到她的办公室。他们走到屏风前面，华纱坐下来，同时示意慕斯也坐在长凳上。可是慕斯假装没留意，绕过屏风，径直走进开放门廊，在栏杆前面站定了，肆无忌惮地看着长峡谷禁地。华纱明知他犯禁了也无可奈何。

她没办法开口阻拦，因为她的反对根本不会有效，只会让她显得很虚弱很可怜。

所以华纱站起来，走到慕斯身边，一起看着长峡谷。

华纱说："你看到了大部分男人都没见过的景象。"

慕斯说："可是你的儿子也见过，他甚至还光着身子在圣湖里面泡过。"

华纱说："这可不是我指使的。"

慕斯说："我知道，这是上灵的主意。它领着我们走过了那么多弯路来到这里……我走过的路恐怕是最曲折的。"

"从这里开始这条路又会转向何方呢？"

"这条路会通向伟大、荣耀、公正和自由。"

"这条是谁的路？"

"女皇城的路……如果女皇城肯跟着我走的话。"

"伟大、荣耀、公正、自由，这些我们都有了，你就算鼓足了劲去折腾，充其量也只是画蛇添足罢了。"

慕斯说："就算你说得不错，就算我一开始只是想利用女皇城的光环来给我自己镀金，难道女皇城的光彩就那么珍稀罕有，以至于不能分我一点？"

"慕斯，你总是彬彬有礼，讨人喜欢。可是我一想起你，心里就忍不住害怕。"

"你为什么害怕呢？我对你并没有恶意，也从来没想过伤害你关心的人。"

"我不是为自己害怕，我是替女皇城担心，替这个世界担心。我们的祖先设置上灵就是为了防止你这种人的出现，你是一台战争机器，也是权力和欲望的化身。"

"华纱女士你谬赞了，我实在是受宠若惊。"

这时身后传来脚步声，华纱转身看见绿儿和如诗正走进来，纳飞在她们身后停住脚步。

华纱说："纳飞，你也随你的妻子和她的姐姐一起进来吧。慕斯将军刚刚废除了我们的古老禁令——至少在今天早上这条禁令暂时不会生效。现在眼看就要日出了，你就放心进来吧。"

纳飞于是也快步走进开放门廊，众人分别坐好。慕斯在不经意之间就占据了中心位置：他背靠着栏杆，面向众人，其余四人不得不以他为圆心坐成一个半圆形。

"今天早上，我特意前来当面祝贺圣湖先知新婚之喜。"

绿儿很庄重地点头致意。华纱很清楚，绿儿也知道慕斯的来意绝非这么简单。她其实很希望纳飞知道慕斯打的什么算盘，并且事先和两姊妹商量好对策才过来。

慕斯继续道："你还那么年轻就结婚，相当的惊世骇俗啊。可是当我看到纳飞之后，我就疑虑尽释了。你们两人真的是天作之合，只有纳飞这么勇敢高尚的年轻人才配得起圣湖先知。纳飞年少英雄，有勇有谋，我恳求他允许我提名他竞选女皇城执政官。"

华纱说："女皇城没有这个职位。"

慕斯道："马上就有了。其实女皇城以前也曾经有过执政官，通常都是在战时任命的，在和平年代倒不多见。"

"如果你离开我们就和平了。"

"现在多说也无谓，因为你儿子拒绝了我的好意，不过这也未尝不是一件好事。本来以纳飞的资质，他完全可以成为一个伟大的执政官。他既是圣湖先知的新婚丈夫，自己本身也能和上灵直接沟通。在市民看来，纳飞和绿儿就是上灵最宠爱的一对金童玉女，如果能由他们两人一起照料女皇城，那就再好不过了。就凭这一点优势纳飞就肯定能当选。要是有人质疑纳飞只是孤威国将军的傀儡，而并不是一个真正的强者，我们只需要提醒他们，早在慕斯将军来到之前，纳飞就已经奉上灵的圣令，亲手处决了贾霸，以一己之力将女皇城从暴君手中解救出来，还为罗达报了仇。这样一个捍卫自由、伸张正义的孤胆英雄，女皇城大众能不爱戴吗？纳飞当选之后，在华纱女士的辅助之下，必然能成为一个英明的领袖。"

华纱说："可是纳飞已经拒绝了。"

"没错，他拒绝了。"

"那你为什么还给我们戴高帽？"

慕斯说："因为要达到我的目的，还有别的路可以走，结果还是殊途同归。比如说，我可以让舆论公开谴责纳飞乘人之危，谋杀一个手无寸铁的醉汉。然后我捧起拉士葛，说他在危难之际力挽狂澜，竭力维持女皇城的秩序。如果不是解构者如诗的恶意中伤，他可能已经带领女皇城渡过难关了。众所周知，拉士葛是一个精明能干尽忠职守的管家，勤勤恳恳地经营着韦爵和贾霸两大家族的产业，而且他身上也没有血债。我们把纳飞和如诗送上审判席的时候，人们会选拉士葛做执政官，他可以名正言顺地成为贾霸两个女儿的监护人。法庭会处决纳飞，他的遗孀交由拉士葛保护；解构者被赦免之后，同样受到拉士葛的保护。他的职责是保护这几个弱女子不受华纱女士的毒害。"

华纱说："原来你也会使出恐吓的招数。"

"华纱女士，我只是向你描述不同的可能性。无论我选择哪一条路，最终总会达到我的目的。我会让女皇城死心塌地地跟随我，这样我就没有后顾之忧，可以放心北上推翻孤威国昏君的暴政。"

如诗平静地问道:"还有第三条路吗?"

慕斯说:"有的,而且这第三条路可能正是上上策。我让纳飞带我回来,就是为了亲自在解构者面前求婚。"

华纱惊呆了:"嫁给你?"

慕斯道:"虽然我名字的意思是'丈夫',其实并无家室,人孤独太久就想找个伴了。如诗,我刚刚过三十岁,做你的丈夫还不算太老吧?"

华纱说:"如诗已经许配给我儿子了。"

慕斯猛地转头盯住华纱,突然像变了一个人似的,本来一脸的和颜悦色在瞬间变成了满面怒容。"你的儿子只是一个龟缩在沙漠里的废人。这个可爱的女孩子从来就没喜欢过他,更加不会嫁给他。"

如诗说:"你错了,我喜欢他,也愿意嫁给他。"

慕斯说:"可是你还没嫁给他。"

"还没。"

慕斯道:"那就行了,没有哪条法律禁止我们结婚吧?"

"没有。"

华纱说:"你尽管派人进来把我们都杀了吧!我宁死也不会让你把如诗抢走的!"

慕斯说道:"你别那么夸张好不好?我根本就没打算要逼谁干什么。就像我刚才说的,面前有几条路可以走。纳飞随时都可以答应做执政官,那我就不用急着和如诗结婚。当然,要是如诗愿意嫁给我的话,我当然是却之不恭。如诗,我向你保证,你嫁给我之后,就能分享我的荣耀,你的名字将会和我一起载入史册,万世流芳。"

华纱说:"不行!"

慕斯说:"我不是问你。"

如诗不说话，只是静静地看着他们，眼光在每一个人身上扫过。华纱知道如诗不是在看具体某一个人，而是在观察维系着人际关系的纽带，她在衡量着他们几个人之间的爱与忠诚有多牢固。

终于，如诗开口了："华纱阿姨，请你原谅我，恐怕我要让羿羲失望了。"

华纱厉声道："如诗，不要被他吓怕了，上灵不会让他害死纳飞的！"

如诗说："上灵不是万能的，它只是一台电脑而已。"

"如诗，你和羿羲的缘分是上灵安排好的。"

如诗说："华纱阿姨，请你尊重我的决定，不要再劝我了。我和这个男人之间有一种特殊的纽带，完全在我意料之外。当初我听到'慕斯'这个名字的时候，根本想不到，那个真正有权这样称呼他的女人竟然是我。"

慕斯道："如诗，当初我决定向你求婚，本来是出于政治原因。那时候我还没见到你本人，不过已经听说你很聪明。刚才第一眼看到你，我就觉得你天生丽质。现在听你说话，看你思考的方式，我知道你正是我的心上人。我不仅要和你分享权力和荣耀，我更要做个好丈夫，给你真正的爱情。"

如诗说："我也会全心全意做你的好妻子。"说完，她站起来走到慕斯面前。慕斯张开双手，将如诗轻轻地抱在怀里，在她脸颊上吻了一下。

华纱快要崩溃了，一句话也说不出来。

如诗问道："我可以让华纱阿姨主持婚礼吗？我想，出于局势考虑，你是打算尽快举行婚礼吧？"

慕斯回答说："越快越好，可是我们不能让华纱女士主持婚礼，她现在的名声不是太好。当然，那些流言蜚语在婚礼之后很快就会澄清的。"

"我能不能和我的妹妹再相处多一日？"

慕斯说："这是你的婚礼，又不是葬礼，将来你还有无数机会和你妹妹相处。可是我们的婚礼必须在今天中午举行，就在乐团大剧场那里。婚礼由你的妹妹绿儿主持，全城百姓都是我们的见证人。"

太可怕了，慕斯老谋深算，无所不用其极，将每一件事情都变成他手上的一颗棋子。他让绿儿主持婚礼其实是利用绿儿的光环替他自己增色。借助这两姊妹的名望，慕斯就会从一个外国人摇身一变，成为女皇城的名流。然后他就不需要找一个傀儡做代言人，而是直接自封人民执政官。如诗以执政官夫人的身份成为女皇城的第一夫人，自然能够为慕斯锦上添花，让他的地位更牢固。如诗不应该助纣为虐，因为慕斯的野心必然会毁了女皇城。

毁了女皇城……

华纱心潮澎湃，忍不住仰天长叹："上灵，难道这就是你的计划吗？"

慕斯说："正是！纳飞亲口说过，我是在神的操纵之下来到这里的。我名叫'丈夫'，被神带来女人之城，除了结婚娶妻，难道还有别的目的吗？"慕斯说完转身面对着如诗。如诗一直仰头看着他，手还搭在他的胳膊上。慕斯说："亲爱的如诗小姐，你能不能这就和我一起回去？你的妹妹需要时间为中午的结婚仪式做准备，我们也有好多事情需要商量，而且我们应该一起去女皇城议会宣布这个喜讯。"

绿儿站起来，走前两步，说道："我又没答应参与你这场闹剧。"

纳飞急忙说："绿儿！"

华纱仿佛揪住一根救命稻草:"你可不能逼她为你主持婚礼!"

这次慕斯还没说话,反而是如诗先开口了:"妹妹,做姐姐的求你了,如果你还爱我,如果你还念及我们那么多年的感情,你就一定要来大剧院为我们主持婚礼!"说到这里,如诗挨个看着他们。"华纱阿姨,你一定要出席,并且带上你的女儿女婿;纳飞,你也带上你的哥哥嫂嫂。还有,把住校的教师学生都带去吧,让大家一起见证我一生中最重要的时刻。华纱阿姨,你抚养我长大成人,给我一个快乐的童年;现在我要离开了,求你再迁就我一次,务必出席我的婚礼,就当是给我的最后留念吧,好吗?"

华纱突然觉得如诗很陌生、很疏远,不禁悲从中来。她流着眼泪答应了如诗的要求,绿儿也同意为他们主持婚礼。

如诗问慕斯:"你会准许他们离开学校出席我们的婚礼吗?"

慕斯微笑回答:"有人会护送他们去大剧场,然后再护送他们回来。"

"那就行了。"如诗说完就挽着慕斯的手臂走出了开放门廊。

他们离开之后,华纱坐倒在长凳上一边哭一边恨恨地说:"枉我们那么多年来这样待她,原来她眼里根本就没有我们。"

绿儿说:"不是的,如诗很爱我们的。"

纳飞说:"妈妈不是说如诗。"

华纱突然叫道:"上灵!上灵!"声音尖锐刺耳,好像雄鸡唱晓的声音。

纳飞劝道:"妈妈,就算你不再相信上灵,至少对如诗也有点信心吧?你看不出来吗?如诗其实是在尝试扭转局势。她之所以答应慕斯的求婚,是因为她从中看到了转机。你有没有想过,可能是上灵叫她答应的。"

绿儿说:"我也想过这个可能性,却很难相信是真的。至少上灵就没有给我们任何提示。"

纳飞说:"那我们就不要在这里唠唠叨叨,怨天尤人了。我们应该静下心来仔细听听,可能上灵只是在等,它等我们在百忙之中分一点点精力出来听它分析一下当前的局势。"

华纱说:"好吧,那我就听一下她到底有什么话要说!"

于是三人都不说话,各自在心中默默地向上灵发问,等待上灵回答。

从纳飞和绿儿的表情看来,他们两人首先收到了上灵的答复。华纱又等了好久,却始终等不到答案。

纳飞问道:"你听到了吗?"

华纱回答说:"没有,什么都没听到。"

绿儿说:"华纱阿姨,大概是因为你太生气,怒火攻心,所以听不到上灵的话。"

华纱恨道:"也可能是她在惩罚我……这台恶毒的机器!她刚才到底说什么了?"

纳飞和绿儿对望了一眼。看来不是什么好消息。

绿儿终于开口道:"目前的局面已经不受上灵控制了。"

纳飞说:"都是我不好。我贸然去找慕斯,将所有事情都提前了至少一天。慕斯早已经打算娶如诗和绿儿其中一人,不过他本来还要多参详一天的。"

"一天?一天就能扭转大局?"

绿儿说:"现在上灵没办法确定她的最优计划能不能实施得那么快。可是我们也不能怪纳飞,慕斯为人足智多谋,做事雷厉风行,说不定他本来就打算今天结婚,并非因为纳飞的……"

纳飞补上一句："莽撞。"

绿儿说："是勇敢。"

华纱问道："那就是说，我们注定要做慕斯手上的棋子咯？算了吧，没关系了，反正我们已经被上灵胡乱摆布了那么久，也不在乎换一个人了。"

纳飞很不客气地说："妈妈，上灵没有胡乱摆布我们。无论如诗是否和慕斯结婚，我们最终都会出发的。如果她嫁给了慕斯，她就能够说服慕斯放人——反正他的位置坐稳之后，就没必要扣住我们了。"

华纱问："放人？放我们？"

"对啊，就是我们这一行人，包括谢德美。"

华纱问道："那如诗呢？"

绿儿说："如诗的去留已经不在上灵控制范围内了。如果上灵无法阻止婚礼的话，那么如诗就唯有留下来了。"

华纱恨道："如果上灵这样对待我的如诗，那我就怨她一辈子！我今生今世再也不会为她效劳。上灵，你听到没有？"

纳飞说："妈妈，你冷静一下想想，如果如诗拒绝慕斯的求婚，那我就必须留下来做执政官，到时候就变成我和绿儿走不了。无论最终是谁留下来，这个远征的计划还是可以实施的。"

华纱恨恨地说："你这样说算是安慰我吗？"

绿儿反问道："安慰你？安慰你？华纱阿姨，如诗是我亲姐姐，我在世上唯一的亲人。至少你还有丈夫儿女在身边，和我比起来，你的损失算得了什么？你看到我流半滴眼泪了吗？"

华纱说："你当然应该流眼泪。"

"我会把眼泪留在沙漠路上慢慢流，可是现在我们只剩几个小时做准备了。"

"哼,我还得教你怎么主持婚礼是吧?"

绿儿说:"那个只需要五分钟,而且那些女祭司也能帮我。我们应该抓紧这几个小时收拾行装,准备上路。"

华纱郁闷地说:"上路……"

绿儿说:"我们应该把所有东西都准备妥当。等时机一到,我们必须在五分钟之内就把这些行李物资全部装到骆驼背上。我说的没错吧,纳飞?"

纳飞说:"我们现在还没走到绝路,如诗还是有一线机会和我们同行的。妈妈,你千万不要在这时候放弃。我长那么大,从来没见过你在谁面前退缩半步。现在我们最需要你站出来主持大局,统筹安排,难道你偏偏在这个紧急关头崩溃吗?"

绿儿说:"难道你指望莎芙和费雅思、柔珂和欧必忍听从我们的吩咐,乖乖去收拾行李吗?"

纳飞也问:"你以为耶律迈和梅博酷会听我指挥吗?"

华纱擦干眼泪,叹道:"我已经老了,不像你们那么年轻。我觉得快要被压垮了。"

绿儿说:"华纱阿姨,你不会垮的。我知道你能屈能伸,越压越强。请你快振作一下,告诉我们怎么开始收拾吧。"

于是华纱强忍心中的悲痛,重新担任她最熟悉的女强人角色。在几分钟之内,整个学校都动员起来了。用人开始打包行李,文职人员给每个教师写推荐信,还给每个学生准备了一份学习进度报告,方便师生们在学校关闭之后找到新去处。

可是最艰巨的任务还需要华纱独自去完成。她要唤醒远征队伍的成员,告诉他们孤威国的士兵很快就会过来押送他们去参加婚礼。

华纱还得逼他们马上开始收拾行李,因为上灵已经决定了,他们的苦难远没结束,非要走到沙漠里去与蛇虫蝎蚁做伴不可。华纱走在一条长廊里,尽头就是耶律迈的新房。

大剧场,现实中

耶律迈想不到新婚的第二天早晨会过得如此狼狈。他本来想象着早上醒来可以舒舒服服地赖一下床,和艾雅卿卿我我一番,然后再起床不迟。可惜事与愿违,他们一早被叫醒之后就忙得不可开交,要为沙漠之旅收拾行装。问题是这些准备工作根本就是徒劳的:没有骆驼、帐篷和补给,他们再怎么收拾也不足以在沙漠中生存。还有就是艾雅的不合作态度也很烦人。梅博酷的老婆狄傲丽一听华纱的话,马上就乖乖开始收拾东西,比梅博酷这条死蛇烂鳝勤快得多;可是艾雅却揪住耶律迈不停地抱怨。为什么我们不能晚点再去和他们会合呢?华纱阿姨只是被软禁起来,为什么我们就非走不可呢?

耶律迈被艾雅问得不胜其烦,最后把她哄走了,让她去绿儿和纳飞那里问个痛快。世界顿时变清净,耶律迈终于可以专心指挥众人收拾行装了。有一个艰巨任务是让女士们丢弃没用的衣服。华纱的女儿柔珂为此还和耶律迈大吵大闹——她就是不明白为什么那些薄如蝉翼的情趣紧身衣在沙漠里完全没有用武之地。既然道理说不通,耶律迈只好当着欧必忍、莎芙和费雅思的面大发雷霆:"柔珂,你给我听着,在沙漠里,你只能和一个人上床,那人就是你的老公。你想挑逗他的话,只需要脱光衣服就可以了。"说完他抓起柔珂最心爱的裙子，一下子撕成两半，换来的自然是柔珂的尖叫和痛哭。过了一会，耶律迈再回来查看的时候，发现柔珂竟然把她最爱的裙子都大方送人了——也可能是和别人换回一些实用的衣服，毕竟她自己的衣服里没有几件是可以在沙漠里穿的。

收拾行李已经够烦心的，想不到去参加婚礼的路上耶律迈更加郁闷。老实说，孤威国的士兵已经很低调了，他们并没有派出一群壮汉排成方阵踏着正步前进。可是他们到底还是孤威国的士兵，走在路上，行人纷纷避让。这些路人之中，大部分也是去乐团大剧场参加婚礼的，这时候都停下来让开一条道，呆呆地看着耶律迈一行人走过。

艾雅说："他们看我们就像看犯人游街一样。"耶律迈安慰她说人们其实觉得是军队给出席婚礼的贵宾团开路。艾雅听了很开心，连忙开始整理鬓角衣领。她怎么那么幼稚呢？耶律迈心底隐隐生出一丝烦恼。爸爸以前就教导过他，年轻的女人，没错，是苗条一点、圆润一点，无奈也肤浅一点。艾雅就是太年轻了，耶律迈也不能指望她能够严肃认真地对待每一件重要的事情，何况她可能根本就分不清哪件事重要，哪件事琐碎。

乐团大剧场是碗形的，人们为了这个婚礼，特意在中心舞台上临时筑起一个平台。贵宾席就设在舞台上面，在平台两边左右排开，女方宾客在右边，男方的在左边。前来观礼的普通百姓就坐在剧场碗壁的观众席上，耶律迈一行人则坐在女方贵宾席，对面的男方宾客包括很多议员，女皇城卫队的军官，还有寥寥几个孤威国将领。孤威国的军队很低调，完全不显山露水，其实暗地里已经把局面牢牢掌握住。耶律迈知道他们肯定在四处埋伏了很多孤威国的士兵和女皇城卫兵，一旦爆发什么突发事件，这些暗哨就会马上现身。比如说，要是有刺客或者好事者企图从观众席跑到贵宾席，他必须穿过碗底的一片空地，可是他还没跑几步就会突然发现自己胸前穿出一支箭。这人到死也不知道这支箭是从乐池里还是从提词员的包厢那里射出来的。

耶律迈心中感叹世事多变。就在几个星期之前，我刚刚率领商队凯旋，正要扬名立万，大展拳脚。那时候贾霸权倾天下，我作为他的弟弟，同时也是韦爵家族继承人，前途一片光明。谁料从此以后，形势急转直下，局势每天都变幻莫测。一个星期之前，耶律迈还在沙漠里烤人干，当时他怎么会想到几天之后竟然能在华纱府中迎娶艾雅呢？就在昨晚，耶律迈和艾雅理所当然成为婚礼的主角，纳飞和绿儿这两个可怜巴巴的小破孩儿只是陪衬罢了；谁料才过了一晚，这两人竟然坐到了高台之上，一个是主持人，另一个做了慕斯的担保人。

纳飞，这个十四岁的小子，有什么了不起的？慕斯竟然让他做入籍担保人，还让他搀扶如诗出场？嗯……现在纳飞的地位确实显赫，并非因为他有什么本事，只不过因为他是圣湖先知的丈夫罢了。圣湖先知、解构者……耶律迈从来都没有留意过这些事情。虽然装神弄鬼骗人也能赚大钱，可是他没耐心干这个。

耶律迈想起他在沙漠里做的那个愚不可及的梦。要把一个毫无意义的梦转化为实际行动其实很容易，只要身边的人真心把上灵当成神，他们自然就会上当受骗了。上灵其实只是一个利用卫星在城际进行数据传输的电脑程序罢了，连纳飞自己也承认上灵只是一台电脑；可是他、绿儿、如诗和华纱几个人总是一口咬定，说上灵还在运筹帷幄，最后这个婚肯定结不成，他们也能够在日落之前就顺利出发去沙漠。真是笑话，难道一个电脑程序可以凭空变出帐篷和骆驼不成？难道上灵有本事将流沙碎石都变成粮食奶酪？

艾雅问道："你不觉得他既有型又有男子气概吗？"

耶律迈转头看着她，说道："你说谁？是慕斯将军来了吗？"

"傻瓜，我是说你的弟弟啊，看！"

耶律迈往平台上看去，只觉得纳飞既没有型也没有男子气概。他那身行头弄得像小丑似的，一看就知道是一个乳臭未干的小男孩想扮大人。

艾雅说："我真想不到他竟敢直接和孤威国的士兵交涉，还去和慕容复将军面谈，我们那时候还没睡醒呢。"

"这不叫勇敢，而是愚蠢，是不要命。你看看他这样做的后果，如诗被迫嫁给那人……"

艾雅很错愕地看着耶律迈说："迈哥哥，她现在是嫁给世界上最有权力的人啊！纳飞还是这人的伴郎。"

"就因为他娶了圣湖先知。"

艾雅叹道："绿儿不过是一个很普通的小女孩罢了，就因为她那些梦……我也有做梦，可是没有人理会我。比如说昨晚吧，我就做了一个很奇怪的梦。有一只毛茸茸的猴子飞在半空，龇牙咧嘴地向我扔大便；还有一只大老鼠拿着弓箭想把它射下来。这么蠢的梦，谁会把它当真呢？你说为什么上灵就不给我报梦呢？"

耶律迈没有留意艾雅的话，因为他脑子里只有一个念头：艾雅原来在妒忌如诗嫁给了世界上最有权力的人；她还仰慕纳飞，就是因为这该死的冒失鬼半夜三更跑出去挑衅慕斯将军。纳飞这样做除了惹恼慕斯之外，还能得到什么好处？他是全仗着狗屎运才能站在那个高台上面。可是不管什么原因，反正现在站在高台上面受万众瞩目的就是纳飞，耶律迈心里不禁恨得慌。人们都在谈论着纳飞，他是圣湖先知的丈夫，也是解构者的妹夫，更加是慕斯大帝的连襟兄弟——慕斯可能不会正式登基称帝，而是换个"人民执政官"之类的名堂，实际上还不是一样——反正到时候纳飞就夫凭妻贵，好歹算是皇亲国戚了。耶律迈呢？耶律迈还只是个行走沙漠的商人罢了。爸爸很快会意识到上灵的远征计划已经彻底破产，只能老老实实回城，拿回他的韦爵封号，然后耶律迈重新成为韦爵府继承人。可是和纳飞的权势相比，一个小小的韦爵封号算什么？耶律迈的地位和未来眼看就能失而复得，不过这一切都是来自纳飞的施舍。一想到这个，耶律迈的怨恨就在心中不停地翻滚沸腾。

艾雅还在唠叨："纳飞真有冲劲，你不为他骄傲吗？"

她还有完没有？就在今天早上，耶律迈还以为他和艾雅的结合是女皇城中最幸福美满的婚姻；此刻他隐约觉得，他和艾雅只能算是最幸福美满的初婚，总有一天他需要娶一个真正的妻子、一个称职的配偶，艾雅根本不够资格充当这个角色。她只是一个既肤浅又轻浮的小女人，耶律迈本来一点也不介意，甚至还觉得她这样小鸟依人挺可爱的；可是现在理智地想想，艾雅天性如此，日后就算长大了也不可能成为耶律迈的贤内助。昨晚艾雅给他唱歌，他还觉得一辈子也听不厌；可是此刻回想起来，她的歌声其实很造作，而且她用的是喉音，连胸腔共鸣也不会。耶律迈仰望着高台，突然意识到，原来昨晚的三对新人里面，只有纳飞的婚姻才是能够维持长久的。

耶律迈想，行，没关系，反正我们也不会离开女皇城，我就和艾雅凑合着过几年，然后慢慢和她疏远。说不准绿儿也不会和纳飞待很久，她长大之后就会希望找一个强壮的臂弯给她倚靠。我和绿儿，我们一起回首往事，回望各自的初婚，只会觉得这不过是人成长的一个必经阶段罢了。然后我就成了慕斯大帝的连襟兄弟……

至于艾雅，嗯，如果她运气好的话，在我们分手之前她还能给我生一个儿子。不过这是她的运气，却不是我的运气。如果我的长子出自这么一个浅薄的小女人，他有资格做我的继承人吗？我的继承人应该来自日后更成熟的婚姻。

想到这里，耶律迈突然觉得肚子里面揪成一团，因为他想起爸爸可能也有这个想法。毕竟华纱女士才是爸爸成熟稳重之后的配偶，羿羲和纳飞才是这段成功婚姻的出品。看看梅博酷这个废物，不正是早婚误人的最好例子吗？

不对！我可不是梅博酷，我也不是一段雾水情缘的产物！我的妈妈侯斯尼是爸爸的小姨，也是一个有个性有本事的女强人。她给佛意漫进行性爱启蒙教育的时候喜欢上了这个有为青年，所以才为他生了一个儿子——我是他的小姨生的，他没有理由不知足。实际上，我一直以来都是爸爸最欣赏最信任的儿子。可是自从爸爸看到上灵的幻象，纳飞就开始利用这个上位，装神弄鬼，骗取爸爸的欢心。

爸爸偏心纳飞，艾雅还仰慕他，新仇旧怨涌上来，耶律迈心中充满了妒忌。可是让他最难受的其实是恐惧，他一直把这份恐惧埋藏在心底，所以在爆发时也刺痛他最深。他害怕纳飞不是装的，他怕上灵不知出于何种居心，竟然选择了爸爸的幼子取代长子做继承人。当初在城外的峡谷里，耶律迈本来打算狠狠教训纳飞一顿，可是上灵突然控制了羿羲的椅子，横加阻拦，还宣称终有一天会让纳飞对他们几兄弟发号施令……

哼，上灵，你想过没有，死人怎么发号施令？趁我还没把纳飞干掉，你就赶紧开始对我说话吧。既然你能对纳飞说，为什么不可以和我说？

我给你报梦了，就是结婚娶妻那个梦。

这句话突然出现在耶律迈的脑中，好像有人对他说话那么清晰。耶律迈笑了。

艾雅问道："迈哥哥，亲爱的，你在笑什么呢？"

耶律迈说："我在笑人怎么那么容易自己骗自己。"

艾雅说："她们老说人可以自己骗自己，可是我始终不明白怎么个骗法。如果你对自己说谎，那么你心里已经知道自己在说谎了，对吧？"

耶律迈说："是的，如果你知道真相，那么你自然知道自己在撒谎。可是有些人特别喜欢谎言，以至于把真相都完全抛弃了。"

脑子里那个声音说道，你现在不就是这样吗？你为了否定我，硬要说我的话都是子虚乌有，你就是自己骗自己。

耶律迈说："快吻我。"

艾雅说："迈哥哥，我们在大剧场的中心哪……"话虽这样说，耶律迈知道她其实是很想的。

他说："这就更好了。我们是新婚夫妇，我们眼里应该只看见对方，完全顾不上旁人怎么想。大伙儿会明白的。"

艾雅抱住耶律迈就亲。他全情投入和艾雅的热吻之中，让情欲填满心扉，把其他所有杂念都抛到九霄云外。长吻之后，观众席响起几下稀落的掌声。原来真有人留意到，艾雅这下开心了。

梅博酷一看不得了，马上就要亲狄傲丽。狄傲丽还没傻透，让他不要乱来，可是梅博酷仍锲而不舍地索吻。耶律迈和梅伯中间隔着艾雅，他于是俯过身去，对梅博酷说道："梅伯，表演不要太过火了。你自己不是常说吗，过犹不及啊。"

梅博酷瞪了他一眼，放弃了。

耶律迈心满意足地想道，很多事情还是在我的控制之中。我不会因为自己一个幼稚的愿望就开始觉得脑子里出现什么声音。我可不是爸爸、纳飞和羿羲，他们沉迷在幻想里，把上灵想象成操纵一切的神，这样他们就可以舒舒服服地躲在神的护荫之下逃避现实。我不需要麻醉自己，我有勇气直面残酷的人生，我才是真正的强者！

大剧场四周的尖塔上站着号角手，这时候他们同时吹响大号角，发出震耳欲聋的响声。这些古老的大号角不是戏院乐团里那些管乐器，它们并不需要奏出和谐的音调，所以并没有经过精细调音，每一个号角每次只能吹出一个响亮的长音，每个音都一直坚持到号角手换气为止。众多音符叠加在一起，有时候竟然可以形成动听的和声；就算是不和谐音，从这些古老号角吹奏出来也很赏心悦目。无论是否和谐音，总之这些号角声就是很好听，可以一直萦绕在人的心中，久久不散。

号角声让观众席上的市民瞬间安静下来，也让耶律迈激动得一阵颤抖，心中充满了期待。他知道在场每一个人都和他一样激动，因为婚礼马上就要开始了。

杜思嘉站在女皇城的大门前，不明白为什么上灵竟然在最后这一步功败垂成。她一路跋涉从剖头国来到这里，每一步都是在上灵的指引下迈出的。在运河那里，她求船家摆渡，船家二话不说就把她送去对岸，连钱也不收。在一个大海港，她竟然找到一条海盗船。她告诉船长，上灵要她以最快速度到达大洋对面的红海岸。海盗头子大笑，吹嘘说他的空船在顺风的时候可以在一天之内去到红海岸。在红海岸，一个好心的女士当街把自己的马送给了她。

杜思嘉就是骑着这匹马赶到了女皇城的下城门。她以为还像以前那样，只要是女的就可以自由进城，就算不是市民也没关系。可是现在城门竟然有孤威国的士兵把守，将每一个想入城的人都拦下来了。

一个士兵解释道："城里正在举行婚礼，慕斯将军要和女皇城本地的一个小姐结婚了。"

不知道为什么，杜思嘉突然明白了，她千山万水来这里就是为了这个婚礼。

她说："那你一定要让我进去，我是收到邀请前来出席婚礼的。"

"只有已经在城里的女皇城市民才有资格出席婚礼。我们的命令就是关闭城门，一个人也不放进去。不管你是赶回城里喂婴儿的妈妈，还是要进城抢救病人的大夫，总之你就是不能进去。"

杜思嘉说："是上灵派我来出席婚礼的。在上灵的旨意面前，凡人的命令一律要作废。"

那个士兵笑了，可是才笑了两声就止住了，因为杜思嘉说话的时候，城门前面的群众都凑上来听着。他们也是被拦在城门外，心生不满，只要有点风吹草动就会马上群情汹涌。

一个士兵说："让她进去吧，要不这帮人就要开始闹了。"

另一个士兵说："你别傻了，如果我们为她破例，其他人只会闹得更凶。"

杜思嘉说："他们其实都是希望我进城的。"

人们纷纷表示赞同。杜思嘉觉得很奇怪，为什么女皇城本地人那么容易听到上灵的声音，而那些孤威国的士兵却不受影响呢？可能剖头国的传说是对的：孤威国的人听不到上灵声音，所以他们是一个邪恶的民族。

杜思嘉继续说："我的丈夫在里面等着我。"说出口了她才意识到这句话原来是真的。

一个士兵说:"那么你的丈夫就必须等一下了。"

另一个士兵说:"或者找一个小三。"说完几个兵士一起大笑。

第一个士兵接着说:"或者自己解决。"说完他们还吹起了口哨。

一个士兵说:"我们应该让她进去,她有可能是神派来的。"

话音刚落,另一个士兵突然拔出匕首架在他脖子上。"我们的军令你也知道,我们就是要把我们最想放进城的人拦住。"

那个对上灵敏感的士兵坚持道:"可是她必须进去。"

"你敢再多说一句我就杀了你!"

杜思嘉大声喊道:"住手!我这就走,我本来就不该走这个城门的。"

她心里那种赶快进城的迫切感愈加强烈了。可是她不能眼睁睁看着这个士兵白白送死,所以即刻掉转马头就走,人群自动分开一条道让她过去。很快她就沿着一条很陡的小径来到商旅路,前面就是市场门,可是那里肯定进不了城,无谓浪费时间了。所以她转向高原路,也不是去高城门或者烟囱门,而是拐进黑暗路,沿着很深的沟壑蜿蜒而上,过了城北的一片森林高地,到达树林路。在这里,她并非沿着树林路去后城门,而是翻身下马,跑进无相林的草丛中,直奔女人专用的私密门。

从下城门到无相林,她绕着大半个城墙走远路,用了一个多小时。此举实属无奈,因为东面城墙外全是悬崖峭壁,马不能行,而下马徒步走的话耗时更久。如今在无相林中,她任由上灵领着她抄最近的路赶去私密门。虽然每一步都有上灵的指引,可是她还是觉得举步维艰,好像林中的一草一木都要阻拦她前进似的。而且她进城之后,去大剧场还有一大段路。就在这时,号角声响起,婚礼马上要开始,杜思嘉赶不及了。

在仪式过程中,绿儿尽量拖延时间,一举一动都很缓慢,连说话也慢条斯理。可是无论她怎么拖,婚礼还在继续进行。绿儿很想中断婚礼,当着全城人的面公开谴责慕斯,可是她也知道绝不能这样做。她一有什么异动,轻则被人赶下高台,婚礼改由女祭司主持;重则当场死在冷箭之下,然后骚乱爆发,血流成河,女皇城也不可能迎来下一个日出了。绿儿明白,轻举妄动只会导致两败俱伤。

所以她全程都从容不迫,尽量拖长每一个停顿,却没有完全停下来导致冷场。她身边的几位女祭司不断小声地给她提示,告诉她哪一个环节该做什么说什么。绿儿仔细听着,一丝不苟地照做。

婚礼仪式按部就班进行着,绿儿心中越来越焦急;如诗却很平静,始终面不改色。难道如诗真的想和慕斯结婚?就是为了不嫁给一个瘸子吗?不会的,如诗说过,上灵已经帮助她重新看清未来,接受羿羲。她说的时候分明是真情流露,没有丝毫惺惺作态。是的,如诗那么冷静,因为她完全信任上灵。

一个声音在她耳边低声说:"如诗信任上灵,她是对的。"绿儿乍一听还以为是上灵,然后才意识到原来是纳飞——绿儿带领众祭司手捧鲜花经过纳飞面前的时候,纳飞抓紧时间向她说了这句话。纳飞怎么会知道她心里正好想着如诗信任上灵呢?他怎么懂得把话说到她心坎上呢?莫非上灵在她和纳飞之间搭起了一条心灵之桥?会不会是纳飞自己善解人意,看透了绿儿心中所想,所以才说出她最希望听到的话?

如诗信任上灵,希望她没有信错吧。希望如诗能够和我们一起前往那个遥远的星球,不用孤零零一个人留在这里。我不能离开如诗，我不能失去她。没有了她，即使我在遥远的未来终于重新找到快乐，即使我和纳飞变得像和如诗一样亲密，可是在我心里始终会留下一个永远难以填补的空白，一处永远无法平复的伤痛，一丝永远不能消逝的悲伤。姐姐，你是我在这世上唯一的骨肉至亲，我一来到这世上你就在你我之间系上一个结，今生今世就再也无法解开了。

终于，到了最后一个环节，一对新人在绿儿面前立下誓言。绿儿伸手搭住两人的肩膀，慕斯的肩膀坚硬、粗壮而且陌生，相比之下，如诗的肩膀显得那么纤弱，却无比的熟悉。"上灵将这个女人和这个男人的灵魂合二为一……"绿儿说到这里，深深吸了一口气。再停一会儿吧，能不能永远停在这里呢？然后她终于说出这句她最不情愿说却又不得不说的话："让这对新人正式成为夫妻。"

女皇城的民众不约而同地站起来拍手喝彩，大声呼喊着他们的名字：如诗！解构者！慕斯！将军！慕容复！慕容复！

慕斯亲吻了如诗，这是丈夫给妻子的温柔一吻。然后他转身带着如诗走到高台的前沿。观众们纷纷把鲜花向台上抛去，一时间万千花瓣漫天飞舞。很多跌落在观众席中的鲜花也被捡起来接力似的抛到中心舞台，在高台和第一排座位之间的空地很快就铺满了花朵。

在万众欢腾之中，绿儿发现慕斯本人也在高声呼喊。她站在慕斯身后，听不到他在喊什么，只知道他在反复说一句话。坐在前排的人也慢慢留意到了，并且开始像喊口号似的重复着慕斯的话。这时候绿儿才终于明白慕斯怎样把这个婚礼变成他上位的台阶。慕斯反反复复喊的只有三个字，这三个字在人群中迅速蔓延，最后所有人的声音汇集起来，形成无与伦比的巨响。

"女皇城！女皇城！女皇城！"

人们就这样不停地呼喊，不知什么时候才会停下来。

绿儿的眼泪慢慢流下来。她知道上灵已经失败了，如诗嫁给了一个永远不会爱她的男人，慕斯垂涎的只是她的嫁妆——女皇城。

最后慕斯举起双手，左手稍高，掌心朝前，示意众人安静；右手还和如诗牵在一起。慕斯没打算放开右手，因为这正是他和女皇城之间的纽带，他是永远也不会放开的。呼喊声逐渐变弱，最后完全停下来，整个大剧场笼罩在一片死寂之中。

慕斯的演说简单而有力。他先阐明自己对女皇城的深厚感情，再感谢上灵给他一个机会帮助女皇城恢复秩序、维持和平。然后慕斯道出心中的无限喜悦，因为他有幸迎娶解构者如诗，得以入籍女皇城；而他美丽的新娘也是上灵的女儿。慕斯还提到了绿儿和纳飞，他们都智勇双全，是女皇城年青一代的佼佼者，能够和他们成为一家人，慕斯觉得万分荣幸。

绿儿知道下一幕要上演什么。女皇城议会派了很多议员作为官方代表出席婚礼，现在这些议员都站起来，准备走到台前，正式请求市民选举慕斯做人民执政官，统领女皇城的城防和外交事务。慕斯事先已经看准了，在这个万众同庆的欢乐时刻，人群会陷入一种如痴如狂的催眠状态，他只要威风凛凛地往高台上一站，必然能够得到大众的拥护。事后人们平静下来才会意识到当时发生了什么事情，不过即使这样大部分人还是会觉得他们的选择是正确的。

慕斯的演说已经接近尾声了。他将用最辉煌壮丽的辞藻结束这个演讲，人们则会反应热烈，丝毫不介意慕斯的北方口音——这在以前是不可想象的，因为女皇城的人向来都歧视有外乡口音的人。

慕斯说着说着犹豫了一下，突然陷入了沉默。这不是计划之中的正常停顿，而是硬生生将一个句子截断了。绿儿发现慕斯正在盯着什么东西看，于是她往前走几步，想看清楚是什么。纳飞心领神会，也和她一起走上前。他们来到慕斯的左侧，却不是和他并排站着，而是稍稍往后一点，正好能看见慕斯在看什么。

那是一个女人，身穿剖头国农民常穿的那种简朴的衣服，显得很不合时宜。她只是站在通向圆形舞台的阶梯下面，并没有往前走，所以埋伏在暗处的孤威国弓箭手和在场维持秩序的两个女皇城守兵都没有出手阻拦她。现在将军已经看见了，却什么也没有说，那些士兵不知怎么办，是应该把这个女人抓起来呢还是应该把她赶出去呢？

慕斯说："是你。"原来他认识她。

她问："你在做什么？"她的声音并不大，绿儿却听得很清楚。

绿儿为什么能够听得那么清楚呢？

上灵说，因为我把她的话在你们的脑子里面重复了一次。

慕斯说："我……在结婚。"

"这个不是婚礼。"她的声音还是很轻柔，可是人人都听得很清楚。

慕斯指着众人说："所有人都看见了。"

那个女人说："我不知道他们看见什么了，我只看到一个父亲牵着女儿的手。"

人们开始交头接耳。

"神啊，你到底干了些什么？"慕斯低声自言自语，可是上灵把他的声音也传到了每个人的脑子里。

这时候那个女人开始往台上走去。没有一个士兵出手阻拦，因为他们都知道眼前这一幕并不是暗杀，却比暗杀更加震撼。

她说:"当初是上灵把我带到你的身边。她让我们相聚了两次,每次我都生下一个女儿。不过我并不是你的妻子,我只是上灵的工具,它利用我的身体诞下它的两个女儿。然后我把上灵的两个女儿送到华纱女士怀里,因为上灵选中了华纱女士养育她们长大成人,等待与上灵相认的一天。"

这个女人转向华纱,指着她说:"华纱女士,你认得我吗?我以前找你的时候,衣服也没有,全身都很脏。现在你认得我吗?"

绿儿看着华纱颤抖着站起来,说道:"当初就是你把她们带给我的,先是如诗,然后是绿儿。你让我把她们当作亲生女儿一样养大成人,我做到了。"

"她们不是你的女儿,也不是我的女儿,她们是上灵和这个男人的女儿。这个男人,孤威国的人叫他慕容复,可是上灵把他称为慕斯,因为他就是上灵选中的我的丈夫。"

慕斯,慕斯……人们都在小声地说着这个名字。

"你们今天看到的并不是这个男人和这个女孩的婚礼,这个女孩子只是代表圣母站在这里。今天这个男人迎娶的不是凡人,而是上灵圣母。女皇城一直被人称为圣母之城,这个男人既是上灵的丈夫,也是女皇城的丈夫。上灵通过我的口说出这些话,现在轮到你们了。女皇城的人必须一起说,丈夫!丈夫!"

人们像在祈祷似的念诵着,丈夫!丈夫!丈夫!然后逐渐变成另一个同义词:慕斯!慕斯!慕斯!

在人们的口号声中,这个女人走到高台的下面。如诗放开慕斯的手,来到女人的面前跪下来,绿儿也跟在姐姐后面。她此刻非常震惊,只觉得心头百感交集,欲哭无泪。她很开心,因为上灵终于把如诗从这场婚姻闹剧里解救出来;她也很悲伤,因为她从来没有机会了解自己的亲生母亲；同时她心中还有一种很奇妙的感觉，想不到她的亲生父亲竟然就是眼前这个来自北方的陌生人，这个让人闻风丧胆的将军。

"妈妈。"如诗说着眼泪就掉下来了，跌落在这个女人的手里。

女人说："虽然你们是我生的，可我并不是你们的妈妈。那个女人把你们抚养成人，她才是你们的妈妈。你们来到这世上，全是因为上灵一手策划，她才是你们的妈妈。我只是住在剖头国沼泽地的一个农夫的妻子，我的孩子都在那里，我是他们的妈妈。我现在就要回去了。"

绿儿低声说："妈妈别走！难道我们今生今世只能见你一次吗？"

那个女人说："我会永远记住你们，你们也会记住我。上灵会让我们的记忆保存在心里，历久弥新。"她伸出一只手贴着如诗的脸庞，用另一只手轻抚绿儿的秀发。"你们都长大成人了，那么好的女孩子，真不愧是上灵的女儿。你们的妈妈真的很爱你们……知道她有多爱你们吗……"

说完她就转身离开了平台，沿着一个小斜坡走进了圆形剧场底部的后台换衣间，再也没有出来。没有人看到她是怎么离开女皇城的，不过很快就有很多神奇的故事流传开了，都是关于她在出城途中做过的事情和留下的奇迹，有不同的版本，内容都光怪陆离，不一而足。

慕斯看着她转身离去，一同远去的还有他的梦想、他的希望、他的大计——她把他的生命也带走了。那么多年来慕斯还清楚记得和她相处的日子，他一直不结婚，就是因为她，因为再没有别的女人能够让他钟情了。以前慕斯一直以为自己爱她纯粹是为了挑衅神，因为他心里时时刻刻都感到一种强烈的抗拒感。当他们在一起的时候，慕斯无数次从睡梦中醒来，发现身边躺着一个陌生女子。可是他终于克服了神的阻挠，把她留在身边，终于爱上了她。可是就像纳飞说的，就连他的抗争也是上灵一早安排好的。

我只是神手中的玩物，被神利用的工具，我和其他凡夫俗子没有一点区别。就在我以为我已经掌握了自己命运的时候，在我以为我已经实现了自己梦想的时候，神突然将我的弱点暴露在全城百姓眼前，把我拥有的一切都砸得粉碎。我的梦就毁在这里，女皇城，我的女皇城。

如诗和绿儿站起来，纳飞也走上来了。他们三人站在慕斯面前，凑得很近，这样才能在人们的呼叫声中听到彼此的声音。

如诗说："爸爸。"

绿儿也说："原来你就是我们的爸爸。"

慕斯说："我从来不知道自己有孩子。本来我应该看得出来的，我第一次看见你们的时候就应该在你们脸上看到自己的影子。"现在真相揭晓了，人们会突然发现他们三人原来长得真的很像。如诗、绿儿两姐妹的相貌其实和女皇城本地人的样子很不同，因为她们的爸爸是苏斯亚人，她们的妈妈也是来自异乡的外族人，两姊妹的样子好看之余还带一点异域风情。这两个女儿美丽、聪明而且坚强，慕斯由衷地为她们感到骄傲。想不到在他一生前程尽毁的时候，竟然还能与亲生骨肉相认。在这个婚礼夭折之后，慕斯的图谋也会败露，他马上就要开始亡命天涯，逃避孤威国皇帝的追杀了。即使落得如此下场，慕斯还是心存安慰，因为他为自己的两个女儿感到自豪，她们就是他留在这世上的最大成就。

纳飞说:"我们必须出发去沙漠。"

"我不会阻挠你们了。"

纳飞说:"我们需要你的帮助,因为我们立刻就要出城了。"

慕斯转头看着男方宾客席。毕唐克,现在只有毕唐克能够帮他。他招手示意,毕唐克立刻站起来,翻身上了高台。

慕斯说:"毕唐克,我需要你准备一支沙漠驼队。"然后转头问纳飞:"你们一行有多少人?"

纳飞说:"十三人……除非你决定一起来。"

如诗说:"爸爸,和我们一起走吧。"

绿儿说:"他不能和我们去,他的事业和抱负都在这里。"

慕斯说:"绿儿说得对,敬神这条路,不是我能走的。"

绿儿说:"可是爸爸还是会和我们在一起,因为我们体内流着他的血液。"说着她挽起纳飞的手臂。"他是我们小孩的外祖父,也是如诗的小孩的外祖父。"

慕斯转头向毕唐克吩咐道:"他们有十三人,沙漠旅行,骆驼和帐篷。"

毕唐克回答道:"我这就去办。"他的语气充满自信,也没有多问一句,慕斯看得出毕唐克对这个突如其来的任务没有感到一点意外,也不担心完成不了。

慕斯说:"你早就知道了。"然后他看着另外三人说:"你们也是,从一开始就计划好了。"

纳飞说:"不是的,将军,我们只是知道上灵会设法阻止这个婚礼而已。"

绿儿说:"如果我们早就知道你是我们的爸爸,你觉得我们还能忍住不说吗?"

毕唐克答道:"将军,你应该记得,其实是你和华纱女士吩咐我预先准备骆驼帐篷和补给的。"

"我什么时候吩咐的?"

毕唐克道:"昨晚,就在我的梦里。"

这句话是最后一记重拳,把慕斯彻底击溃了——神竟然冒充慕斯去给别人报梦!挫败感就像千斤重担压在慕斯的心头,他觉得自己支撑不下去了。

纳飞说:"将军,你为什么觉得自己已经被打败了呢?你没听到人们在喊什么吗?"

慕斯仔细听着。

人们在喊慕斯,慕斯,慕斯,慕斯……

纳飞继续说:"你看不出来吗?就算我们走了,你也不会损失什么。你其实已经大功告成了,上灵已经把女皇城送到你的手里。你没听到她们妈妈说的话吗?你是上灵的丈夫,也是女皇城的丈夫。"

慕斯当然听到了,只是没往那方面想罢了。那么多年来,他和每一个人对话的时候,总会算计着其中的得失;就算是以前和她相处相爱的时候,终究免不了心机重重。刚才是慕斯生平第一次没有算计言语之间的利益得失,因为他心中被一个念头占据了:我一生中的挚爱原来是被神操纵着,我的前程也被神毁了,我抗争一辈子最后还是斗不过她,过去不行,现在不行,将来也不行。

现在慕斯才意识到纳飞说得不错。过去几天里他一直有一个感觉,神已经回心转意决定帮助他了,原来这个感觉是对的。神是要把他刚刚相认的亲生女儿送去沙漠,去完成一个不可能实现的任务;可是除此之外,慕斯的原定计划没有任何变动——他已经顺利将女皇城变成自己的囊中之物。

这时候人们喊得有点累了，声音已经渐渐变弱。慕斯举起双手示意，大剧场顿时鸦雀无声。

慕斯大声喊道："伟大的上灵啊！"

人们跟着欢呼。

慕斯继续大呼："我的女皇城！我的新娘！"

人们再次欢呼。

慕斯转头看着两个女儿，轻声问道："我怎样放你们出城才不会让别人觉得这是放逐或者逃亡呢？"

如诗看着绿儿道："让圣湖先知宣布吧。"

绿儿说："怎么突然变成我的责任了？真谢谢你抬举了。"

纳飞说："绿儿，这个任务非你莫属了，快说吧。"

绿儿昂首挺胸，走到高台前沿，人群顿时安静下来，等着绿儿发话。绿儿还连着大剧场的扩音系统，不过这时候已经没必要了。在场的人们万众一心，对上灵的信号特别敏感，无论绿儿想他们听什么，他们都能听到。

"我们姐妹二人此刻的心情和在座各位一样，万分震惊。我们从来没有猜测过我们的亲生父母是谁；那么多年来上灵一直对我们两姊妹说话，却始终没有告诉我们，她就是我们的母亲。今天，她终于把真相昭告天下，然后召唤我们前去为她效劳。我们在女皇城的任务已经完成，是时候离开这里，前往沙漠荒野之中苦行。可是上灵已经派了她的丈夫、也就是我们的父亲前来代替我们。女皇城，上灵已经将你许配给慕斯为妻。"

人群中没有爆发出欢呼声，只有一阵窃窃私语。绿儿害怕自己说错话了，连忙转头看身后。慕斯知道绿儿只是不善于操控人群，其实她说得很好了。所以慕斯微微点头，打个手势让绿儿继续说下去。

"女皇城议会已经决定推举我们的父亲担任人民执政官。在当前的局势下，这个决定尤其显得英明。今天发生的神迹很快就会传遍天下，周边列国知道之后只会对女皇城更加虎视眈眈。女皇城需要一个强者代表我们向全世界发出最强音，女皇城需要一个强者保护我们免受强邻敌国的侵犯。这个强人就站在你们面前！"

这时候人群中爆发出一阵短暂的欢呼声，没有持续多久就恢复安静。

"女皇城的同胞们，我以上灵的名义问你们，你们是否愿意拥戴慕容复将军担任人民执政官？"

慕斯知道这句话就是点睛之笔。绿儿终于向观众问出一个非常清晰的问题，给他们一个机会喊出心声作为回答。果然不出慕斯所料，在场的千千万万人同时高声答应。如果这个问题是由某个议员提出来，肯定不会有现在这样的效果；须知绿儿是圣湖先知，由她出面以上灵的名义要求人们接受慕斯的统治，有谁能反对？

当呼喊声慢慢减弱之后，绿儿说道："父亲，父亲，你是否愿意从你的女儿手中接受祝福？"

这又是什么？她在做什么呢？慕斯感到一丝困惑，然后突然意识到绿儿现在并不是在操纵人群，而是要道出她的心声。绿儿和亲生父亲的相遇和永别都在同一天，所以她要在临别之前送他一份礼物。于是慕斯牵起如诗的手，走前几步，然后跪在两个女儿中间，她们的手放在他的头顶。

绿儿说道："慕容复，我们的父亲，亲爱的爸爸，上灵派你前来带领女皇城完成她的使命。这里的女人都有自己的丈夫，而女人之城那么多年来一直孑然一身。现在上灵终于为女皇城找到一位杰出的夫君，只要女皇城的城墙依然耸立，你就是她唯一的丈夫。在未来的日子里，你会建功立业，号令天下，受万民爱戴。你的心中依然会记得你的两个女儿。在这里，女儿为你祝福，你会永远记住我们。在你的一生走到尽头的时候，女儿的脸会重现在你记忆里，女儿的爱会温暖你的心扉。愿上灵保佑你。"

他们一行人排成一列纵队从烟囱门出城，一共有三十六匹骆驼载着帐篷、补给、干燥箱和十三个远征队员。市民聚集在路两旁送别，有人挥手，有人欢呼，有人流泪。慕斯也带着毕唐克和拉士葛前来送行，向经过的每一个人敬礼道别。慕斯已经决定任命毕唐克担任女皇城卫队最高长官；也任命拉士葛做总督，在慕斯出征在外的时候总管城中大小事务。

人群的欢呼声逐渐消失在身后。他们下了山，来到戈壁滩上。慕斯当时就是在这里点起无数火堆虚张声势，如今留下一块一块烤黑的痕迹，就像天花治愈之后在脸上留下的麻子。一行人忍受着烈日的煎熬，默默地前进。他们身边是慕斯派来的亲兵，名义上是保护，实际上是防止那几个被迫同行的人逃跑。

一直走到夜幕降临，耶律迈决定扎营。那些士兵主动帮忙搭帐篷，耶律迈让他们将每一个步骤演示给在场的新手看。欧必忍、费雅思和那些女的一想到他们将来必须亲自动手干这些活，脸都绿了。耶律迈在旁边说了几句安慰鼓励的话，一切进行得还算顺利。

然后孤威国士兵就回城了。他们临走的时候，并不是向耶律迈敬礼，却是向着华纱女士、圣湖先知绿儿和解构者如诗致敬。最让耶律迈百思不得其解的是，他们竟然也向纳飞敬礼。

他们一离开，争吵就开始了。

梅博酷对着所有人——尤其是纳飞和华纱——大吼："你们都去

死吧！为什么非要我参加你们这个自杀任务？"

谢德美也很恼怒，只是没那么大声。"我从来就没答应和你们一起去，我只是打算教你们怎么恢复胚胎罢了，你们没有权力强迫我一起走。"

柔珂和莎芙在旁边哭哭啼啼，欧必忍也在低声骂骂咧咧的，再加上梅博酷的高声叫骂，一时间人声鼎沸，热闹非凡。

华纱、如诗和绿儿说什么也没办法让他们镇静下来。纳飞也想好言相劝，可是他刚一开口，梅博酷就抓了把沙子撒在他脸上，纳飞只能拼命往外吐沙子，一句话也说不出来。

耶律迈一直冷眼旁观。等众人闹得差不多了，他才走进圈子里，说道："各位，太阳已经下山，沙漠一入夜就会很快变冷。你们先别吵了，快进帐篷睡觉吧。还有，不要大声说话，别把强盗引来。"

耶律迈心知肚明，这里距离女皇城那么近，他们又有这么一大帮人，根本不用怕强盗。而且耶律迈怀疑那些孤威国士兵其实就驻扎在附近，一旦有什么风吹草动就会赶来救援。当然了，如果有谁想逃回女皇城，他们也会把他拦下来。

可是这些士兵并不像耶律迈这么熟悉沙漠地形。他默默对这些躲在暗处的孤威国士兵说，如果我要回城，任凭你们怎么厉害也拦不住我！我就算在你们身边走过去你们也不会察觉。

然后耶律迈回到他的帐篷，艾雅在里面等着，还在轻声哭泣。过了一会儿艾雅就不哭了。她是很容易忘记流过的眼泪的，可是耶律迈绝不会忘记心头的愤恨。他没有像梅博酷那样高声尖叫，也不像其他人那样号啕大哭或是低声饮泣。虽然耶律迈心中的愤怒一点不比别人少，可是他知道发牢骚和争吵都是没用的。所以他要看准时机再出手，力求一击即中，将局面完全扭转。耶律迈想，慕斯斗不过上灵，可是这并不意味着我也斗不过它。想到这里，耶律迈就安然入睡了。

　　上空缓缓掠过一颗人造卫星，反射着已经降到地平线另一边的太阳，闪出一点亮光。这颗卫星就是上灵的无数眼睛的其中一只，上灵通过它观察着地上众生，将它覆盖范围内的所有人的思维活动都收集起来。此刻沙漠里的十三个人逐一堕入梦乡，上灵开始观察他们的梦境，热切等待着，希望地球守护者再给他们发来一些信息。可是今晚他们并没有看到天使和硕鼠。他们的大脑在睡着之后还在继续运作，将一些随机的意识片段连成一个个毫无意义的故事。只是睡醒之后，他们就会把这些故事全部忘记。

尾　声

　　慕斯将军的计划成功了。他与平原诸城和西夕都结盟，数以万计的孤威国士兵阵前倒戈，投到慕斯麾下，孤威国皇帝的军队土崩瓦解。慕斯在入秋之前就解放了苏斯亚族人的故土。冬季来临，孤威国皇帝在高卢城的漫天风雪之中瑟瑟发抖。可是他竟然成功说服剖头国出兵，像匕首一样直插慕斯的大后方。

　　然而慕斯早料到他们有此一着。当剖头国的舰队到达西海岸的时候，遭到毕唐克将军率领的一万精兵迎头痛击。这一万精兵有男有女，都是慕斯将军亲自训练出来的。剖头国军队在登陆的时候几乎全军覆没，他们的战船也被烧毁，每一个浪头敲碎在岸边都留下暗红的泡沫。

　　第二年春季，慕斯攻陷高卢城，孤威国皇帝抢先一步自杀了。慕斯走进皇帝的夏宫，向世人正式宣布，和谐星球从来就没有真神下凡，只有一个来历不明的女人作为上灵的化身找到慕斯——上灵的丈夫，并为他生下两个女儿。

　　再过一年，慕斯率兵攻打剖头国首都的时候中毒镖身亡。他手下三个苏斯亚族的将军，还有几个孤威国将领，以及女皇城拉士葛纷纷自封慕斯的继承人，内战随即爆发。连年征战之后，三支大军最后齐聚在女皇城决一死战。女皇城的居民四散逃亡，毕唐克率兵死守，终于不敌。女皇城沦陷，城墙和所有建筑物都被拆毁，战俘被迫将拆下来的石头砖瓦都投进圣湖之中，最后圣湖被填成一片浅水洼。

到了第二年夏天，女皇城遗址连残垣败瓦也没有了，只剩下纵横交错的大路，暗示这里曾经存在着一座城市。有一些女祭司回到这里，在圣湖旁边建起一座小庙。只是湖中的冷热水在湖底就已经混合在一起，再也无法形成白茫茫的水雾。失去了云蒸霞蔚的奇景，这个湖也就不再神圣，从此朝圣者寡。

女皇城原来的居民流落在和谐星球各地。他们大部分人心中依然怀念那一片故土，他们把女皇城的传奇故事告诉儿孙，代代相传：我们是女皇城的子孙，上灵永远活在我们心中。

译名注释

专有名词

后城门（Back Gate）：女皇城的一个城门

烟囱门（Funnel Gate）：女皇城的一个城门

高城门（High Gate）：女皇城的一个城门

市场门（Market Gate）：女皇城的一个城门

音乐门（Music Gate）：女皇城的一个城门

无相林（Trackless Wood）：女皇城私密门外的一片树林

涂鸦区（Dauberville）：女皇城的一个区

狗城区（Dogtown）：女皇城的一个区

美人区（Dolltown）：女皇城的一个区

城门区（Gate Town）：女皇城的一个区

水池区（The Cisterns）：女皇城的一个区

水井区（The Wells）：女皇城的一个区

雨露街（Rain Street）：女皇城中的一条街

高原路（High Road）：女皇城外的一条路

外围市场（Outer Market）：在女皇城市场门附近，内外城墙之间的一个市场

孤威国（Gorayni）：一个位于北方的强大帝国，由慕容复将军

率兵南侵

高卢城（Gollod）：孤威国首都

伊斯曼（Izmennikoy）：一个国家和民族

克兰米（Khlami）：一个国家和民族

纳卡瓦（Nakavalnu）：一个国家

普叔度（Ploshudu）：一个国家和民族

剖头国（Potokgavan）：孤威国的主要对手，沼泽之国，拥有强大水军

宝华国（Provo Gollossa）：苏斯亚人建立的国家，慕容复故国，为孤威国所灭

西夕都（Seggidugu）：一个国家

乌尔热（Ulye）：一个国家

鱼丝路（Usluvat）：一个沿海国家，为孤威国所征服

苏斯亚族（Sotchitsiya）：一个民族，被孤威国统治，濒临灭绝

斯格山脉（Skrezhet Mountains）：苏斯亚族人定居处

里维斯（Revis）：地名，海盗聚居地

世俗海（Earthbound Sea）：一片海域的名字

兹维达洛（Zvezdakroog）：地名，主机硬件所在地

人名

毕唐克（Bitanke）：女皇城卫队军官

德琳（Dhelemuvex）：华纱的好朋友，欧必忍的母亲，柔珂的婆婆

狄傲丽（Dol）：华纱女士的干女儿之一，在其学校任教，昵称小丽

艾雅（Eiadh）：纳飞的同班同学，也是他暗恋的对象；耶律迈的恋人，华纱女士的干女儿之一

耶律迈（Elemak）：纳飞的大哥，韦爵家长子继承人，韦爵与侯斯尼所生，彪悍勇武

傅特拉（Frotera）：女皇城中另一所学校的校长

贾霸（Gaballufix）：华纱前夫，耶律迈的同母异父兄弟，帕华部族首领，野心家，企图称霸女皇城，为纳飞所杀

古亚（Gulya）：滑稽剧演员，与柔珂同台演出

侯斯尼（Hosni）：贾霸与耶律迈的生母，曾与韦爵结婚，生下耶律迈

如诗（Hushidh）：解构者，绿儿的姐姐，华纱的干女儿之一，昵称小诗

羿羲（Issib）：纳飞的三哥，韦爵与华纱所生，天生残疾，依靠浮椅、浮衣行走，昵称阿羲

伊斯妲娃（Izdavat）：华纱学校中一个女用人

寇贝（Kobe）：女皇城议会的元老之一

柔珂（Kokor）：纳飞的姐姐，莎芙的妹妹，贾霸与华纱所生，昵称阿珂，歌手、演员，丈夫是欧必忍

绿儿（Luet）：圣湖先知，如诗的妹妹，华纱的干女儿之一，屡次救纳飞性命，昵称小绿儿

梅博酷（Mebbekew）：纳飞的二哥，演员，花花公子，昵称梅伯

纳飞（Nafai）：韦爵与华纱所生幼子，能与上灵直接交流，手刃贾霸，昵称阿飞

欧必忍（Obring）：柔珂的丈夫，演员

裴洛度（Plodorodnuy）：孤威国将军，慕容复的副手兼好友，昵称老裴

华纱（Rasa）：韦爵的妻子，羿羲、莎芙、柔珂和纳飞之母，教育家，不曾从政，在女皇城中享有盛誉

拉士葛（Rashgallivak）：韦爵的管家，在贾霸授权下取代佛意漫成为新任韦爵，在贾霸死后成为帕华部族首领

罗达（Roptat）：政客，支持与孤威国结盟，反对帮助剖头国造战车，为贾霸所杀

莎芙（Sevet）：纳飞和柔珂的姐姐，贾霸与华纱所生，昵称阿芙，著名歌手，著名演员，丈夫是费雅思

司马洛（Smelost）：女皇城守兵，擅自放纳飞出城

谢德美（Shedemei）：著名基因学家，华纱的干女儿之一，偶尔在华纱的学校中任教，昵称小谢

史纳西图（Snaceetel）：女皇城历史上一代名将

杜思嘉（Torstiga）：自幼被卖作奴隶，获得自由后成为苦行女，四处流浪，绿儿和如诗的生母

涂曼努（Tumannu）：剧场老板，柔珂的雇主

费雅思（Vas）：莎芙的丈夫，学者

佛意漫（Volemak）：韦爵的本名，华纱的丈夫（华纱称他为老佛爷），也是耶律迈、梅博酷、羿羲和纳飞的父亲，收到上灵发送之影像，远征计划的发起人，远走沙漠避祸

慕容复（Vozmuzhalnoy Vozmozhno）：孤威国名将，苏斯亚族人，昵称慕斯

韦爵（Wetchik）：佛意漫的家族封号

司徒博（Zdorab）：贾霸府的司库，被纳飞挟持，远走沙漠

THE CALL OF EARTH By ORSON SCOTT CARD
Copyright ©
1993 BY ORSON SCOTT CARD
This edition arranged with BARBARA BOVA LITERARY AGENCY
Through BIG APPLE AGENCY, INC, LABUAN, MALAYSIA.
Simplified Chinese edition copyright:
2019 New Star Press Co., Ltd.
All rights reserved.
著作版权合同登记号：01−2019−1217

图书在版编目（CIP）数据

地球的呼唤／（美）奥森·斯科特·卡德著；仇春卉译．――北京：新星出版社，2019.5
ISBN 978−7−5133−3421−1

Ⅰ．①地… Ⅱ．①奥… ②仇… Ⅲ．①科学幻想小说−美国−现代 Ⅳ．①I712.45

中国版本图书馆 CIP 数据核字（2018）第 278413 号

地球的呼唤

[美]奥森·斯科特·卡德 著；仇春卉 译

出版统筹：姜　淮
责任编辑：杨　猛
责任校对：刘　义
责任印制：李珊珊
封面设计：冷暖儿

出版发行：新星出版社
出 版 人：马汝军
社　　址：北京市西城区车公庄大街丙3号楼　　100044
网　　址：www.newstarpress.com
电　　话：010−88310888
传　　真：010−65270449
法律顾问：北京市岳成律师事务所

读者服务：010−88310811　service@newstarpress.com
邮购地址：北京市西城区车公庄大街丙 3 号楼　　100044

印　　刷：北京美图印务有限公司
开　　本：910mm×1230mm　　1/32
印　　张：10.125
字　　数：229千字
版　　次：2019年5月第一版　2019年5月第一次印刷
书　　号：ISBN 978−7−5133−3421−1
定　　价：48.00元

版权专有，侵权必究．如有质量问题，请与印刷厂联系调换．